Falsche Fäter

Fernsehköchin Francesca Carlotti zwischen heißen Quellen und eiskalten Typen

Margot Jung

erschienen im

3H Verlag

Bibliografische Information der Deutschen Bibliothek
Die Deutsche Bibliothek verzeichnet diese Publikation in der Deutschen Nationalbibliografie; detaillierte bibliografische Daten sind im Internet über http://dnb.ddb.de abrufbar.

Margot Jung
Falsche Fäter - Fernsehköchin Francesca Carlotti zwischen heißen Quellen und eiskalten Typen

ISBN: 978-3981987850
Lektorat: Nina Praun
Coverdesign: Ramona Mayer
Zeichnungen: Yvonne Taus
Satz & Layout: Daniel Reitmeier
Druck: WIRmachenDRUCK GmbH

1. Aufl. 2019, Augsburg

URL: www.3h-verlag.de

Prolog

Island, November 1986.

Eisige Windböen jagten über die leblose Ebene. Unterhalb lag die Walfangbucht im Dunkeln. Zwei der schwarz gekleideten Gestalten standen etwas abseits und fröstelten, wohingegen dem dritten im Bunde schon jetzt Schweißperlen auf die Stirn traten. Mit ganzer Kraft stemmte er sich gegen die beiden Griffe der Eisenzange, mit der er versuchte, ein Glied der sperrigen Kette zu zertrümmern. Vor ihm ragte ein gut drei Meter hoher Stahlzaun auf. Dessen Aufgabe war es, die in der stillen Bucht unter ihnen liegende Station vor ungebetenen Besuchern wie ihnen zu schützen.

„Hier, Nick." Einer der zwei Wartenden, die beide metallene Werkzeugkoffer in den Händen hielten, schob dem anderen mit der freien Hand ein Stück Papier zu.

„Was ist das?"

„Dein Ticket. Morgen, 7.45 Uhr, geht unser Flug nach Luxemburg."

Nick drehte das Stück Papier im Dunkeln, dann streckte er es seinem Kompagnon entgegen.

„Nimm das wieder. Du weißt genau, dass ich nicht mit euch kommen werde."

„Sei vernünftig. Nach dieser Aktion landest du sicher im Gefängnis, wenn du hier bleibst…"

„Sie dürfen uns einfach nicht erwischen", entschied

Nick stur und stopfte das Ticket in die Jackentasche seines Gegenübers. „Ich kann sie jetzt nicht allein lassen mit unserem Baby. Das wisst ihr genau."

Der andere schaute skeptisch. Dann huschte ein Lächeln über sein Gesicht.

„Okay. Aber tu mir den Gefallen und halt dich ein bisschen zurück. Und falls uns jemand überrascht, bist du als Erstes raus. Verstanden?" Nick bestätigte mit einem Kopfnicken. „Wie heißt sie denn, eure Kleine?"

Jetzt lächelte er. „Wir haben sie Hekla genannt, wie der Vulkan." Mit der freien Hand warf er sich einen Kaugummi ein. „War eine komplizierte Geburt. Morgen hole ich die beiden aus dem Krankenhaus."

„Los, kommt mal her und helft mir. Kaffeekränzchen beendet", schnauzte der Dritte vom Absperrzaun herüber. „Alleine wird das nichts. Die haben hier eine echte Monsterkette vorgespannt."

„Keine Panik, wir helfen dir ja", versuchte der Mann mit den Flugtickets zu beschwichtigen.

Mit vereinten Kräften gelang es den Dreien tatsächlich, die Kette zu knacken. Anschließend zog Nick die zahlreichen Kettenglieder durch die Ösen des Stahlzaunes. Mit einem markigen Quietschen schob ihr Anführer das Eingangstor auf. Alle drei traten hindurch und hasteten hinunter zur Bucht. Der breite Landungssteg im Freien war überzogen von eingetrockneten und mittlerweile angefrorenen Walblutpfützen. Nick und die anderen freuten sich jetzt fast über die unbarmherzige Kälte, die ihnen zumindest die üblen Gerüche aus Waltran, verrotteten

Fleischresten und Kotspuren erträglich machte.

Die Männer setzten ihre Werkzeugkoffer mitten auf dem Zerlegeplatz für die Walkadaver ab. Jeder griff sich, was er tragen konnte: Vorschlaghammer, Schraubenschlüssel. Der Anführer hielt weiterhin seine schwere Eisenzange als Waffe in den Händen. Vor ihnen lagen eine größere Lagerhalle und zwei kleinere Gebäude. Rost färbte große Teile der Außenfassade rot.

„Zuerst da hinein", befahl der Eisenzangenmann und zeigte auf die größte der Hallen.

Nick ließ sich nicht zweimal bitten. Mit dem von ihm gewählten Vorschlaghammer schritt er auf zwei seitliche Fenster der Halle zu und donnerte ihn mit seiner ganzen Wut in die Mitte des Glases. Scherben klirrten und spritzten. Nick schloss seine Augen. Gerade noch rechtzeitig, damit die feineren Splitter nicht in seiner Netzhaut stecken bleiben konnten. Er spürte rasierklingenscharfe Schnitte in seinem Gesicht, ignorierte den Schmerz. Schon holte er erneut aus. Donnerte jetzt gegen den hölzernen Steg, weil die beiden Fensterscheiben zum Großteil schon ausgeschlagen waren. Nun knackte das Holz und splitterte ihm entgegen. Nick griff jetzt zum Schraubenschlüssel in seinem Hosenbund. Damit säuberte er den unteren Rand der Fensterfront von hervorstehenden Scherben. Anschließend wuchtete er seinen Körper über die Öffnung, stand nun im Inneren der Lagerhalle. Seine beiden Mitstreiter taten es ihm gleich und schwärmten aus.

Rechts von ihm schaute er dem einen nach, wie er in Richtung Büro verschwand, sich gewaltvoll Zugang verschaffte und innerhalb von Sekunden die drei dort herumstehenden Computer mit seinem scharfen Pickel malträtierte. Stromblitze durchzuckten die Nacht. Ein letztes Aufbäumen der vermaledeiten Technik, die das eigentlich verbotene Abschlachten der Wale dokumentierte. Doch die isländische Regierung saß mit im Boot und breitete den Deckmantel der Wissenschaft über den Walschlächter.

Auf der anderen Seite machte sich ihr Anführer mit einem Kanister Säure zu den Wandregalen auf, wo der geschäftsmäßige Papierkram lagerte, ohne den der Verkauf des gehorteten Walfleisches beinahe unmöglich wurde. Er wusste davon, weil er sich vorab hier als Aushilfskraft ausgegeben und alles ausspioniert hatte. Mit dem Zerstören der Dokumente konnte er ihnen ordentlich an den Karren fahren.

Für Nick hatte er ein anderes Ziel ausgegeben. Nicks Aufgabe bestand darin, das Kühlsystem zu eliminieren. So würden sie das gesamte in der vergangenen Walfangsaison erbeutete Fleisch vernichten und für den kommerziellen Nutzen unbrauchbar machen. Denn verrottetes Walfleisch würde selbst der sturste Isländer diesem Walmörder Hallgrim nicht abkaufen. Hallgrim, der Verhasste, der für das widerliche Abschlachten dieser majestätischen Tiere verantwortlich war. Hallgrim, der behauptet hatte, zukünftig für die Walforschung einzutreten, und der sich so an sein Mädchen herangemacht und ihr im letzten Jahr tatsächlich kurz den Kopf verdreht hatte, mit seinen Versprechungen. Nick spürte, wie sich ihm bei dem Gedanken an seine Freundin im Bett des Walfängers immer noch der Magen umdrehte. Er atmete tief, um wieder zur Ruhe zu kommen, um sich zu fokussieren.

Drüben in der Ecke lagen die Computer nun in Einzelteilen auf dem Boden verstreut. Sein Freund war weitergezogen, hieb jetzt auf irgendwelche Sägen ein, die vermutlich zum Zerlegen des Walrückgrates benutzt wurden.

„Nick! Worauf wartest du?“, ermahnte ihn der Anführer von der anderen Seite. Ätzender Säuregeruch zog aus dessen Ecke herüber. Nick sah, dass er sich eine Gasmaske übergezogen hatte, die er zum Sprechen nun kurz gelüftet hielt.

Nick erwachte aus seiner Starre, schüttelte sich und spurtete los in die Richtung, wo sie die Steuerung der Kühlaggregate vermuteten.

Plötzlich schrillte Sirenengeheul durch die dunkle Halle. Alles wurde in rotes, flackerndes Licht gehüllt.

„Scheiße“, schrie sein Freund an der Säge. „Los, hauen wir ab.“ Nick stand wie eingefroren da. Der andere spurtete zu ihm herüber, zerrte an seinem Ärmel. „Nick, los. Wir müssen weg!“

Nick schüttelte den Kopf.

„Ich, nein. Das Kühlaggregat“, stammelte er vor sich hin. Seine Augen verfolgten wie hypnotisiert die rot flackernden Lampen an den Ausgängen.

Sein Freund zog jetzt auch am anderen Ärmel.

„Wir müssen zur Fangflotte im alten Hafen. Das ist wichtiger. Wenn wir die versenken, dann treten wir ihnen in den Arsch. Scheiß auf das bisschen Walfleisch vom letzten Jahr“, brüllte sein Mitstreiter hysterisch.

Doch Nick schüttelte ihn ab.

„Geht ihr. Ich zerstöre das Kühlsystem und verschwinde dann." Er schaute dem anderen tief in die Augen. „Mach es gut!" Er umarmte ihn, drückte ihn kurz, aber fest. Dann schob er ihn von sich und lief weiter nach hinten in die Halle, ohne nochmals zurückzublicken.

Sein Freund zögerte. Doch der Anführer rief ihn und zu zweit verschwanden die beiden im letzten Moment durch die eingeschlagene Fensterfront.

In derselben Sekunde stieß ein kleiner Mann mit Baseballkappe und tiefroten Wangen die verrostete Eingangstür zur Lagerhalle auf.

Hallgrim Jónsson lautete sein voller Name. Fischer, durch und durch, wie alle in seiner Familie, die seit Generationen zur See fuhren, um Fische und Wale zu fangen. Zuerst, weil der kargen Insel im Nordatlantik, von der er stammte, kaum Essbares abzuringen gewesen war. Jetzt, wo die Zeiten andere waren, weil er es nicht duldete, sich von irgendjemandem das Walfangen verbieten zu lassen.

In seiner Hand hielt er das Jagdgewehr, das ihm sein Vater auf dessen Totenbett geschenkt hatte. Dasselbe Gewehr, mit dem sich schon sein Großvater geschützt hatte, vor auf Eisschollen angetriebenen Eisbären und anderem lästigem Gesindel, zur Not auch menschlichem.

Hallgrim sah die eingeschlagenen Fensterscheiben. Beißender Säuregestank zog ihm in die Nase. Schnellen Schrittes bewegte er sich fort von dem Geruch, der seine Augen tränen ließ. Da, die Computer. Seine Wut brannte förmlich durch die wenigen Haarspitzen, die ihm unter seiner Baseballkappe geblieben waren. Er lud das Gewehr durch, feuerte in die Luft.

„Wo seid ihr, ihr feigen Hurensöhne?“ Seine dünne, hohe Stimme machte nicht wirklich Eindruck in der riesigen Lagerhalle, durch die immer noch das Wummern der Alarmglocken schrillte. Hallgrim lud wieder durch, feuerte jetzt auf die flackernden Warnlichter. Kugelhagel donnerte durch den gigantischen Raum. Einmal, zweimal, dreimal. Nun zuckte doch ein zufriedenes Grinsen über sein Gesicht. Drei Lampen, drei Schuss. Zumindest im Schießen machte ihm keiner etwas vor. Er stellte das Gewehr auf den Boden. War wohl keiner mehr da, dem er noch den Pelz verbrennen konnte. Schade!

Weiter hinten im Lager klirrte ein Werkzeug zu Boden. Hallgrim griff sofort wieder nach dem Lauf seiner Waffe. Sämtliche Muskeln seines Körpers spannten sich. Mit großen Schritten spurtete er nach hinten, wo es noch dunkler war. Kurz ärgerte er sich über seine Torheit, die Lichter ausgeschossen zu haben. Dann aber sah er die Tür zum Sicherungsraum für das Kühlhaus offen stehen. Er lief nun, entsicherte im Spurt das beinahe antike Gewehr. Als er durch die geöffnete Türe blickte, erstarrte er für einen Augenblick. Er hatte mit viel gerechnet. Aber der? Hallgrim begann zu schwitzen. Sein Stimmchen zitterte.

„Hände hoch, du Hurensohn!“, herrschte er Nick an. Der schwang gerade den Vorschlaghammer, um ein weiteres Mal das Sicherungssystem für die Kühlkammern zu zerschmettern. Eigentlich war schon beim ersten Schlag die komplette Automatik zu Brei zermalmt worden. Nick hielt inne, denn er hatte den Gewehrlauf bemerkt, der aus wenigen Metern Entfernung direkt auf seine Brust zielte. Rücklings ließ er den Hammer zu Boden poltern und streckte die Hände in die Höhe.

„Mach jetzt keinen Unsinn“, beschwor er Hallgrim, dem im Laufen die Baseballkappe vom Kopf tief in den Nacken gerutscht war.

„Was soll das werden, Nick?“, sagte Hallgrim betont ruhig. Er wollte furchteinflößend wirken, doch die brüchige hohe Stimme machte alles zunichte. Deshalb fuchtelte er zusätzlich mit dem Gewehrlauf hin und her, um Eindruck zu machen. „Hat dir deine Frau heute gestanden, dass euer Balg von mir gezeugt worden ist?“ Hallgrim lachte kalt. „Ich kann deine Wut ja verstehen. Aber jetzt muss ich dich doch bestrafen. Sieh dich um, der ganze Schaden.“

Nick nahm seine Hände herunter. Wütend trat er einen Schritt auf den kleinen Hallgrim zu.

„Schweig! Hör auf, meine kleine Hekla in den Schmutz zu ziehen, du Walmörder.“

Ein Schuss dröhnte durch den Raum. Nick sprang zurück und presste seine Hände vor die Ohren.

Hallgrim grinste.

„Hekla ist also ihr Name. Eine Schande, dass ich keinen Jungen zustande gebracht habe. Aber wenn sie so ein Vollweib wie ihre Mutter wird, umso besser.“

Jetzt kroch die Wut wieder in Nick hoch und siegte über seine Angst. Aus den Augenwinkeln sah er an der Wand ihm gegenüber ein Flensmesser lehnen. Eines, mit dem die Männer normalerweise den an Land gezogenen Wal in große Stücke filetierten. Eine sichelförmige Schneide, scharf wie ein Samuraischwert, die an einem gut zwei Meter langen Holzstiel befestigt war. Nick sprang zur Seite, griff nach dem Flensmesser. Das Gewehr in Hallgrims Hand knackte, wurde durchgeladen.

Jetzt standen sich die beiden ungleichen Männer wie zum Duell gegenüber, jeder mit einer Waffe in der Hand.

Kapitel 1

Mehr als 30 Jahre später. München, Februar.

„Wenn ich nur wüsste, warum uns Clara heute diesen Isländer vorstellen will? Das lässt mir seit Tagen keine Ruhe“, sinnierte Francesca vor sich hin. Dabei stand die groß gewachsene Fernsehköchin in einem zu beiden Seiten hin geöffneten Tunnelgang, der von einer Münchner Prachtstraße direkt zum Innenhof eines Szene-Lokals führte. An ihrer Seite wartete ihre langjährige Freundin und Managerin Benita in der Schlange vor dem Reservierungspult. Vielleicht lag es an ihren spanischen Wurzeln, dass sie wegen der schneidenden Februarkälte schlotterte. Ebenfalls in die Wiege gelegt worden war Benita eine relativ geringe Körpergröße. Zwar störte es sie persönlich schon lange nicht mehr, zur mindestens einen Kopf größer geratenen Francesca aufschauen zu müssen, wenn sich die Freundinnen im Stehen unterhielten; für fremde Augen gaben sie als Paar aber ein eher gewöhnungsbedürftiges Bild ab.

Endlich kam wieder Bewegung in die Warteschlange. Benita drängelte ungeduldig nach vorne. Francesca auf ihren Saint Laurent Tribute 90 Ankle Boots schritt nur zögerlich voran. Zu schwierig war es mit den Velourlederschuhen samt Plateau- und Stilettoabsatz auf Kopfsteinpflastern einen angenehmen Stand zu finden. Deshalb zog sie Benita ungeduldig am Ärmel.

„Jetzt komm. Da ist bestimmt nichts faul an der Sache.

Deine Tochter Clara, die 800 Kilometer entfernt von dir wohnt, möchte einfach mit dir zu Abend essen, wenn du schon mal in der Stadt bist. Und weil sie jetzt einen neuen Freund hat, bringt sie ihn eben mit."

Francesca zog die Augenbrauen hoch. „Clara hat mir noch nie einen ihrer Verehrer vorgestellt. Jedenfalls nicht aktiv."

Benita zuckte mit den Achseln. „Na, dann ist sie eben schwanger oder so was ähnliches."

„Bist du verrückt? Schwanger?", entfuhr es Francesca viel zu laut. Das junge Pärchen vor den beiden drehte sich um. Der gegelte Kerl, Typ Banker oder Privatiersöhnchen, musterte die beiden skeptisch. Dann wandte er sich wieder nach vorne.

Benita blieb cool. „So jung ist Clara auch nicht mehr. Und denk nur an deinen schnuckeligen Isländer von damals. Vielleicht hat sie deine Vorliebe geerbt?"

Francesca antwortete nicht, boxte Benita stattdessen mit dem Ellenbogen in die Seite. Dabei traf sie Benitas Oberarm statt deren Taille. Benita stöhnte auf.

Vor den beiden Frauen lichtete sich die Menschenansammlung. Ein Stehpult mit Leseleuchte und einer schnieken Servicekraft kam in Sicht.

„Ihr habt reserviert?" Die gertenschlanke Kellnerin musterte die beiden Frauen mit einem schiefen Blick. Vielleicht passten die zwei Freundinnen nicht so recht ins Bild der Münchner Schickeria – Stichwort: Größenunterschied. Noch dazu hatte Francesca ihre krause Naturmähne heute anlässlich des Regens unter einer altbackenen aber warmen Wollmütze versteckt.

Die stilsicher gekleidete Servicekraft selbst wirkte, als habe Chanel mal wieder einen extravaganten Laufsteg im echten Leben nachgebaut. Und Miss Unnahbar präsentierte die neueste Kollektion.

„Neu hier, oder?", entgegnete Benita, die den unfreundlichen Empfang als Kampfansage betrachtete.

Auf der Stirn der blutjungen Kellnerin bildete sich eine unschöne Zornesfalte, so dass Francesca beschloss, vermittelnd einzugreifen.

„Wir haben reserviert. Carlotti. Vier Personen", sagte sie so freundlich wie möglich. Die dunkelhaarige Schönheit packte einige Speisekarten und stapfte voraus ins Innere des Lokals.

„Dieser Blick. Was für eine Frechheit! Ich muss nachher gleich mal Ugo drauf ansprechen." Benita schnaufte schwer.

Francesca tätschelte ihr beruhigend den Unterarm.

„Ruhig Blut. Es reicht, wenn ich heute aufgeregt bin bis runter in die Kniekehlen. Du bist mein Ruhepol, verstanden? Also tick jetzt bitte nicht aus wegen solcher Kleinigkeiten."

„Du hast wohl Schiss, gleich deinen künftigen Schwiegersohn zu treffen, oder?", schmunzelte Benita. Francesca atmete lautstark aus, was Benitas Rededrang nur weiter befeuerte.

„Na, du in ihrem Alter warst schon eine gut situierte Spielerfrau und im Begriff, dein zweites Kind auf die Welt zu bringen." Benita konnte sich ein Grinsen nicht verkneifen. Francesca dagegen entledigte sich noch im Stehen ihres Wollmantels. Plötzlich fühlte es sich so entsetzlich heiß an hier drin.

„Das waren andere Zeiten“, stieß sie schnaubend hervor.

„Ja, ja, die guten alten Zeiten.“

Francesca wollte gerade etwas Pampiges entgegnen, da strömte ein verdammt gutaussehender Italiener mit graumeliertem, im Nacken zu einer Welle gelegtem Haar und einem gepflegten Spitzbart auf die beiden Frauen zu.

„Francesca, come stai? Schön, dich mal wieder zu sehen.“ Er umarmte sie unaufdringlich, verteilte drei Wangenküsse. Francesca atmete tief ein und erschnupperte Ugos moschuslastiges Rasierwasser. Irgendwie erinnerte sie der Duft an ihren Ex Gianluca. Schnell schob sie den Gedanken beiseite.

Schon wechselte der Restaurantbesitzer zu Benita, beugte sich nach unten und herzte auch die Spanierin. Die hatte ihren Groll von vorher noch nicht verdaut.

„Ugo, schön, dass du dich persönlich kümmerst. Deine neue Kellnerin hätte es fast geschafft, dass wir den ersten Aperitif im Stehen trinken müssen.“

Ugo antwortete nicht, sondern lächelte nur. Dann klatschte er in die Hände und ein anderer Kellner kam heran und nahm den beiden Frauen die Mäntel ab.

„Ihr seid zu viert ’eute? Wer kommt noch dazu? Mein Freund Gianluca?“ Galant führte er an jedem seiner Arme Francesca und Benita durchs proppenvolle Lokal zu einem ruhigen Tisch in einer Fensternische.

„Kein Gianluca heute“, enttäuschte Francesca ihren Gastgeber. „Aber Clara, unsere Tochter, möchte unbedingt mal wieder deine grandiose Trüffelpizza essen. Und bei der Gelegenheit stellt sie uns ihren neuen Freund vor."

„Fußballer?", fragte Ugo wissend.

„Isländer", entgegnete Benita. „Aber ob er kicken kann, müssen wir erst herausfinden."

„Er ist in der Gastronomie tätig", schob Francesca nach.

„Na, dann werden wir uns 'eute besondere Mühe geben bei eurem Tisch, Ladys", versprach der Restaurantbesitzer. Dann zog er zuerst für Benita, danach für Francesca einen Stuhl hervor und ließ die beiden Damen Platz nehmen.

„Zwei 'ugos aufs 'aus für meine beiden Ehrengäste", raunte er der dunkelhaarigen Schönheit in schwarz zu, als diese mit den Speisekarten vor Benitas und Francescas Tisch erschien. „abt einen wundervollen Abend, Ladys. Und grüß mir Gianluca, eh? Er soll sich mal wieder blicken lassen, claro?"

„Claro", versicherte Francesca und lächelte. Doch als sie wieder alleine am Tisch waren, zeigten ihre Mundwinkel in Richtung Boden.

„Was ist?" Benita hatte hellseherische Fähigkeiten, was Francescas Stimmung anging, selbst wenn sie sich seit Francescas Umzug vor zwei Jahren nach Hamburg nur noch unregelmäßig sahen.

„Beim Thema Gianluca brennen mir aktuell gerne die Sicherungen durch. Das ist."

„Warum? Treibt er es wieder zu bunt mit seinen Teenager-Geliebten?"

Francesca zuckte nur mit den Achseln. „Das interessiert mich schon lange nicht mehr. Aber neuerdings mischt er sich wieder in mein Leben ein."

„Will er Geld von dir?“ Benita, die mit einer tiefen Stimmlage gesegnet war, quietschte auf einmal viel zu hoch.

„Wenn es nur Geld wäre.“ Francesca strich mit den Händen immer wieder über die komplett glatte Tischwäsche vor sich.

„Ist was wegen Cosimo?“, riet Benita weiter.

Auch da schüttelte Francesca nur den Kopf. „Der Junge interessiert ihn nicht. Ein 17-Jähriger, der intensiv mit anderen Jungs ‚befreundet‘ ist. Da kommt mein testosterongesteuerter Noch-Ehemann nicht klar mit.“

„Aber?“ Benita fasste Francescas Hände, so dass sie endlich die glatte Tischdecke in Ruhe ließen. Die Fernsehköchin blickte auf. Benita konnte einen Überschuss an Feuchtigkeit in ihren großen braunen Augen erkennen.

„Er will mir verbieten, mit Arne auf Weltreise zu gehen. Ich sei eine schlechte Mutter, sagt er, wenn ich Cosimo für so lange Zeit alleine lasse“, stieß Francesca hervor und schniefte laut.

Plötzlich stand die Kellnerin wieder am Tisch und beäugte argwöhnisch die Tatsache, dass Benita und Francesca auf dem Tisch die Hände hielten. Benita zuckte augenblicklich zurück. Die Servicekraft stellte wortlos zwei Aperitifs vor den Frauen ab. Dann zog sie wieder davon und die Freundinnen blieben allein zurück, zumindest so allein man sein konnte in einem voll besetzten Münchner Schicki-Micki-Italiener am Wochenende gegen acht.

„Spinnt der?“, brach es jetzt aus Benita heraus. „Ich bin selbst kein Fan von deiner angedachten Weltreise. Schließlich lebe ich davon, dass ich dir Jobs vermittle.

Und Weltreise bedeutet, dass du lange nichts arbeiten wirst."

„Das haben wir zur Genüge durchgekaut", maulte Francesca zurück. Sie packte ihren farblosen Drink und sog einen ordentlichen Schluck davon in sich hinein. „Ich könnte auf dem Kreuzfahrtschiff Seminare abhalten. Ich würde das neue Kochbuch in Angriff nehmen." Wieder sog sie am Strohhalm. „Wir könnten sogar eine Kochsendung auf dem Schiff drehen und du könntest dabei sein."

Benita wehrte noch mehr Einwände mit den Händen ab.

„Schon gut, es würde irgendwie gehen. Das stimmt. Und ich würde die ganzen Strapazen auf mich nehmen, weil wir Freunde sind. Aber dass dir dein Ex da mitreinreden will, finde ich superdreist. Eigentlich solltest du es gerade deshalb tun." Sie schluckte kurz und fragte dann zögerlich: „Hast du dich schon entschieden?" Nun war es an der Zeit, dass Benita die Eiswürfel in ihrem Glas freilegte.

Währenddessen schüttelte Francesca abwesend den Kopf und begann wieder über das Tischtuch zu streifen.

„Ich bin mir immer noch nicht sicher. Vielleicht ist Cosimo wirklich zu jung?", murmelte sie vor sich hin. „Aber Arne ist so süß. Er schickt mir ständig kleine ‚Motivationshilfen'. So nennt er seine Überzeugungsgeschenke." Jetzt musste Francesca doch schmunzeln. „Zuerst war es ein Paket mit Cowboyhut und –stiefeln und einer Einladung zum Line-Dance-Abend, als er neulich mal wieder für ein paar Tage im Lande war."

Benita schaute zweifelnd. „Line-Dance? Ein feuriger

Tango wäre mir lieber", stichelte sie zweideutig.

Francesca schüttelte ihre Locken. „Mir aber nicht. Beim Tango siehst du nur gut aus, wenn du es total drauf hast."

„So wie ich eben."

„So wie du. Aber ich als Tanztrampel hatte bei dieser Cowboy-Nummer echt Spaß. Zum ersten Mal habe ich mich nicht wie der totale Loser auf der Tanzfläche gefühlt."

Benita seufzte. „Arne, der Frauenversteher. Warum begegnet mir nie so ein Kerl? Aber erzähl mehr. Was für Geschenke hast du noch bekommen?"

„Da war diese Mariachi-Band. Vier mexikanische Jungs, die mir ein Ständchen spielen sollten. War superlustig."

„Musstest du da wieder tanzen?"

„Quatsch. Nur zuhören. Ich hab die Kerle von der Straße reingeholt. Soviel Tequila wie an diesem Abend habe ich seit 25 Jahren nicht mehr getrunken. Jetzt will ich unbedingt mal nach Mexiko."

Benita nickte. „Dann hat Arne schon ein kleines Ziel erreicht."

„Und nach Japan will ich jetzt auch", sprudelte es aus Francesca. Parallel winkte sie der nun etwas freundlicher dreinschauenden Kellnerin zu und gab Zeichen mit ihren leeren Gläsern. „Letzte Woche hat Arne Shinji vorbeigeschickt. Mit seinen drei engsten Mitarbeitern. Er muss ein Vermögen ausgegeben haben."

„Kann Shinji auch tanzen?", fragte Benita ein bisschen gelangweilt. Francesca machte große Augen.

„Shinji ist Großmeister des Kaiseki, der gehobenen

japanischen Kochkunst. Da brauchst du schon eine Anleitung, um die verschiedenen Gerichte überhaupt stilecht zu essen. Das war die absolute Krönung."

„Und jetzt willst du in all die Kaiseki-Restaurants in Tokio, schätze ich?"

„Genau."

„Und liege ich richtig in der Annahme, dass Arnes Reise sowohl über Texas als auch über Mexiko sowie Japan führt?" Benita grinste. Francesca ebenfalls.

„Exakt."

„Der Mann ist gut", stellte Benita ein wenig neidisch fest, „der Mann ist sogar sehr gut. Wohin geht es denn noch?"

„Nach Hawaii, Australien, in die Arabischen Emirate."

„Na, dann viel Spaß beim Surfkurs, im Känguru-Streichelzoo und beim Kamelausritt", zählte Benita an ihren Fingern ab.

Ehe Francesca sich noch eine gute Antwort überlegen konnte, klopfte eine Hand auf ihren Rücken. Clara, ihre Tochter, stand plötzlich hinter ihr. Francesca erhob sich und umarmte ihr Kind, das sie wegen der räumlichen Trennung Hamburg-München nur noch viel zu selten sah.

„Mamma, wo hast du Cosimo gelassen?", fragte Clara zur Begrüßung. In Francesca grollte es.

„Ich finde es auch schön, dass wir beide uns sehen, Tochter. Und deinen Bruder konnte ich nicht mitbringen. Der hatte gestern noch Schule und ich war schon hier für diese Kochshow gebucht."

„Schade", antwortete Clara. Dann erblickte sie Benita,

die ebenfalls aufgestanden war. Ein kleines Quietschen entfuhr der sportlichen Blondine. Dann warf sie sich freudig in die Arme ihrer etwas zu kleingeratenen Ziehtante.

Francesca schluckte, aber eigentlich kannte sie das schon. Sie beschloss, sich nicht weiter zu ärgern. Stattdessen nutzte sie die Gelegenheit, um einen ersten ungestörten Blick auf Claras Begleiter zu werfen. Francesca baute zu dem kräftigen, großgewachsenen Kerl Blickkontakt auf – und erschrak. Dem jungen Mann schien das nicht aufzufallen. Er grinste, was Francesca noch mehr zusammenzucken ließ, und streckte ihr seine rechte Hand entgegen. Francesca reichte ihm ihre und starrte vielleicht einige Sekunden zu lange in sein Gesicht. Rotblondes, kurzes Haar, ein roter Vollbart, für einen Isländer gar nicht mal so blasse Haut, die aber um die Nase mit vielen Sommersprossen verziert war. Und dieses schelmische Grinsen, das nicht nur den Mund, sondern auch die Augen des jungen Mannes konstant umspielte. Francesca war geflasht.

„Hey, ich bin Aron." Seine tiefe Stimme ließ bei Francesca die Härchen auf den Armen in die Höhe schnellen.

„Francesca", gab sie cool zurück. Mehr fiel ihr nicht ein, obwohl sich tausend Fragen in ihrem Kopf drängten. „Bereit für die beste Trüffelpizza der Stadt?", palaverte sie einfach drauflos.

Aron grinste nur. Vielleicht hatte er nicht alles verstanden, hoffte Francesca.

Nun löste sich endlich die Umarmung zwischen Clara und Benita auf. Die kleine Spanierin nahm daraufhin sofort Blickkontakt zu Claras Boyfriend auf und stieß einen kleinen Schrei aus, so dass Aron fast erschrak. Dann umklammerte sie zur Begrüßung die Taille des großgewachsenen Isländers. Eine Umarmung weiter oben war wohl nicht drin. Aron ließ es geschehen und grinste wieder.

Dann setzten sich alle vier. Ugo hatte das Ankommen der beiden Neulinge aus den Augenwinkeln mitbekommen. Auch wenn er gerade am Tisch eines stadtbekannten Schauspielers saß und nicht weg konnte, sorgte er per Handzeichen dafür, dass Clara und Aron sofort mit Hugos von Ugo begrüßt wurden. Anschließend orderten die beiden Carlottis ohne Blick auf die Speisekarte Trüffelpizza für sich und ihre Begleitung. Nur Benita tanzte aus der Reihe und bestellte eine Portion Fleisch. Dann waren die vier wieder alleine am Tisch und die Spanierin begann ungeniert mit ihrem Kreuzverhör.

„Also Aron, du musst uns heute alles über Island erzählen. Francesca und ich waren noch nie da." Sie kicherte. „Und ich für meinen Teil werde da auch nie hinfahren." Aron schaute irritiert. „Nichts gegen euch", beruhigte ihn Benita, „aber verdammt, da frieren einem doch das ganze Jahr über die Zehennägel auf, so kalt ist es. Nicht wahr?"

Jetzt lachte Aron schallend, ein tiefes, wohlklingendes Lachen.

„Bei uns gibt es einen Spruch: Gefällt dir das Wetter nicht, dann warte fünf Minuten."

„Und, wird es dann wärmer?"

„Nein. Aber anders. Viel wichtiger als Wärme ist für uns im Norden das Licht. Wenn es im Sommer lange hell ist, dann ist alles in Ordnung. Für den Rest gibt es warme

Kleidung."

„Sehr weise", mischte sich Francesca ein. Doch Benita war noch nicht fertig.

„Trotzdem. Ich habe in meinem Leben bislang nur einen einzigen Isländer kennengelernt, und das war in Griechenland. Weil dem guten Magnus das schweinekalte Wetter auch auf die Senkel gegangen ist."

„Auf die Senkel?", fragte Aron.

Clara lachte. „Er mochte es nicht kalt. Es hat ihn genervt."

Aron nickte mit dem Kopf und grinste wieder. „Verstanden."

„Benita, ich wusste gar nicht, dass du mal mit einem Isländer zusammen warst", sagte Clara und nippte an ihrem Drink.

Benita warf Francesca einen Seitenblick zu. Die plattierte schon wieder das Tischtuch mit ihren Fingern und reagierte nicht.

„War ich auch gar nicht, sondern deine Mutter hier."

„Mum, ich dachte, Papa wäre dein erster Freund gewesen." Das quittierte Benita mit einem freudigen Gequieke.

„Mädel, meinst du, wir beide sind heilig? Wir waren auch mal jung." Benita stieß Francesca gegen den Arm. „Weißt du noch, dieser Trip mit dem klapprigen VW-Bus nach Griechenland? War das nicht eine Wucht, damals?"

„Mmh."

„Nicht so bescheiden. Ich sage euch, wir hatten so einen Spaß. Fast einen ganzen Monat waren wir damals unterwegs. Und was wir alles für Leute getroffen haben. Bis wir schließlich auf Chalkidiki hängen geblieben sind, weil deine Mama sich in diesen Magnus verguckt hatte."

„Ist lange her", wiegelte Francesca mit matter Stimme ab.

Benitas Stimmung hoben die alten Geschichten aber umso mehr. Sie blickte von Aron zu Clara und zurück zu Aron.

„Und wenn ich es nicht besser wüsste, würde ich sagen, du bist die Reinkarnation von diesem Magnus – dieses Lachen! Sag mal, seid ihr alle so gut gebaut auf eurer Eisinsel?"

Jetzt verdrehten sowohl Clara als auch Francesca die Augen.

Letztere schritt ein. „Benita, jetzt lass den Jungen mal in Ruhe. Wenn du mehr über isländische Männer erfahren willst, dann musst du einfach deine lächerliche Flugangst überwinden und der Insel selber einen Besuch abstatten."

Benita schnaubte. Doch zu einer Antwort kam sie nicht mehr, weil nun das Essen serviert wurde. Dreimal knusprige und erdig duftende Käsepizza mit Scheiben von hauchdünn geraspeltem Wintertrüffel darauf. Und Benitas Fleischorgie, nicht weniger einladend. Passend dazu öffnete ein blendend aussehender Kellner eine Flasche vom Tignanello, den Francesca geordert hatte. Benita blinzelte automatisch zum jungen Mann am Weinkorken und vergaß, was sie hatte sagen wollen.

Doch Aron lag offenbar viel daran, den beiden Frauen eine Reise in sein Heimatland schmackhaft zu machen.

„Wir haben auch eine Fähre, die im Osten von Island ab- und in Dänemark anlegt. Ich bin selber damit hergekommen, weil ich mein Auto dabeihabe", erklärte er.

Dann kostete er einen ersten Bissen von der krossen Pizza und verlegte sich fortan auf den Genuss der Delikatesse, statt zu sprechen.

„Wie kommt es, dass du hier in München bist?", wollte Francesca wissen.

Weil Aron den Mund gerade voll hatte, sprang Clara ein.

„Arons Dad betreibt in Reykjavik ein tolles Restaurant, das Parsley. Aron kann sich vorstellen, da miteinzusteigen, weil sein Dad andere Pläne hat. Und so hat ihm sein Vater ein paar Praktika bei alten Freunden in Europa besorgt."

Aron nickte.

„Genau, gerade bin ich im Bayerischen Hof."

Benita pfiff durch die Zähne.

„Solche Bekannte hat dein Vater? Nicht schlecht."

Aron grinste wieder sein schelmisches Grinsen und zog sein Smartphone heraus. Er tippte kurz darauf herum, dann reichte er das Gerät an Benita weiter. Die legte es auf den Tisch, damit auch Francesca die Bilder betrachten konnte. Es handelte sich dabei um die Website des Parsley, dem Restaurant in Familienbesitz. Die Fotos machten klar, dass es sich um ein gehobenes Ambiente drehte, keine Fischbrötchenbude, wie Francesca vermutet hatte.

Benita nickte anerkennend. „Was wird dein Vater dann machen, wenn du das Restaurant übernimmst? Urlaub im Süden?"

Aron lachte wieder. „Bestimmt. Auch. Aber eigentlich hat er ein neues Projekt. Er eröffnet mit einigen Geschäftspartnern eine islandweite Restaurantkette. Dort, wo die Touristen-Hot-Spots sind, servieren sie in Zukunft

Spezialitäten, vor allem Walfleisch."

Benita hörte auf zu kauen. „Walfleisch? Die armen Tiere. Muss das denn sein?"

Aron schaute überrascht.

„Wo liegt das Problem? Ist doch egal, ob ich Thunfisch und Kälbchen schlachte, oder ein etwas größeres Tier."

Drei mitleidige Augenpaare wanderten auf Benitas Teller mit dem Vitello Tonnato. Die schaute ein wenig verlegen, sagte aber nichts mehr.

„Ich finde auch, dass man sich mal mehr mit dem Thema Überfischung auseinandersetzen sollte, als das bisschen traditionellen Walfang zu verteufeln", sprang Clara ihrem Freund zu Hilfe. „Ganz Europa fischt den kompletten Kabeljau aus dem Nordatlantik und keiner stört sich so recht daran. Aber kaum schleppt mal ein Schiff einen Finnwal an Land, stürzt sich ein Heer von Aktivisten darauf und sorgt für Remmidemmi."

Francesca schaute überrascht zu ihrer Journalistentochter. Eigentlich hatte sie damit gerechnet, dass Clara auf der anderen Seite stehen und schon mit den Plateausohlen wetzen würde, um möglichst bald eine große Zeitungsstory aus dem Thema zu machen.

„Gibt es denn Ärger wegen der neuen Restaurantkette, oder ist Walfleischessen in Island kein Thema?", fragte sie deshalb an Aron gewandt.

Der grinste zum ersten Mal nicht mehr, während er sprach. „Mein Dad hat ziemlichen Ärger wegen der geplanten Restaurants. Eigentlich veranstaltet er nächste Woche das alljährliche Food-and-Fun-Festival in Reykjavik. Darum sollte sich gerade alles drehen. Aber dann ist dieser Journalist Olaf auf die geheimen Restaurantpläne gestoßen und hat einen Mordswirbel veranstaltet." Er ließ seine Gabel neben den Teller fallen und nahm sein Handy zur Hand. „Hier ist es." Mit diesen Worten legte er das Display seines Mobiltelefons wieder zurück auf die Tischmitte zwischen Francesca und Benita. Ein Zeitungsartikel war aufgerufen worden. Die Headline verkündete in englischer Sprache: Skandal rund um das diesjährige Food-and-Fun-Festival – Organisator und zwei Mitjuroren nutzen das Kochevent in Reykjavik, um ihre fragwürdigen Walfleischrestaurantpläne zu propagieren.

Francesca wurde neugierig. Sie scrollte mit ihrem Finger weiter hinunter im Artikel. Anscheinend gab es in Islands Hauptstadt jedes Jahr Ende Februar dieses Foodfestival, dem nun schon im fünften Jahr ein gewisser Magnus vorstand. Dabei musste es sich um Arons Vater handeln, denn auch das familieneigene Restaurant Parsley wurde in diesem Zusammenhang genannt. Bei dem Festival kochten eine knappe Woche lang europäische oder amerikanische Gastköche in den tollsten Restaurants Reykjaviks für eine breite Öffentlichkeit. Bedingung: Die Köche durften nur einheimische Produkte für ihre Menükreationen verwenden. Eine Jury testete fünf Tage lang, danach wurden die drei einfallreichsten Köche für ein finales Kochevent in der gläsernen Konzerthalle der Stadt, der Harpa, benannt.

„Dieses Foodfestival ist eine gute Sache für Reykjavik", erklärte Aron, so dass Francesca kurz mit dem Lesen stoppte. „Am Ende der Woche gibt es nur Sieger. Viele Touristen kommen deswegen. Früher kam niemand im

Februar. Der isländische Winter hatte alle abgeschreckt. Wir Isländer kommen in den Genuss aufregender Kreationen berühmter ausländischer Küchenchefs zu fairen Preisen, was echt der Hit ist. Und die Gastköche profitieren auch. Sie lernen typisch nordische Zutaten kennen – und spätestens seit René Redzepi ist das doch ganz heißer Scheiß, oder wie sagt man das?“

Alle am Tisch lachten. Francesca las weiter im Zeitungsbericht.

In diesem Jahr war eine Woche vor dem Foodfestival bekannt geworden, dass sich eine texanische Investorin, der einzig verbliebene Finnwalfänger Islands und Magnus, Arons Vater, zusammengetan hatten und diese islandweiten Walfleischrestaurants planten. Um das seltene Fleisch zu propagieren, hatte das Parsley für das diesjährige Festival sogar einen japanischen Koch eingeladen, der in seiner Heimat als absoluter Profi in Sachen Walfleisch galt.

Francesca vergaß zu essen. Sie scrollte weiter nach unten im Artikel. Plötzlich stockte ihr Atem. Da kam ein Bild zum Vorschein. Laut Untertitel strahlten darauf die drei Restaurantkettengründer in die Linse. Nur am Rande nahm Francesca Notiz von einem weißgrauen älteren Mann etwas hagerer Statur – seines Zeichens der Walfangunternehmer Hallgrim Jónsson – und einer klunkerbehängten und faltenfrei gezogenen Blondine jenseits der 50, die als Harriet Harper untertitelt wurde. Ihr Blick galt eigentlich nur dem Isländer Magnus, der zu ihrer Rechten stand und formvollendet schelmisch grinste. Francesca glotzte auf das Bild und vergaß alles um sich herum. Dieser Isländer, dessen Schmunzeln seinem ihr gegenübersitzenden Sohn tatsächlich wie aus dem Gesicht geschnitten war, trug ein kleines Tattoo unter seinem linken Auge in Form zweier Tränen. Winzig klein, doch groß genug, dass es Francesca eindeutig erkennen konnte.

Mit einem tiefen Seufzer legte sie ihr Besteck zur Seite und erhob sich. Erst jetzt bemerkte sie, dass die anderen drei am Tisch sie eindringlich musterten. „Ich bin gleich wieder da“, murmelte sie deshalb. Dann blickte sie ihrer Tochter traurig in die Augen und verschwand in Richtung der Waschräume. Fast fühlte sie sich, als müsste sie torkeln. Und das lag definitiv nicht am Rotwein.

Kapitel 2

Viel zu ungestüm nahm er die letzten Kurven in den engen Gassen von Altona und genoss dabei das Tuckern seines alten Porschemotors. Schließlich hatte er die Eckkneipe erreicht. Putz blätterte von den weißgetünchten Außenwänden. Natürlich gab es wieder nirgends einen freien Stellplatz für seinen hellblau-metallic lackierten 324er Porsche, einem Vorgänger des legendären 911er. Doch Götz wusste Rat. Er lenkte sein Gefährt vor das Lokal und blieb dann direkt in der Kurve zwischen Vorfahrts- und abzweigender Straße stehen. Damit versperrte er zwar sämtlichen Fußgängern den Weg, aber ‚so what'?

Bevor er ausstieg, kramte er im Handschuhfach nach dem Ausweis, den er sich von einer seiner Verflossenen „ausgeliehen" hatte und pfefferte das Schriftstück in die rechte Ecke der Windschutzscheibe. ‚Hebamme im Dienst' stand darauf geschrieben. Er musste einmal mehr grinsen. Dann schwang er sich elegant aus seinem junggebliebenen Oldtimer und lauschte der Fahrertür, wie sie mit einem satten Schmatzer zuschlug.

Drei Stufen hinauf, dann schwang er die Eichenholztür mit den unzähligen halb abgekratzten Aufkleberfetzen auf und trat ein. Der Dunst aus kaltem Rauch und abgestandenem Pils ließ ihn kurz nach Atem ringen. Doch er lächelte den Moment weg. Der Raum, in dem er nun stand, war ein düsterer Ort. An den Wänden schützten halbhohe Holzpaneele wenigstens einen Teil des Innenputzes vor dem Vergilben. Alte, in verschiedenfarbigem

Holz gerahmte Seemannsbilder, Buddelschiffe und anderer Nippes zierten die ehemals weißen Wände. Zu seiner Linken erstreckte sich ein massiver Holztresen, vor dem in die Jahre gekommene Barhocker die Stammgäste zum Abhängen einluden. Drei der Stühle waren besetzt. Ein altes Ehepaar und ein weiterer Alter mit Schiffermütze auf dem Kopf schwiegen sich in der linken Ecke des Tresens an und starrten dabei auf ihre schalen Pilsgläser. Das andere Ende der Bar markierte ein hölzernes Steuerruder, das bestimmt von einem ausgedienten Segelschiff stammte. Darüber hing eine Glocke, aus der ein dickes Seil herausbaumelte.

Warum, zum Teufel, hingen in diesen alten Hamburger Spelunken immer Glocken über dem Tresen? Das musste er bei Gelegenheit mal herausfinden. Aber nicht heute.

Er nahm Blickkontakt zur Frau hinter der Bar auf und trat heran. Gisela hieß sie, fiel ihm gerade noch ein.

„Na, Gisela, meine Perle, wie war dein Tag?"

„Ach, ne? Der Georgie, kiek mal eener an. Mit dir Quiddje koomm ich jedes Mal in'n Tüddel, bei dem, was du immer so schnackst." Die Wirtin polierte gerade Pilsgläser mit einem karierten Lappen. Beim Anblick des neuen Gastes ließ sie die Arbeit ruhen und kam näher. Sie stützte sich nach vorne auf dem alten Holztresen ab. Dabei sprangen Götz zwei runde Argumente entgegen. Gisela hatte es morgens wohl recht eilig, was das Zuknöpfen ihrer Bluse betraf. Darauf war Verlass, wie er sich von den letzten Besuchen erinnerte. Genauso wie auf den blauen Lidschatten über ihren Augen und den pinken 80er-Jahre-Lippenstift um ihren wulstigen Mund.

Götz trat ebenfalls näher. Und zwinkerte. „Gisela, Gisela.“ Er wackelte mit dem Kopf und flirtete heftigst in Richtung der drallen Wirtin. „Wann merkst du dir endlich meinen richtigen Namen, du Vollblutweib? Ich bin Götz. Götz, nicht George. Und schon gar nicht Clooney.“

Daraufhin rückte die Wirtin noch ein Stück weiter über den Tresen nach vorne. „Kiek eener an, Georgie-Boy. Tüddel nich rum und kiek in een Spiegel, du Schiedbüddel.“

„Na gut, ich gebe mich geschlagen. Auch wenn dein George Clooney viel älter ist als ich.“

Gisela winkte ab und drückte sich zurück hinter den Tresen. Trotzdem blickte sie immer noch lüstern in Götz’ Richtung. Der hielt dem Blickkontakt stand, während er sich durch sein graumeliertes Haar strich.

„Ist meine Verabredung schon da?“

Gisela nickte in Richtung Hinterzimmer. „Die krude Bande is schon ne Weile am Start.“

Götz nickte. „Machst du noch ne Runde Pils für die ‚krude Bande‘ fertig? Und für mich einen Gin Tonic, ja?“

„Jo, wenn du meinst, Georgie. Is aber ne krüsche Truppe, ne.“

„Was haben sie denn selbst bestellt?“ Clooney alias Götz ahnte bereits die Antwort.

Gisela lachte spöttisch, warf das karierte Poliertuch wieder zurück auf den Tresen und hielt Götz eine alte Pappschachtel entgegen. „Feinsten Stoff, selbstverständlich.“ Sie runzelte die Stirn, um die Schrift auf dem Stück Karton entziffern zu können. „Kamille oder Pfefferminz, jo, Genaues weiß man nich, ne."

„Tee?", stutzte Götz. Dann lachte er laut. „Okay, dann kipp mir bitte den Gin Tonic in ne Henkeltasse und mach lieber fünf Cokes statt der Pilsener."

Gisela nickte, dann ließ sie die leere Teebeutelschachtel in einen Mülleimer unter dem Tresen fallen. Schließlich reichte sie Götz die Tasse. Der zog zwei Zwanziger aus seiner hellbraunen Chino und stopfte sie Gisela mit seinen warmen Fingern in den ausladenden Ausschnitt. Dann spitzte er die Lippen, hauchte einen Kuss durch die Luft und verschwand in Richtung Hinterzimmer. Gisela fasste sich in die Bluse und zog die beiden blauen Scheine wieder heraus. Dabei seufzte sie wohlig und beobachtete Götz' knackiges Filmstarhinterteil beim Davonwackeln.

Als Götz die Tür zum Hinterzimmer aufstemmte, drehten sich drinnen alle fünf Köpfe der wie im Stuhlkreis sitzenden Kapuzenpulliträger zum Eingang. Götz hob seine Gin-Tonic-Tasse zum Gruß.

„Sorry, Leute. War mal wieder nicht einfach, einen Parkplatz zu finden. Habt ihr schon angefangen?

Der Älteste der Runde, der ungefähr in Götz' Alter schien, aber genauso in Hoodie und Jeans gekleidet war wie die Jüngeren, schüttelte den Kopf.

Eine junge Blondine mit einem langen geflochtenen Zopf und einem süßen nordischen Akzent antwortete mit zorniger Stimme: „Götz, wir treffen uns hier, um die Umwelt zu schützen. Und du kommst mit dem Auto? Bist du bescheuert? Wie lange musst du noch Mitglied bei uns sein, um das zu kapieren?"

„Wow, wow. Hekla. Komm mal runter!“ Er machte eine beschwichtigende Geste mit den Händen, so dass er fast etwas von seinem Tassencocktail verschüttet hätte. „Wohnt ja nicht jeder hier ums Eck, so wie du.“

Hekla legte ihre Stirn in Falten und machte sich zum verbalen Gegenangriff bereit, als ihr der Rundenälteste die Hand auf den Arm legte und selbst das Wort ergriff.

„Keine Anfeindungen, bitte. Wir sind alle erwachsene Menschen und müssen für unser Tun und Lassen selbst einstehen.“ Er atmete tief durch. „Wichtig ist, dass wir alle hier sind und an die Sache glauben.“ Er fuhr sich mit den Händen über seine dunklen Bartstoppeln. „Unser heutiges Treffen hat nun endlich ein konkretes Ziel. Wir können aktiv werden. Hekla, möchtest du die anderen kurz auf den aktuellen Stand bringen?“

Die Zopfblondine nickte ernst. Dann zog sie eine Zeitung aus ihrem bunten Häkelbeutel und legte sie mit dem Titelblatt nach oben auf den Boden in die Stuhlkreismitte.

Götz kam heran, zog sich einen Stuhl neben Hekla und setzte sich rücklings darauf. Er versuchte die Schlagzeilen zu entziffern, scheiterte aber an der Sprache, in der die Texte verfasst waren. Also fiel sein Blick auf das große Schwarz-Weiß-Foto in der Titelmitte. Es zeigte drei Personen, die nicht unterschiedlicher hätten sein können. Links stand ein weißhaariger Alter mit verhärmten Gesichtszügen, neben ihm eine straffgezogene Hollywood-Blondine älteren Semesters. Und der letzte im Bunde, ein rotblonder Mann um die fünfzig, der zur Rechten stand, grinste schelmisch in die Kamera.

„Wer ist das?“, platzte es aus Götz heraus. Wieder

strafte ihn Hekla mit Blicken.

„Lass mich erstmal erklären, ja?“ Götz nickte nur. „Hallgrim Jónsson, den letzten Finnwaljäger Islands, habt ihr sicher selbst erkannt.“ Sie zeigte auf den verhutzelten Alten. „Der eine der anderen beiden ist der Isländer Magnus Jökullson. Ihm gehört eins der teuersten Restaurants in Reykjavik. Bislang mochte ich ihn.“ Sie seufzte. „Aber anscheinend hat er den Verstand verloren, oder die Hexe hier hat ihm den Kopf verdreht.“ Sie zeigte auf die stark geschminkte Amerikanerin in der Bildmitte.

„Wer ist das?“, wollte nun ein anderer wissen.

„Das? Das ist Harriet Harper. Eine Texanerin. Ich habe versucht, alles über sie herauszufinden.“

„Und? Was macht Joan Collins im kalten Island? Außer, dass sie in den blonden Farbtopf gefallen ist?“, scherzte Götz.

„Wer ist Joan Collins?“, fragte ein vielleicht 25-jähriger Aktivist im dunkelgrauen Kapuzenpulli und einem mächtigen Afro auf dem Kopf, der bisher noch nichts gesagt hatte.

Götz stöhnte, aber der Älteste der Runde klärte die Jungen auf.

„Das waren die 80er, da waren Soaps über amerikanische Ölmagnaten angesagt. Öder Bullshit, aber Götz hier scheint ein Fan gewesen zu sein.“ Ein Lächeln zuckte über das vorher so ernste Gesicht.

„Jetzt ist aber gut, Captain. Nicht meine Schuld, dass die Krabbelgruppe hier keine Ahnung von deutscher Fernsehkultur hat.“

Der Ältere, den sie anscheinend Captain nannten,

ruderte zurück. „Schon gut. Bleiben wir sachlich. Hekla, bitte!“

„Harriet Harper, geboren in Fort Worth, Texas, hat ein Vermögen mit ihrer sehr speziellen Restaurantkette gemacht. Das Crocodile Inn. Sie macht den Leuten vor, wer einmal in Florida war, muss Krokodilfleisch gegessen haben. Und diese dummen Massentouristen machen mit.“

„Und wir gehen jetzt gegen diese Krokodilfleischkette vor?“, stellte sich Götz dumm.

Hekla schüttelte wütend den Kopf. „Ich bin keine Expertin für Krokodile. Aber ich stamme aus Island und, wie ihr wisst, hat schon mein Vater zusammen mit Captains Vater gegen den brutalen und sinnlosen Walfang dort gekämpft.“

„Ich dachte, dieser Grim da“, die Afrolocke zeigte auf das Bild von Hallgrim Jónsson, „wollte den Walfang einstellen, weil keiner mehr das Fleisch essen will.“

Hekla und der Captain nickten beinahe synchron.

„Guter Punkt, Tim. Aber leider sind deine Informationen veraltet.“

Hekla übernahm wieder das Sprechen: „Die drei da auf dem Bild hatten im Geheimen vor, eine Restaurantkette islandweit aufzubauen. Dort sollte vor allem Walfleisch verkauft werden. Der Journalist Olaf, ein Freund von mir, ist den Dreien auf die Schliche gekommen und hat die Bombe in seiner Zeitung platzen lassen.“

„Haben die drei den Plan danach verworfen?“, wollte Götz wissen.

Wieder schüttelte Hekla mit dem blonden Zopf.

„Nein, Hallgrim will für das Projekt sogar bestes Bauland zur Verfügung stellen, dass ihm verteilt über die ganze Insel gehört. Und er hat angekündigt, die Finnwaljagd wieder aufzunehmen und die in den letzten Jahren nicht ausgenutzten Fangquoten zusätzlich zu nutzen." Die letzten Worte spuckte die Blondine angewidert aus.

„Und was ist der Plan?", wollte nun Afro-Tim wissen. Götz meinte, ein Flackern in seinen Augen zu sehen. „Werden wir das Walfangboot von diesem Grim versenken?"

Der Captain schritt ein. „Wie ihr wisst, haben wir kein Boot zur Verfügung. Unsere Dachorganisation ist gegen das aktive Eingreifen. Sie wollen warten, weil Hallgrim Jónsson alt ist und die Hoffnung besteht, dass er bald das Zeitliche segnet. Und sein einziger Sohn ist hoffentlich vernünftiger und lässt danach das sinnlose Abschlachten sein."

„Bullshit", knurrte Hekla. „Warten, immer nur warten. Unsere Väter haben auch nicht gewartet. Wir sind doch keine Feiglinge."

„Deswegen sitzen wir hier im kleinen Kreis zusammen", beschwichtigte der Captain. Dann wandte er sich an Tim und den Rest der Gruppe. „Die Idee ist, dass wir die Walfangstation in der Nähe der isländischen Hauptstadt sabotieren, wie damals in den 80ern. Finnwale sind die zweitgrößten Lebewesen auf der Welt. Die lassen sich nur an Land zerlegen."

Hekla nickte heftig und übernahm das Sprechen: „Wenn wir Hallgrims Base zerstören, verpasst er zumindest in diesem Jahr die komplette Walfangperiode, vielleicht auch noch die nächste, wenn wir zusätzlich seine Schiffe lahmlegen." Ihre Wangen glühten nun richtig.

„Außerdem hätte er dann kein Fleisch für seine Restaurants", schlussfolgerte Götz. Wieder nickte Hekla heftig.

„Und außerdem würden die Menschen davon erfahren. Auch die Touristen. Wir könnten ein Statement abgeben, gegen das Essen von Walfleisch, das ja noch nicht mal wirkliche Tradition ist in Island."

„Nicht?", fragte nun wieder Tim.

„Nein." Hekla schaute giftig.

„Klingt gut", resümierte der Captain in seiner ruhigen Art. „Ich schlage vor, dass ich mit Hekla die Vorhut bilde und zuerst auf der Insel Erkundigungen einhole. Außerdem kann Hekla so noch mehr Informationen von ihrem Journalistenfreund gewinnen." Er schaute in die Runde. „Sollten wir uns zu einem Einsatz entschließen, kommt ihr als unterstützende Truppe nach und bringt das entsprechende Equipment mit."

Nun meldete sich Götz zu Wort. „Was soll das denn für Equipment sein?"

Der Captain senkte seine Stimme. „Wir planen die Sprengungen der Schiffe. Ich bin mit einem Mittelsmann in Kontakt, der uns das entsprechende Zeug besorgen wird."

Götz schüttelte den Kopf. „Wäre es da nicht besser, wenn du von hier aus die Besorgungen betreust und dann die heiße Ware selbst nach Island bringst?" Er ließ den Captain gar nicht zu Wort kommen, setzte sofort nach: „Ich erkläre mich bereit, mit Hekla sofort aufzubrechen." Auch er schaute in die Runde, in die Augen jedes

Einzelnen. „Immerhin habe ich viele aktive Einsätze auf hoher See mitgemacht, damals, als nicht nur immer von Warten die Rede war, sondern noch tatsächlich für unser Meer gekämpft wurde."

Ein Raunen ging durch den Stuhlkreis. Der Captain stierte lange auf das Zeitungsbild am Boden, dann nickte er langsam. Hekla sah ihm mit weit aufgerissenen Augen zu.

„Gut, da hat Götz wohl recht. Vermutlich ist es besser, wenn ich mich um den Sprengstoff kümmere. Wichtig ist, dass Hekla im ersten Team mit dabei ist."

„Dann schick Tim mit mir", flehte die isländische Blondine, die nicht mal mehr zu Götz in seinem gebügelten Hemd und der schnieken Hose hinschauen mochte.

Doch der Captain schüttelte langsam den Kopf. „Tim hat kaum Erfahrung als Aktiver, bislang jedenfalls. Es ist besser, wenn Götz mit dir geht."

Nun blickte der Captain Hekla direkt ins Gesicht. Deren Wangen waren nicht mehr rosig, sondern fahl.

„Wenn du meinst", wisperte sie kaum hörbar. Sie starrte lange auf Hallgrim Jónssons Bild. Dann fasste sie sich und schaute Götz ins Gesicht. „Aber keine Alleingänge. Unsere Fähre geht übermorgen." Sie packte ihren Häkelbeutel und hastete aus dem Hinterzimmer. Der Captain verabschiedete sich noch mit einem knappen Gruß, dann folgte er Hekla.

Kapitel 3

Mit schnellen Schritten eilte Benita an der Toilettenfrau vorbei, hinein ins schwarz-gekachelte Badezimmer des Szene-Restaurants. Ohne zu fragen, drückte sie sich an zwei wartenden Brünetten auf hohen Hacken vorbei und begann an jede der vier verschlossenen Klotüren zu klopfen.

„Francesca, wo bist du?“ Als nur Gemotze aus den besetzten Kabinen drang, hörte Benita auf, gegen die Türen zu schlagen. „Francesca, ist dir schlecht? So sag doch was?“

„Ich bin hier“, antwortete ein mattes Stimmchen aus der entgegengesetzten Richtung. Die kleine Spanierin drehte sich um. Hinter dem Toiletteneingang spannte sich eine hüfthohe Ablagefläche vor bodenlangen Spiegeln. Dort konnten die Damen ihre Täschchen abstellen und sich die Nase nachpudern. Francesca saß auf der äußersten Ecke der Ablage und ließ die langen Beine herunterbaumeln, ohne mit dem Fußboden Kontakt zu bekommen.

Benita kam näher. Francesca standen Wasserperlen auf Stirn und Wangen. Ihr Gesicht leuchtete fahl.

„Ist dir übel?“

Francesca schüttelte den Lockenkopf, dann blickte sie ihrer Freundin ins Gesicht. Die erkannte verlaufene Wimperntusche und verräterisch gerötete Augen.

„Warum weinst du?“ Benita versuchte sich auf die hohe Ablage neben Francesca zu hieven. Nach mehreren Anläufen nahm sie schließlich die Türklinke als Räuberleiter und schaffte es tatsächlich hinauf.

„Ich bin die schlechteste Mutter der Welt“, stöhnte Francesca, nachdem erstmal eine Weile keine der beiden gesprochen hatte.

„Jetzt wegen Cosimo und dem Mist, den dein Ex sagt?“, fragte Benita verwirrt.

Wieder stoben Francescas Locken umher. „Wegen Clara.“ Sie seufzte tief, schluchzte. „Weil ich ihr gleich das Herz brechen muss.“ Noch einmal wischte sie mit dem Handrücken über ihr verschmiertes Gesicht und schimpfte nun lauter. „Weil ich ihr gleich die beiden liebsten Menschen auf der Welt wegnehmen muss. Und das bloß wegen meines Scheiß-Egotrips damals.“ Francesca musterte Benita von der Seite. „Und du bist mitschuldig. Jawohl!“

„Ich?“ Benita riss ihren Kopf zur Seite und starrte Francesca an. „Von was sprichst du überhaupt?“

Die anderen Toilettenbesucherinnen standen herum und glotzten. Eine zückte ihr Handy. Benita sah es und schnauzte sie dermaßen an, dass die brünette Schönheit nicht mehr wagte zu knipsen, sondern schimpfend aus der Türe verschwand.

„Tut mir leid“, lenkte Francesca wieder ein. „Ich, ich bin nur total fertig.“

„Und weswegen?“

„Hast du das Bild von Arons Vater gesehen?“

„Diesem Magnus?“ Benita bestätigte mit einem Kopfnicken.

„Hast du ihn erkannt?“

Jetzt klopfte Benita aufmunternd auf Francescas linken

Oberschenkel und schmunzelte. „Ach, du denkst, weil er Magnus heißt und sein Sohn so grinst wie der Griechenland-Magnus von damals? Das hat doch nichts zu bedeuten."

„Oh, doch."

„Hey, Island ist zwar vermutlich klein, aber ich bin sicher, dass da mehrere Magnusse leben. Verlass dich drauf, Süße." Benita kramte in ihrer Handtasche nach dem Mobiltelefon und googelte das Restaurant Parsley in Reykjavik. Schließlich schien sie gefunden zu haben, was sie suchte und hob das Display hinüber zu Francesca, so dass die mitschauen konnte. „Sieh her. Das ist die komplette Restaurantmannschaft von dieser isländischen Petersilienbude." Sie zog das Bild mit den Fingern größer und fuhr langsam von links nach rechts. „Da gibt es bestimmt drei oder vier Typen im richtigen Alter, die alle dein Magnus von damals sein könnten. Alle die gleiche Haarfarbe", urteilte Benita.

Jetzt schoss wieder Blut zurück in Francescas Wangen, vielleicht sogar eine Spur zu viel davon, denn sie lief himbeerrot an. Mit ihren Fingern suchte sie zielsicher nach einer Person auf dem Display und zoomte das Foto an der passenden Stelle groß. Dann zeigte sie auf das Gesicht eines Mannes mit einem kleinen Tattoo unter dem Auge.

„Das ist Magnus. Der Magnus. Darauf verwette ich meinen dicken Sahnearsch."

„Na, na, na."

„Siehst du die zwei Tränen unter seinem Auge?" Benita nickte. „Als ich ihm gesagt habe, dass ich zurück zu Gianluca muss, hat er sich in der Nacht das Ding noch stechen lassen." Francesca kämpfte wieder mit den Tränen. „Als wir am nächsten Morgen gefahren sind, habe ich sie auf seiner Wange gesehen. Fast wäre ich geblieben."

„Oh je", stöhnte nun auch Benita. „Und ein knappes Jahr später ist Clara zur Welt gekommen."

Francesca nickte stumm. „Und ich kann dir ums Verrecken nicht sagen, ob sie die Tochter von Gianluca oder die Tochter von Magnus ist."

Kapitel 4

Alles Jammern half nichts. Draußen im Restaurant warteten, und das gefühlt seit einer halben Ewigkeit, Francescas Tochter Clara und ihr Freund Aron. Sie ahnten nichts von ihrem möglicherweise sehr engen Verwandtschaftsverhältnis. Francesca musste jetzt da raus. Brechreiz stieg in ihr auf bei dem Gedanken, Claras bisheriges Leben komplett in Frage zu stellen mit dem, was sie ihr gleich sagen würde. Sagen müsste. Francesca schwang sich von ihrer Sitzgelegenheit und drückte demonstrativ den Rücken durch.

„Du willst jetzt aber nicht irgendwas Voreiliges sagen, zu den Zweien da draußen?“, fragte Benita von hinten. Ihre forsche Stimme ließ Francesca zusammenzucken. Sie drehte sich um.

„Ich kann nicht nichts sagen. Wer weiß, was sonst heute Nacht geschieht.“ Sie zog die Augenbrauen nach oben.

Benita hopste ebenfalls von der Sitzplattform.

„Nichts, was nicht sowieso irgendwann vorher mal passiert ist“, stellte sie nüchtern fest.

„Aber…“

„Nichts, aber. Du weißt, wie sehr Clara an Gianluca hängt. Und wie sie für Aron empfindet, können wir bisher nur ahnen.“

„Ich weiß“, stöhnte Francesca und sackte wieder ein wenig in sich zusammen.

Benita machte ein ernstes Gesicht und deutete auf

Francescas Spiegelbild.

„Du bringst jetzt erst einmal die Katastrophe in deinem Gesicht wieder in Ordnung." Zeitgleich drückte sie Francesca ihr Täschchen mit den nötigsten Schminkutensilien in die Hand. „Und ich mach mich schlau zum Thema Vaterschaftstests. Doktor Google weiß da bestimmt Rat."

Als Francesca ihr die Tasche aus der Hand nehmen wollte, hielt Benita sie noch einen Moment lang fest. Die Blicke der Freundinnen trafen sich. „Versprich mir, dass du da draußen die Rolle deines Lebens spielst, okay? Alles andere kannst du dem Mädchen einfach nicht antun."

Francesca sagte nichts, nickte aber. Dann begann sie in der Kosmetik ihrer Freundin zu wühlen. Ihr Gesicht sah schlimm verschmiert und verquollen aus. Es gab viel zu reparieren. Außerdem wollte sie sich eine extradicke Schminkschicht verpassen, eine Maske, durch die ihre Tochter heute Abend hoffentlich nicht hindurchsehen würde.

Francescas Herzschlag pochte gut sichtbar an ihrer Halsschlagader, als sie begann, sich die alte Foundation von den Wangen zu reiben.

„Wo, bitte schön, wart ihr denn jetzt?", fragte Clara, als Benita und Francesca zum Tisch zurück schlichen. „Seid ihr noch den Alten Peter hochgestiegen und habt das Münchner Panorama bei Nacht genossen?" Clara grinste.

„Ist dieser Turm so spät noch offen?", fragte Aron überrascht. Clara schüttelte amüsiert den Kopf.

Als Francesca nicht reagierte, ergriff Benita das Wort.

„Nein, da war diese Frau auf der Toilette."

„Welche Frau denn?“, wollte nun Aron wissen.

„Die mit dem Ring“, stieß Francesca hervor.

Zeitgleich antwortete auch Benita: „Die ist gestolpert.“

Jetzt lachten Clara und Aron.

„Was jetzt?“, hakte Clara nach. Benita grinste unsicher. Da fasste sich Francesca ein Herz.

„Na, diese Frau, die ist in der Toilette gestolpert. Dabei ist sie gegen diese Klobrille gefallen.“

„Genau“, übernahm Benita, „und als sie sich abstützen wollte, ist ihr Ring ins offene Klo gefallen.“

Francesca nickte roboterhaft. „Da mussten wir natürlich helfen.“

„Iih“, machte Clara. „Habt ihr etwa versucht, den Ring“, sie schüttelte sich kurz, „aus der Kloschüssel zu fischen?“

„Ja“, nickte Benita.

„Nein“, stieß Francesca hervor.

Clara und Aron bekamen große Augen. „Ja, was denn nun?“

„Erzähl du“, beschloss Benita.

Francesca schaute kurz böse zur Seite, dann setzte sie wieder ein amüsiertes Gesicht auf.

„Also, wir wollten es fast schon tun. Da habe ich gerade noch gesehen, dass die Kette hinter der Kloschüssel auf dem Boden lag. Keine Bange, Benitas und meine Hände sind perfekt sauber und bereit, das Dessert in uns reinzuschaufeln. Wisst ihr, was ihr nehmt?“ Mit diesen Worten riss sie ihren Arm in die Höhe und fuchtelte wild damit herum, bis sie die Aufmerksamkeit der dunkelhaarigen Servicekraft auf sich gezogen hatte.

Benita nutzte die Gelegenheit, um ausführlich in der bereitliegenden Speisekarte nach einem passenden Dessert zu suchen. Es gab eigentlich nur Schokomousse, Tiramisu und Panna Cotta. Aber Benita las und las, nur, um nicht aufschauen zu müssen.

„Komisch. Hatte die Frau jetzt den Ring oder die Kette verloren?", fragte Clara.

Francesca zuckte nur mit den Achseln. Dann wandte sie sich an Aron. „Was für Desserts sind denn typisch für Island, Aron?"

„Wir Isländer lieben Eis."

„Obwohl es so kalt ist?"

Aron nickte stolz.

„Isländisches Eis schmeckt." Er reckte den Daumen nach oben. „Außerdem lieben wir unseren Skyr und es gibt viel mit Rhabarber, weil der in unseren Gärten wächst."

„Pfui", entfuhr es Benita. Dann etwas kläglicher: „Entschuldigung, aber Skyr. Das ist nicht dein Ernst? Ich habe das Zeug aus dem Discounter neulich probiert, weil es so fettarm sein soll. Einfach nur sauer, wenn du mich fragst."

Aron nickte. Wieder sah Francesca bei ihm dieses schelmische Grinsen, wie bei Magnus vor einem Vierteljahrhundert. Dem sie damals ein Stück weit verfallen war.

„Euer Skyr hier kommt nicht aus Island. Der wird in Deutschland gemacht. So viele Kühe gibt es bei uns gar nicht." Er blickte zu Benita. „Und du hast verdammt nochmal recht, euer Skyr schmeckt fürchterlich." Er lachte sein kräftiges Lachen und Clara stimmte mit ein, bis die beiden schließlich in einen langen Kuss verschmolzen. Francesca drehte sich der halbleere Magen um, doch Benita klopfte ihr zur Erinnerung so stark auf den linken Oberschenkel, dass Francesca mit Mühe ein Aufjaulen verhindern konnte.

„Warst du schon in Island?", wandte sich Benita an Clara.

„Nein, leider." Sie schaute zu Aron. „Aber nächste Woche zum Food-and-Fun-Festival, da möchten wir Arons Dad besuchen und uns mal so richtig durchschlemmen."

„Wenn das Festival überhaupt stattfinden kann", sagte Aron ernst.

Clara nickte.

„Wisst ihr, Arons Dad sind diese Woche einige der Juroren abgesprungen. Wegen dieser Geschichte mit dem Walfleisch."

„Wie wäre es mit Francesca hier als Jurorin? Als deutsche Fernsehköchin hätte sie doch sicher alle Qualifikationen, die man haben muss. Oder?", fragte Benita.

Francesca erschrak. Dann versetzte sie Benita einen schmerzhaften Fußkick unter dem Tisch. Oben herum versuchte sie die freundliche Maske aufrecht zu erhalten.

„Komm schon, Benita, dräng mich Aron nicht so auf. Außerdem habe ich nächste Woche jede Menge Verpflichtungen."

„Was denn genau?", fragte Benita unschuldig zurück. Francesca lächelte wie eingefroren.

„Na, das mit der Sendung. Und dieser Fototermin. Du weißt schon."

„Ich weiß von nichts." Benita schüttelte den Kopf und

kassierte einen neuerlichen Tritt. Francesca konnte sehen, dass sich die Spanierin auf die Lippen beißen musste, um nicht loszubrüllen.

„Schade", sagte Aron. „Aber wenn du keine Zeit hast. Denn mein Vater würde dich bestimmt gerne im Team aufnehmen." Er schaute zu Clara. „Und Clara und ich wären auch da. Du könntest ein bisschen von Island sehen." Nun schickte dieser gutgebaute Bursche noch einen absoluten Welpenblick über den Tisch, dass Francesca schwer schlucken musste.

„Komm", stichelte Benita wieder. „Ich begleite dich. Tu es dem Jungen zuliebe."

Clara stand auf, kam um den Tisch herum und umarmte – ihre Ziehtante, nicht ihre Mutter. „Benita, du bist die Beste. Dass du wegen Aron in ein Flugzeug einsteigst, das rechne ich dir hoch an."

Da schüttelte Benita den Kopf. „Fliegen, nie im Leben. Aber ich habe es gegoogelt. Übermorgen fährt diese Nordatlantikfähre, von der Aron gesprochen hat. Dänemark, das können deine Mutter und ich noch schaffen."

„Jetzt ist es aber mal gut", platzte es aus Francesca heraus. „Deine Flugangst, okay. Aber ich fürchte mich vor Wasser – und dann schickst du mich in einer Nussschale über den Nordatlantik. Ist das fair?"

Drei nickende Köpfe fanden, dass es fair sei.

„Das ist der ultimative Test für deine anstehende Weltreise auf dem Kreuzfahrtschiff", sagte Clara.

„So etwas macht wirklich nur die allerbeste Freundin. Danke, Süße", lobte Benita.

Und Aron machte alles fix. Er drückte auf seinem

Mobiltelefon herum, dann verkündete er: „Ich habe es gerade meinem Vater geschrieben. Danke, Francesca, das werde ich dir nie vergessen."

Francesca lächelte unsicher. Wenn du wüsstest, was ich weiß, dachte sie, dann würdest du mir eher den Hals umdrehen.

Als die vier nach dem Dessert aufbrachen, verabschiedeten sie sich in dem Wissen, schon nächste Woche an einem deutlich kälteren Ort wieder aufeinander zu stoßen.

Benita hetzte noch einmal zurück ins Restaurant, dann brachen die beiden Paare in getrennte Richtungen auf.

Nach wenigen Metern konnte Francesca ihre Wut nicht mehr im Zaum halten.

„Warum hast du mich in diese Katastrophe hineinmanövriert? Ich will Magnus nicht sehen, verstehst du das nicht?"

Benita antwortete kühl. „Wir müssen ihn sehen. Und irgendwie an seinen Speichel ran. Für den Test." Dann öffnete sie siegessicher ihr Handtäschchen. Darin lag in Folie verpackt ein benutztes Taschentuch und ein noch tropfender Strohhalm."

„Iih. Was soll das denn sein?"

„Eine DNA-Probe deiner Tochter. Schicke ich morgen früh gleich in ein Institut zur Untersuchung. Und dann fahren wir los und besorgen uns Magnus' Speichel in Island."

Francesca schaute fragend zu ihrer Freundin, die erhobenen Hauptes und mit Blick geradeaus neben ihr dahinschritt.

„Du spinnst."

„Vielleicht. Aber zumindest habe ich einen Plan – und wir fahren endlich mal wieder gemeinsam weg. Wie schön."

„Griechenland wäre mir lieber", stellte Francesca nüchtern fest. Dann begann sie zu kichern, und Benita stimmte mit ein.

Kapitel 5

„Wach auf!“ Irgendjemand rüttelte vehement an Francescas Schulter, so dass sie widerwillig das rechte Augenlid ein klein wenig nach oben schob. „Na endlich.“

Benita stand vor Francescas Schlafstätte, mit nassen Haaren frisch einer Dusche entstiegen und so unverschämt wach, dass Francesca fast ärgerlich wurde.

„Verdammt, was soll das?“, knurrte sie in Richtung ihrer Freundin. Die zog kommentarlos an der Bettdecke. Francesca klammerte sich an den letzten Zipfel und ein kurzes Tauziehen entstand, das die wache Benita für sich entscheiden konnte. Francesca rollte sich demonstrativ ohne Decke auf ihrem Laken zusammen.

„Jetzt komm! Vor uns liegen 1.300 Kilometer. Und das Ganze bis morgen früh um 10.“ Nun zog Francesca auch das zweite Augenlid hoch und blickte fragend zu Benita. Die musste grinsen. „Hast du etwa alles vergessen? Gestern Abend? Clara und Aron? Dein Engagement als Essenstesterin in Reykjavik?“

Plötzlich schnellte Francescas Oberkörper in die Senkrechte. Mit beiden Händen raufte sie sich die Haare.

„Oh je. Hab ich verschlafen? Wann geht unser Zug?“

„Zug?“, wunderte sich Benita. „Ich dachte, wir fahren mit dem Wagen. Ich habe uns eine Kabine auf der Islandfähre gebucht. Aber die legt morgen Mittag am nördlichsten Zipfel von Dänemark ab.“

„Gut, gut“, entgegnete Francesca, die hektisch in Benitas Gästezimmer herumsprang und ihre Habseligkeiten in den mitgebrachten Hartschalenkoffer schleuderte. Dann hielt sie kurz inne. „Und mit welchem Auto sollen wir fahren? Ich bin schließlich mit dem Zug aus Hamburg gekommen."

Benita schmunzelte.

„Na, mit meinem." Francesca runzelte die Stirn. „Überraschung. Ich habe letzten Sommer den Führerschein gemacht." Stolz schwang in Benitas Stimme. Francesca schüttelte erst den Kopf, dann umarmte sie ihre Freundin umso stürmischer.

„Wow, gratuliere. Aber warum hast du mir nichts davon erzählt?"

„Ich wollte dich überraschen und nach Hamburg kommen. Aber erst, wenn ich mich sicher fühle. Und bestimmt nicht im Winter."

„Okay", Francesca nickte langsam. Doch Benita gab ihr keine Zeit zu überlegen.

„Los jetzt. Ich gebe dir fünf Minuten für eine Katzenwäsche. Dann ist Abfahrt. Wir treffen uns in der Tiefgarage."

Immer noch müde, jedoch äußerst neugierig, entstieg Francesca dem Aufzug von Benitas Wohnhaus und trat in die betongraue Garage im Untergeschoss. Während ihrer kurzen Dusche hatte sie hin- und herüberlegt, welches Gefährt sich Benita wohl zugelegt hatte. Francesca tippte auf einen Mercedes Roadster, der so elegant wie ihre Freundin selbst war. Oder vielleicht ein eindrucksvoller Porsche in Signalfarbe? Einen wendigen Mini für den Stadtverkehr wollte sie auch nicht ausschließen. Dann sah sie Benita stehen und strahlen. Ah, ein schwarzer Porsche also. Francesca schob ihren Koffer heran.

„Okay, nicht schlecht. Hat mein Gepäck noch im Kofferraum Platz?“, fragte sie Benita. Die grinste.

„Klar, schmeiß einfach rein. Platz genug hat er ja.“ Sie trat ein paar Schritte weiter, ließ den Porsche unbeachtet stehen. Neben dem schicken Wagen parkte ein braunes Etwas mit geöffneter Schiebetür und Laderaum, als würde der Besitzer täglich auf dem Großmarkt Gemüsekisten abholen und weitertransportieren müssen. Die Dachgepäckschienen aus Plastik verbesserten die Optik des zutiefst schmutzunempfindlichen Gefährtes nicht nennenswert. Benitas ganzer Stolz hörte auf den wenig sexy klingenden Namen Renault Kangoo und Francesca schluckte hart, um nicht loslachen zu müssen.

„Der ist aber... geräumig“, presste sie sich stattdessen ab.

„Gut, nicht?“ Benita packte Francescas Koffer und wuchtete ihn durch die zweigeteilte Kofferraumklappe ins Fahrzeugheck. Dann warf sie ihre Jacke auf die Rücksitze und schloss die seitliche Schiebetür. „Damit kann ich ganz bequem mein Fahrrad transportieren“, verkündete die Spanierin weiter. „Tipp vom Verkäufer.“ Sie zwinkerte Francesca zu, die plötzlich laut husten musste und sich lieber schnell auf dem Beifahrersitz des sehr braunen und sehr geräumigen Automobils niederließ.

Benita stieg von links zu. Doch statt zu starten, kontrollierte sie zuerst den Sitz der Außenspiegel, justierte am linken etwas herum. Dann der Rückspiegel. Schließlich ruckelte sie ihren sowieso schon fast im Motorraum befindlichen Fahrersitz noch einmal wenige Millimeter nach vorne. Erneuter Spiegelcheck.

Francesca beobachtete Benita, wie die unter dem Lenkrad ihres Autos herumtastete. Dabei versuchte sie die Position des Lenkers nach oben zu verstellen bis die Rippen der Spanierin auf dem ledernen Rund auflagen. Danach – Spiegelcheck.

Jetzt folgte der erste Startversuch. Das Auto gurgelte ein wenig, dann sprang der Motor an. Benita atmete auf.

„Super. Ich dachte schon, er würde nicht anspringen.“

Francesca trocknete sich verstohlen die feuchten Handflächen an ihrer Jogginghose ab und erinnerte sich zurück, als ihre Tochter Clara vor Jahren die ersten Fahrversuche gestartet hatte. Damals war sie nicht halb so nervös daneben gesessen.

Benita gurtete sich nun an und warf einen prüfenden Blick auf Francesca, ob die es ihr gleichgetan hatte. Dann legte sie den Rückwärtsgang ein. Das Fahrzeug heulte auf. Benita zog die Schultern nach oben. Beim zweiten Versuch klappte es tatsächlich mit dem Einlegen des Ganges. Jetzt Schulterblick. Mit viel Gas setzte Benita aus ihrer Parklücke heraus. Über das fünfmalige Rangieren sah Francesca großzügig hinweg. Doch ihr graute vor der engen Kurve bei der Tiefgaragenausfahrt. Auch in Benitas Gesicht zeichnete sich Anspannung ab. In den nächsten Minuten wurde verhältnismäßig wenig geatmet im sehr braunen und sehr geräumigen Kangoo. Schließlich war die Kurve geschafft.

Francesca wunderte sich, wieviel Drehzahlen so ein erster Gang bei einem Mittelklassewagen doch aushielt.

Denn Benita vergaß zeitweise das Schalten. Nach drei Ampeln rollte sie ihr Gefährt sachte und vorausschauend in die nächste Tankstelle.

„Sorry, ich muss gleich nochmal tanken. Bin eine Weile nicht mehr gefahren", entschuldigte sie sich bei Francesca.

„Wie lange denn nicht mehr?"

„Ähm, na im November, da gab es mal diesen Schneeschauer. Zwei Tage lang. Bei dem Chaos wollte ich mit dem Wagen nicht raus."

„Benita, jetzt ist es Ende Februar."

Benita machte eine wegwerfende Handbewegung.

„Ach, weißt du. All die Jahre vorher bin ich auch super zurechtgekommen. Mit den Öffentlichen."

Benita wollte gerade aussteigen und die Zapfsäule betätigen, da streckte ihr Francesca fordernd die rechte Hand entgegen.

„Gib her, Süße." Sie lächelte. „Ich wollte schon immer mal so einen kleinen Franzosen fahren. Darf ich?"

Benita atmete tief durch.

„Ich dachte schon, du fragst nie." Ein erlösendes Lachen erfasste die beiden Freundinnen, in das sie sich immer mehr hineinsteigerten.

Francesca schüttelte sich: „Da kannst du auch dein Fahrrad einladen", prustete sie. „Sag mal, seit wann hast du denn ein Fahrrad?"

Benita rang nach Atem.

„Fahrrad? Ich hab doch kein Fahrrad." Wieder lachten die beiden Freundinnen, bis ihnen Tränen in die Augen stiegen. Von der Zapfsäule gegenüber schaute ein graumelierter Herr streng ins Wageninnere. Vergeblich.

„Lass mich raten", drückte sich Francesca zwischen zwei Lachern heraus. „Der Autoverkäufer war jung und gutaussehend?"

Benita nickte heftig.

„Wie Brad Pitt zu seinen besten Zeiten. Dem hätte ich alles abgekauft. Das kannst du mir glauben."

Kapitel 6

„Warum eigentlich die Fähre? Ein Flugzeug hätte es auch getan.“ Götz blies sich zum Aufwärmen in die eigenen Fäuste. Mit seiner nagelneuen dunkelgrünen Daunenjacke, dem perfekt sitzenden Haar und seinen glattrasierten Wangen sah er nicht gerade wie der durchschnittliche Tramper aus. Neben ihm lehnte Hekla an der Säule einer Tankstellenüberdachung und hielt einen Karton mit der Aufschrift ‚Denmark‘ vor ihren Körper. Ihr Outfit passte schon eher zum Vorhaben. Dem gefütterten Parka sah man die zahlreichen Monate weit weg von zu Hause an. Aus ihrer grauen Wollmütze lugte der lange blonde Zopf heraus.

Zu Füßen der beiden standen zwei riesige Rucksäcke, wie sie jugendliche Backpacker in aller Welt nutzten. Darauf deutete Hekla nun mit ihrem Kinn.

„Was wir dabeihaben, könnte an einer Flughafenkontrolle durchaus Fragen aufwerfen.“ Götz machte große Augen. „Na, die Drohne in deinem Rucksack, zum Beispiel. Und ich habe noch ein paar andere Gimmicks dabei. Ich will mich wehren können, sollte mir dieser hinterlistige Hallgrim oder einer seiner Lakaien an die Wäsche wollen.“

„Hat dir dieser Walfänger mal was angetan oder hasst du ihn einfach aus Prinzip?“

„Das ist eine lange Geschichte.“ Hekla schaute direkt in Götz’ Augen und verzog den Mund. „Und außerdem geht es dich nichts an.“

„Na, Zeit genug hätten wir ja“, versuchte es Götz noch einmal.

„Da“, Hekla streckte ihren Zeigefinger in Richtung eines Trucks, der soeben an eine Zapfsäule etwas entfernt von den beiden gerollt war. „Er hat hergesehen. Ich versuch mal mein Glück.“ Die blonde Isländerin ließ den Karton mit der Reisezielaufschrift sinken und schritt auf den schmächtigen Burschen zu, der sich gerade von seinem Bock schwang, um vollzutanken.

Götz beobachtete Hekla, wie die auf den flachsigen Kerl einredete. Schließlich drehten beide ihre Köpfe zu Götz. Der hob seine rechte Handfläche zum Gruß und lächelte unverfänglich. Der Blick des Brummifahrers nahm seltsame Züge an, dann nickte er zustimmend. Also schulterte Götz sein Bag und machte sich auf den Weg in Richtung Lkw mit dem spanischen Kennzeichen.

„Can we come with you?“, wandte er sich an den dunkelhaarigen Fahrer. Der lächelte nochmal komisch und reckte den Daumen in die Höhe. Also ging Götz um das Fahrerhaus herum und öffnete die Beifahrertür, während Hekla noch ihr Gepäck holte. Mit zwei Schritten erklomm er den Bock – und erschrak. Die Sitze des Lastwagens trugen einen flauschigen Überzug in knalligem Pink. Vom Dachhimmel der Kabine baumelten ein Paar plüschige Handschellen.

„Ach du Schande“, entfuhr es Götz. Er stieg nochmal ab und beschloss, auf Hekla zu warten. War wohl besser für alle, wenn sie direkt neben dem spanischen Loverboy Platz nahm.

Kapitel 7

„Ist das Pressekonferenz zu neuen Walfleischrestaurants?", fragte ein asiatischer Journalist mit Spitzbart Arons Vater Magnus, als beide vor dem Eingang des großen Konferenzraumes der Harpa fast zusammenstießen.

Magnus entschuldigte sich mit einer Verbeugung.

„Das hier ist die Pressekonferenz zum diesjährigen Food-and-Fun-Festival", erklärte er höflich.

Der Asiate kramte in einem Packen Papier, überflog ein paar Zeilen mit japanischen oder chinesischen Schriftzeichen und nickte dann wissend.

„Hai. Ist richtig hier. Sie sind Gründer von neuen Walfleischrestaurants. Erlauben ein Interview?"

Magnus versuchte, freundlich zu bleiben.

„Entschuldigen Sie bitte, aber heute geht es nur um das Foodfestival."

Der Asiate grinste.

„Ich verstanden. Wir sprechen nach Konferenz, in Ordnung?" Er zwinkerte Magnus zu.

„Mal sehen. Jetzt nehmen Sie sich doch bitte erst einmal Kaffee. Außerdem haben wir köstlichen Skyr, Rhabarberkompott und frisches Granola zu Ihrer Stärkung am Buffet. In wenigen Minuten geht es los."

Der Asiate verbeugte sich tiefer als es Magnus mit seinem Bäuchlein möglich war. Dann lächelte er verschmitzt und zeigte zum aufgebauten Buffettisch neben dem Eingang.

„Seien das geräucherter Wal auf Brötchen?" Er leckte

sich mit der Zunge über die Lippen. „Ich lieben Wal. Egal: Geräuchert, roh, gebraten. Immer sehr gut."

Magnus schüttelte mit dem Kopf.

„Das ist geräuchertes Lamm. Bitte bedienen Sie sich." Dann verbeugte auch Magnus sich noch einmal und hastete am lächelnden Walfleischliebhaber vorbei. Er schluckte, als er den Trubel im Konferenzraum betrachtete. Im Vorjahr hatten 15 Journalisten an der Pressekonferenz zum Food-and-Fun-Festival teilgenommen. Da hatte ein kleines Besprechungszimmer in der Harpa, dem gläsernen Konzerthaus am Hafen, ausgereicht. Heute saßen sie im größten Veranstaltungsraum und gut die Hälfte der Sitze war besetzt.

Magnus schritt zur erhöhten Plattform am Kopfende des Saals und setzte sich hinter sein Namensschild. Neben ihm nahm Maria Platz. Mit ihren zarten Fingern schob sich die Isländerin mit der rosigen Haut unentwegt Strähnen ihres langen dunklen Haares hinter die Ohren. Magnus und Maria kannten sich aus der Schulzeit und betreuten die Veranstaltung seit fünf Jahren gemeinsam. Doch so ernst hatte er Maria selten dreinschauen sehen. Entlang ihrer Stirn zogen sich feine Falten, die, so hätte Magnus schwören können, sonst nicht zu sehen waren. Magnus folgte Marias Blick und sah, dass sie einen solariumgebräunten Mann musterte, der mit seinem frisch gebügelten Winchesterhemd aus der Masse der Jeans-und-Shirt-Journalisten hervorstach: Marias Noch-Ehemann Olaf saß im Publikum. Nun verstand Magnus ihre Aufregung. Auch er rutschte jetzt unruhig auf seinem Sitz herum und strubbelte sich durchs rotblonde Haar.

Zu seiner anderen Seite lehnte ein zusammengesunkener Isländer in der Hartplastikschale seines Stuhls. Dass er fortwährend seine eigenen Fäuste knetete, bis die Knöchel weiß hervortraten, verriet Magnus das Innenleben des jungen Kerls, der auf den Namen Ben hörte. Und die Tatsache, dass sein kahl rasierter Schädel feucht schimmerte. Gab es Angstschweiß am Hinterkopf?

Eigentlich hätte auf Bens Platz sein Vater sitzen sollen. Doch der hatte wie gewohnt keine Lust auf direkten Kontakt mit der Presse. Kein Wunder. Als großer Fischfangindustrieller und einzig verbliebener Finnwaljäger Islands erwarteten ihn wohl keine besonders charmanten Fragen der internationalen Journaille.

Ganz außen saß, perfekt geschminkt und besonders aufrecht, jedoch Kaugummi kauend, die Reinkarnation von Joan Collins aus der 80er-Jahre-Serie Denver Clan – Harriet Harper. Nur, dass das Haar der Guten blond statt dunkel gefärbt war und sie eigentlich aus Texas stammte.

Harriet kramte gerade seelenruhig in ihrer Krokodilledertasche und checkte anschließend ihr Make-up im Handspiegel. Von Nervosität keine Spur. Magnus war beeindruckt. Aber irgendetwas lag in ihrer Aura, das ihn einfach nicht anturnte. Doch spannend war diese selbstbewusste Wundertüte aus den USA allemal.

Maria lehnte sich zu Magnus herüber.

„Du solltest jetzt die Spielregeln für das Festival vorlesen“, flüsterte sie. Wieder fing sie eine heruntergerutschte dunkle Haarsträhne auf und bügelte sie hinter ihrem linken Ohr glatt. Magnus legte ihr zur Beruhigung seine

Hand auf den Unterarm. Dann atmete er tief durch. Jetzt konnte ein Grinsen nicht schaden, sonst würde ihn die ungewohnte Situation in dem viel zu großen und vollgestopften Saal kombiniert mit dem Angstschweiß seiner Mitstreiter noch verrückt machen. Also setzte er sein schelmisches Lächeln auf, das ihm heute nicht so recht gelingen wollte, und räusperte sich.

„Herzlich Willkommen zum diesjährigen Food-and-Fun-Festival. Mein Name ist Magnus Jökullson und ich bin begeistert, dass wir heute so viele nationale und internationale Vertreter der Presse begrüßen dürfen. Meine Mitjuroren und ich", er schaute kurz von der Texanerin über den Kahlschädel bis zu Maria, die ebenfalls zu schwitzen schien, „wir freuen uns und geben in den nächsten Tagen unser Bestes, damit wieder einmal die Welt da draußen unsere tollen isländischen Lebensmittel und unsere Spitzenrestaurants in Reykjavik kennenlernen wird. Ihnen ein herzliches Dankeschön dafür", er zeigte ins Pressepublikum, „dass Sie mit uns essen, feiern und über uns berichten werden."

Die Hand einer rothaarigen Journalistin mit grün umrandeter Brille schoss nach oben.

„Ja, bitte?"

„Verraten Sie uns, welche Restaurants und welche internationalen Köche dieses Jahr teilnehmen werden?"

Magnus nickte in Marias Richtung. Die stand auf und trat vom Podest herunter.

„Meine Kollegin Maria hat eine Informationsmappe zusammengestellt, die wir ihnen nun aushändigen möchten. Darin finden Sie alles zu den Restaurants, den

Gastköchen und der Abschlussveranstaltung, die wieder hier in der Harpa stattfinden wird."

Die Journalistin nickte. Magnus wollte gerade weiterreden, da schoss ein Finger aus dem Publikum in die Höhe. Magnus überlegte kurz, ob er Olaf ignorieren konnte, entschied sich aber dagegen. Er nickte ihm so freundlich zu, wie es sein gerade zu übersäuern drohender Magen zuließ.

„Olaf? Was machst du da unten? Komm herauf zu uns, schließlich bist du ebenfalls Jurymitglied."

„Danke, Magnus, aber das ist Geschichte. Heute bin ich als Vertreter des Reykjaviker Tagblattes da. Das Thema Juroren wollte ich trotzdem gerade ansprechen. Ist es wahr, dass zwei deiner Juroren kurzfristig abgesagt haben?"

Magnus nickte. „Ja, leider. Aber wir haben dafür ein neues Jurymitglied aus Deutschland dazugewinnen können. Sie ist…"

Olaf ließ ihn nicht weitersprechen.

„Was ist der Grund dafür, dass du die beiden Absagen kassiert hast?" Olafs Stimme wurde lauter. Einige Journalisten, die vor ihm saßen, drehten sich um. Er freute sich heimlich darüber.

„Vielleicht hatten sie keine Lust auf schlechte Stimmung am Tisch, wenn Sie dabei sitzen, Olaf", schaltete sich Harriet Harper in breitem texanischem Slang ein.

Magnus schaute zur Seite und riss dabei die Augen eine Spur zu weit auf. Der Kragen seines neuen Hemdes drückte plötzlich unangenehm gegen den Hals und Magnus wusste, dass ihm jetzt gleich die Veranstaltung aus den

Händen gleiten konnte.

Maria hatte aufgehört, Informationsmappen zu verteilen, und starrte ihn hilfesuchend an.

Das Gesicht des smarten Olaf verriet allerdings so etwas wie Genugtuung.

„Kann es sein, dass die beiden mit ihren Absagen etwas demonstrieren wollen? Dass sie gegen die Ausbeutung des diesjährigen Festivals als Werbeveranstaltung für eure neuen Walfleischbuden sind?“

„Wir werben hier für Island als tolles Reiseziel und für unsere großartigen isländischen Produkte.“ Magnus griff mit dem rechten Zeigefinger in den Spalt zwischen Hemdkragen und seinem Hals und zog etwas daran. Dann schaute er ins restliche Publikum, vermied den Blickkontakt mit Olaf sowie dem asiatischen Spitzbart. „Ich denke, unser köstlicher Skyr zum Frühstück hat Ihnen schon einmal gefallen, oder?“

Einige Journalisten nickten begeistert. Die Rothaarige mit der grünen Brille streckte sogar ihren Daumen nach oben.

„Und warum kocht diese Woche dann in deinem eigenen Restaurant ein japanischer Walfleischkoch ein Walfleischmenü?“, keifte Olaf.

„Die Menüs sind noch geheim“, versuchte Magnus abzulenken. „Aber dass wir für das Parsley einen japanischen Spitzenkoch gewinnen konnten, macht uns besonders stolz.“ Wieder sah er beim Antworten lieber die anderen Pressevertreter an und behandelte Olaf ein wenig so, als wäre der Stuhl, auf dem er saß, leergeblieben. „Also kommen Sie alle vorbei und sehen Sie selbst, was Hiroshi für uns zubereitet.“

„Ich wette auf Walfleisch von Hallgrim Jónsson“, schrie Olaf dazwischen.

Jetzt platzte es aus dem schwitzenden Kahlkopf Ben heraus: „Und wenn schon. Der einzige, der hier ständig von Walfleisch palavert, bist doch du, Olaf.“ Der Sohn des Waljägers schluckte kräftig. „Komm vorbei, und lass dich vom köstlichen Geschmack überzeugen. Oder bleib zu Hause und iss deine stinkenden Widderhoden oder was sonst noch so okay ist in deinem kleinkarierten Universum.“

„Bitte!“, versuchte nun Magnus durch sein Mikro zu beruhigen. Doch Olaf war lauter. Und das ohne Mikro.

„Was machst du überhaupt da oben, Ben? Hat dein alter Vater nicht den Mumm, sich selber der Presse zu stellen? Unser pressescheuer Finnwaljäger Hallgrim, wo ist er? Ich hätte ihn gerne gefragt, ob er die Waljagd dieses Jahr wieder aufnimmt, wo er plötzlich so großartige Abnahmequellen erschlossen hat – mit seinen eigenen neuen Touristenbutzen.“

Jetzt sprang Ben von seinem Sitz. Magnus reagierte schnell und zog den jungen Kerl zurück auf seinen Stuhl. Noch eine Schlägerei, dachte sich Magnus, und sogar in der hintersten Mongolei wird über uns berichtet.

„Ich fürchte“, sagte er ins Mikro, „wir kommen ein wenig vom Thema ab. Hat noch jemand konkrete Fragen zu unserem diesjährigen Food-and-Fun-Festival?“

Die Journalistin mit dem roten Haar meldete sich.

„Mrs. Harper?“, sie las den Namen der Texanerin unsicher von deren Namensschild ab. „Können Sie sich kurz vorstellen? Und uns sagen, wie Sie zum Jury-Mitglied für das Festival geworden sind?"

„Gerne, Honey", hauchte Harriet mit ihrer rauchigen Stimme ins Mikro. „Ich bin Foodprofessional aus good old Texas. Bei einem Roundtrip durch Europe im Sommer bin ich auch hier auf diese kalte Insel gekommen." Sie schmunzelte. „Und ich muss sagen, so absolutely cold ist es mir noch nie gewesen. Anyway, ich habe bei meinem Zwischenstopp eine Whale-Watching-Tour gemacht. Amazing. Danach sind wir am Hafen Walfleischsushi essen gegangen." Jetzt spitzte sie ihre Lippen und küsste auf die zusammengefalteten Fingerspitzen ihrer Hand. „Absolutely awesome, das Zeug. Wie zartestes Rind aus meiner Heimat Texas. Da ist mir eine Geschäftsidee gekommen und ich habe ein bisschen in Islands Foodszene zu networken begonnen." Jetzt strahlte sie in Magnus Richtung. „Und mit ihm hier habe ich genau den richtigen Mann kennengelernt. Natürlich war ich als echter Profi gerne bereit, euer Event auf das nächste Level zu heben und mitzumachen, you know?"

Harriet strahlte ins Publikum. Magnus dagegen musste schlucken.

„Was macht Sie denn zur Foodprofessional, wie Sie das so unbescheiden formulieren?", ätzte Olaf von hinten.

„Honey, ich betreibe eine unfassbar erfolgreiche Restaurantkette in ganz Florida. Meine Läden sind hot", antwortete Harriet lächelnd.

„Und was gibt es da so auf der Karte?" Olaf grinste und Magnus wurde nun richtig schlecht.

Doch Harriet scheute sich nicht zu antworten. „Wir

servieren das beste Alligatorenfleisch weltweit. Zarter als Hühnchen, Honey."

Ein Raunen ging durch den Saal. Harriet wertete dies als Anerkennung ihrer Leistung und setzte noch eins drauf. „Ja, meine Lieben. Ich habe es gleich erkannt." Sie fasste sich amüsiert an die eigene Nase. „Erst Whale-Watching, dann Whale-Tasting, darin liegt die Zukunft des Tourismus in Island. Und ich – Harriet Harper – werde euch helfen, den Traum wahrwerden zu lassen." Nun schossen einige Journalisten von ihren Sitzen hoch und begannen wie wild zu knipsen. Harriet Harper strahlte siegessicher in das Blitzlichtgewitter und rückte dabei ihre Krokodilledertasche in die richtige Position. Magnus dagegen schaute matt drein und hätte sich jetzt gerne weit weg verkrümelt, auf eine Eisscholle im Nordatlantik oder egal wohin, nur weit weg von dieser haarsträubenden Veranstaltung.

Kapitel 8

Industriehafen Hirtshals, Dänemark, gegen 10 Uhr am Folgetag.

Francesca irrte durch einige stählerne Treppenhäuser ohne nennenswerte Markierungen nach oben in den Passagierbereich der Fähre. Viel zu spät fiel ihr ein, dass sie sich besser den Standort von Benitas Wagen hätte einprägen sollen. Aber egal. Jetzt würden sie erst mal hier auf diesem seltsamen Schiff gefangen sein. Für die nächsten 48 Stunden. Francescas Bauch begann bereits zu rumoren, obwohl die Fähre noch im Hafen lag. Doch die Brandung, die sie vorher an die Kaimauern hatte schlagen sehen, verhieß nichts Gutes. Dankbar drückte sie die Packung Reisetabletten, die sie in ihrer Handtasche mit sich führte. Ob sie wirklich mit ihrem neuen Freund Arne auf Weltreise im Kreuzfahrtschiff gehen konnte, würde sich in den nächsten zwei Tagen und Nächten herausstellen. Wenigstens etwas.

Nach einigem Suchen fand Francesca Benita in einer Art Self-Service-Kantine im hinteren Bereich des Schiffes sitzen. Und zwar mit George Clooney. Oder einer etwas jüngeren Version von ihm, der in eine schnieke dunkelgrüne Daunenjacke gehüllt war.

Francesca stöhnte, als sie Benitas auffressende Blicke in Richtung des Clooney-Klons wahrnahm. Komischerweise saß mit den beiden eine jüngere Blondine mit Zopf am Tisch. Wenn die Georges Freundin war, würde Benita ziemlich schnell abblitzen, war sich Francesca sicher. Sie bewegte sich auf den Vierertisch zu und setzte sich auf den letzten freien Platz.

„Hallo zusammen. Ich bin Francesca, Benitas Chauffeurin."

George lächelte höflich und reichte ihr die Hand: „Ich bin Götz und das ist Hekla." Er nickte in Richtung der Blonden. „Und schon mal vielen Dank, dass ihr uns auf Island nach Husavik mitnehmt. Das Angebot ist echt Hammer, das können wir selbstverständlich nicht ablehnen."

Sein breites Grinsen verriet Francesca, dass sie da etwas Grundlegendes nicht mitbekommen hatte. Und, dass es schwer werden würde, Benitas kopflosen Vorschlag nochmal auszuschlagen.

„Seid ihr beruflich unterwegs?", tastete sich Francesca langsam heran.

Götz lächelte milde und fuhr sich mit einer Clooney-Geste durchs Haupthaar.

„Business ist nicht mein Fall. Meine Familie macht in Sanitärprodukten. Aber meine Mutter, Gott hab sie selig, hatte schnell das Einsehen, dass ich nicht zum Verticken von Badewannen und Waschschüsseln gemacht bin. Mein Leben braucht mehr Action."

„Toll, wenn man sich das leisten kann."

Götz nickte. „Hekla und ich haben unser Leben dem Schutz der Meere verschrieben." Er warf einen Seitenblick auf Benita, die schmachtend an seinen Lippen hing. „Auf dem rauen Meer nur im Schlauchboot gegen irgendwelche illegalen Fischereifrachter, das ist meine wahre Berufung.

Da kann gerne mein Bruder die Lorbeeren daheim einheimsen, weil er mal wieder den Umsatz für Dusch-WCs um unglaubliche 15 Prozent gesteigert hat, oder so.“

„Was war bisher dein gefährlichster Einsatz?“, flötete Benita wie in Trance. Francesca wollte schon nicht mehr hinhören.

„Möchte noch jemand eine Coke?“, fragte sie deshalb schnell. Als der komplette Tisch eifrig nickte, drückte sie sich aus ihrem unbequemen Holzstuhl und trabte zur Theke, von wo aus sie Götz mit großen Gesten erzählen sah. Aber zum Glück nicht hören konnte.

Kapitel 9

Sehr zufrieden mit sich und seinem Auftritt, packte der Journalist Olaf seinen Laptop zurück in die lederne Aktentasche, band sich seinen Burberry-Schal um den Hals und verließ die sich auflösende Pressekonferenz. Als er aus der Harpa hinaus ins Freie trat, zerrte der kalte Meereswind an seinen hellen Haaren. Doch er zuckte nicht. Dafür lebte er schon zu lange hier auf dieser trostlosen Insel in der Eiseskälte. Er lächelte. Nicht mehr lange. Aus London hatte er positiven Bescheid bekommen. Aber er ließ die Leute beim Telegraph noch ein wenig zappeln, denn New York hatte sich bislang nicht gemeldet. Der Big Apple, davon träumte er schon lange. Beim Gedanken an die Megametropole machten sich seine Beine selbstständig auf den Weg zu Islands bekanntester Hot-Dog-Bude, wo einst schon Bill Clinton eine zwiebelfreie Version verspeist hatte. Dieses Fast-Food war etwas der wenigen Dinge, die er an Island mochte. Aber zum Glück gab es in New York ebenfalls Hot-Dog-Stände. Und er würde sicher nicht wegen eines weichen Brötchens und Brühwürsten hierbleiben.

Nach wenigen Gehminuten kam er an der roten Fast-Food-Bude gegenüber dem Radisson-Hotel an und stellte sich in die Warteschlange, hinter eine Gruppe Asiaten, die aufgeregt in ihrer Muttersprache schwatzten. Olaf schüttelte den Kopf. Er verstand immer noch nicht, wie plötzlich diese Massen an Touristen aus aller Herren Länder auf die eisige Insel kommen konnten. Was war so verkehrt an Sonnenschein oder aufregenden Städtetrips im Urlaub? Denn Reykjavik konnte man wohl wirklich nicht als Großstadt bezeichnen. Hier kannte jeder jeden. Provinz vom Feinsten. Olaf merkte, wie er in Rage geriet. Also lenkte er sich lieber mit dem Lesen der Speisekarte ab. Wobei, viel gab es nicht zu wählen. Da riss ihn eine Stimme aus den nervigen Gedanken.

„Warum hörst du nicht auf damit?“, fragte sie sanft und ein wenig weinerlich. Olaf drehte sich um. Er sah eine blasse, großgewachsene Frau, die sich schon wieder eine hervorgerutschte Haarsträhne hinter das Ohr klemmte. Maria. Sie war einmal seine Frau gewesen.

„Hat dich dein neuer Gespiele mir hinterhergehetzt? Sollst du mich davon abhalten, noch mehr seiner dunklen Geheimnisse zu veröffentlichen?“, fragte er. Sofort ärgerte er sich, denn seine Stimme zitterte. Aber hatte sie es gehört?

„Von wem sprichst du?“ Maria sah weiter auf den Gehsteig, blickte Olaf nicht ins Gesicht.

„Muss ich das noch erklären? Ich habe gesehen, dass ihr Händchen gehalten habt“, blaffte Olaf viel zu laut.

„Es ist nicht so, wie du denkst.“ Maria flüsterte fast. „Es ist….“ Sie zögerte.

Die Asiaten vor Olaf waren inzwischen bedient worden. Der Mann in der Wurstbude rief ihm zu, was er wollte. Olaf drehte sich nach vorne, bestellte einen mit allem. Dann schaute er zu, wie der Kerl in der Imbissbude das Würstchen mit Ketchup, Mayonnaise, eingelegten Gurkenscheibchen und krossen Zwiebeln belegte. Zuoberst überzog er das Brötchen mit dem typisch isländischen braunen Senf, der süß schmeckte, und an den sich Olaf erst hatte gewöhnen müssen, als er damals von Dänemark auf die Insel gekommen war.

Als er sich wieder zurückdrehte, sah er Maria in Richtung alten Hafen davonhasten. Die Frau mit langem schwarzem Haar war der einzige Grund für ihn, auf diesem verlassenen Eiland zu leben und er hatte nicht vorgehabt, sie mit irgendeinem dieser isländischen Kerle zu teilen. Der Hot-Dog in seiner Hand war warm und weich und regte den Speichelfluss in seinem Mund an. Trotzdem machte er ein paar Schritte auf den roten Mülleimer an der Ecke zu und pfefferte den Snack unberührter Weise zum restlichen Abfall.

***

Maria eilte durch die Straßen, vorbei an bunten Holzhäusern, immer dem Wind entgegen, bis sie die ersten Schiffe im Hafen sehen konnte. Sie war es gewohnt, dass ihr die Blicke einiger Männer folgten, und achtete nicht mehr darauf. Zielstrebig umrundete sie eine Häuserecke. Dann betrat sie ein Wohnhaus in exponierter Lage, ließ den Aufzug unbeachtet und stieg zu Fuß hinauf in den höchsten Stock. Unterwegs strich sie sich mit dem Handrücken über die Augen. Sie gab dem Wind draußen die Schuld dafür, dass ihre Mascara nun verschmiert war. Doch er mochte sie sowieso am liebsten ungeschminkt.

Oben angekommen, zog sie den Wohnungsschlüssel aus ihrer hellblauen Handtasche. Es war nur der Schlüssel. Kein Anhänger baumelte daran. Eine Vorsichtsmaßnahme, falls Olaf es wagen würde, in ihren Sachen herumzuschnüffeln. Sie sperrte auf, streifte sich im Eingang die hochhackigen Stiefel ab. Durch die Fenster des großzügigen Lofts vor ihr glitzerte das Wasser des Hafenbeckens im gerade aufziehenden Sonnenschein. Sie atmete tief ein und trat weiter vor.

***

Er war schon da, saß auf der großen grauen Couch. In der Rechten hielt er ein Glas Wodka und genoss ebenfalls den Ausblick aus den deckenhohen Fenstern auf den Hafen, den plötzlichen Sonnenschein und seine Schiffsflotte, soweit sie gerade vor Anker lag. In der spiegelnden Küchenzeile betrachtete er kurz seine Silhouette. Er hatte seine Krawatte abgelegt, einige Knöpfe seines Hemdes vor der Brust geöffnet. Sein Basecap lag neben ihm. Das spärliche Haar, seine verkrüppelten Finger, angewidert wandte er sich ab. Hässlich und dumm, so hatten sie ihn gehänselt, schon als Kind. Deswegen war er auch früh mit seinem Vater zur See gefahren, denn Fischfang machte satt. Vom Lesen und Schreiben allein war keiner jemals satt geworden.

Als er Maria kommen sah, lächelte er und trank aus dem geschliffenen Kristallglas mit dem Hochprozentigen. Er hatte es trotzdem geschafft und seine Träume wahr gemacht.

***

Maria bückte sich, entnahm dem glänzend weißen Küchenblock ein zweites Kristallglas und bediente sich an der geöffneten Wodkaflasche auf dem Tresen. Ihr schoss durch den Kopf, dass es eigentlich schade war. Diese tolle Küche, das stilvoll eingerichtete Apartment. Niemand wohnte darin, keiner kochte hier. Dann besann sie sich der anderen Dinge, zu denen sie den Küchentresen schon genutzt hatte und fand es auch wieder egal.

Nun blickte sie ihm in die eisblauen Augen. Sie trank. Dann kam sie auf ihn zu, zog mit der freien Hand den Slip unter ihrem Kleid hervor und setzte sich auf ihn, ohne ein Wort zu sprechen.

Kapitel 10

Gerade eben verzogen sich die letzten beiden Journalisten, der Japaner mit dem Spitzbart und die Rothaarige mit der grünen Brille. Magnus musste erst einmal tief durchatmen. Vor ihm lag der leere und nun wieder riesig erscheinende Konferenzraum der Harpa. Er fühlte sich erschöpft, als hätte er gerade eine Tagespassage des wilden Hochlands durchwandert. Dabei hatte er nur geredet. Aber gekämpft hatte er tatsächlich, als ginge es um sein Leben. Wie konnte die verwegene Idee dieser Texanerin, der er sich zuerst mehr aus Neugier angeschlossen hatte, so ins Negative abdriften? Es ging doch nur um ein paar Touristenrestaurants.

Schlapp, wie er sich fühlte, setzte er sich kurzerhand auf einen der Journalistensessel. Eine Hand packte ihn von hinten an der Schulter.

„Sollen wir dich mitnehmen?“, fragte Ben, der Sohn des Finnwaljägers. Magnus drehte sich herum. Da stand der kahlköpfige Kerl und hielt bereits den Schlüssel zu seinem protzigen Geländewagen in der Hand. Hinter ihm wartete Harriet Harper, die sich in ihren grau-weiß-schwarz marmorierten Chinchillapelz gehüllt hatte. Die Krokodilledertasche hing ihr lässig über die Schulter.

„Wir können noch zu mir ins Restaurant.“ Magnus blickte auf seine Armbanduhr und nickte. „Ich habe einen Tisch zu Mittag für uns freihalten lassen. Das passt. Jetzt ist es sowieso schon zwölf vorbei.“ Er erhob sich. „Aber wir können zu Fuß gehen. Es sind nur fünf Minuten.“

„Kommt nicht in Frage“, meldete sich Harriet Harper aus ihrem weichen Tierfellpanzer heraus. „Bei diesem lausigen Wetter setze ich keinen Fuß in die Kälte. Außerdem bin ich nicht zum sinnlosen Herumlaufen hier.“

„Wie hältst du nur diese tolle Figur, wenn du nie zu Fuß gehst?“, stichelte Magnus. Obwohl er total am Boden war, reizte ihn der verbale Schlagabtausch mit der Krokodilkönigin.

„Natürlich laufe ich – aber nur im Gym, Honey. Und da bin ich sehr, sehr ausdauernd.“

Ben beobachtete den Blick, den Harriet Harper Magnus zuwarf. Wollte die Pelzlady dem rotblonden Isländer eher das Fell abziehen oder war sie an mehr interessiert?

Einige Minuten später fuhren die drei in Bens orangefarbenem Hummer vor Magnus Restaurant Parsley vor. Von außen sah das gelb gestrichene Holzhaus unscheinbar aus. Es lag zwei Ecken von der Laugavegur, der beliebtesten Shopping- und Ausgehmeile Reykjaviks, entfernt, und nur ein Schaufenster im Eingangsbereich verriet, dass hier gespeist statt gewohnt wurde. Denn quer vor dem Fenster spannten sich hölzerne Regalbretter, auf denen große Einweckgläser mit den verschiedensten fermentierten Beeren und Blättern standen. Die Flüssigkeit rund um die wunderlichen Ingredienzien schimmerte mal hellgrün, andere waren rosé- bis dunkelrot gefärbt und erinnerten an eine Hexenküche aus dem Märchen.

Drinnen baumelten dunkle Pendelleuchten über schlichten Holztischen und illuminierten punktuell den Raum mit anthrazitfarbenen Wänden. In einer Ecke befand sich die offene Showküche, in der gerade zwei bärtige Köche mit ledernen Schürzen nordisch inspirierte Gerichte auf Schieferplatten zusammensetzten. Magnus bat seine Gäste, am hellsten Tisch des Lokals direkt vor der breiten Schaufensterscheibe Platz zu nehmen. Dann verschwand er in einem Nebenraum, vermutlich der Hauptküche. Wieder zurück, drehte er eine Runde durchs Lokal, begrüßte die Köche im Showbereich, den Mann hinter der Bar und schüttelte einigen Gästen die Hand. Schließlich kam er zurück zu Harriet Harper und Ben an den Tisch und entledigte sich seiner Outdoorjacke.

„Ich habe uns drei Drinks bestellt nach der ganzen Aufregung."

Ben nickte.

„Welche Aufregung denn?", flötete Harriet Harper in die Runde.

„Hast du vorhin etwas nicht mitbekommen, als uns der Journalistenmob angegriffen hat?", fragte Ben. Wut schwang in seiner Stimme.

„Angegriffen? Sei doch nicht so dünnhäutig", belehrte ihn die Pelzlady. „Wir haben Publicity bekommen. That's great! Die Touristen werden neugierig gemacht. Und sie werden alle kommen und einmal in ihrem Leben Walfleisch probieren, verlass dich darauf."

„Wie weit sind eigentlich die Pläne für den Bau der Läden?", fragte Magnus, um Ben abzulenken. Und um keine klugen Sprüche mehr von der Krokodilfleischtante hören zu müssen.

Ben packte den mitgebrachten Laptop aus der Tasche und startete ein Programm. Kurze Zeit später marschierten die drei virtuell durch die Architektenpläne des neuen Restaurantkonzepts.

„Dank Harriets Vorschlag werden wir alle Restaurants identisch aufbauen. Ein Grundriss für alle“, erklärte Ben dazu.

Harriet nickte. „Das spart Planungskosten, Honey. Außerdem fühlen sich die Kunden dann sofort zu Hause.“

„Genau“, stimmte Ben zu. „Wer einmal bei uns war und dann auf der Ringstraße weiterfährt, wird ziemlich sicher ein zweites Mal in eins unserer anderen Restaurants einkehren.“

„Gerade wir U.S.-Girls und -Boys lieben es, uns wie zu Hause zu fühlen“, meinte Harriet. „Meine Landsleute werden uns die Bude einrennen.“

Magnus verzog das Gesicht. Auf dem Laptop strahlte ihm eine bunte Plastikwelt entgegen, die so gar nicht mit seiner Vorstellung eines traditionellen isländischen Restaurants zusammenging.

„Ich hätte mir mehr nordisches Ambiente vorgestellt. Holz, Stein.“ Er blickte sich in seinem Restaurant um. „So wie hier.“

Harriet lachte, dann schüttelte sie den Kopf. „Deine Dunkelkammer hier passt bestimmt hervorragend zum Fine-Dining und gefällt den Gourmettestern, die vorbeikommen. Aber wir machen Money.“ Sie rieb Daumen und Zeigefinger aneinander. „Wir wollen alle ansprechen. Jeder soll es sich leisten können, einmal Wal zu essen.“

„Es wird auch anderes geben, nicht nur Wal“, fuhr ihr Magnus über den Mund.

Jetzt räusperte sich Ben. „Hier muss ich mal im Namen

meines Vaters einschreiten. Denn wie ihr euch bestimmt vorstellen könnt, sind die Grundstücke beim Geysir, am Gletschersee, hier im Hafen und natürlich in Husavik sehr begehrt. Er wird die Restaurants nur dann dort bauen lassen, wenn auch das Walfleisch – sein Walfleisch – im Vordergrund steht."

Harriet Harper nickte eifrig. Sie legte Ben eine Hand auf die Schulter. „Du und der gute Hallgrim, ihr könnt euch darauf verlassen. Ich bin auch der Meinung, dass wir einen Unique Selling Point brauchen, damit wir erfolgreich sind. Und das ist ganz sicher der Wal."

Magnus schaute angewidert drein. „So hatten wir das nicht besprochen", beschwerte er sich. „Die neuen Restaurants sollen den Touristen typisch isländisches Essen servieren. Was ist mit Lamm? Oder unserem fangfrischen Fisch? Warum wollt ihr unbedingt anecken?"

Harriet seufzte. „Honey, dein Lamm können die Leute auch in Neuseeland oder sonst wo bekommen. Und Fisch? Nicht besonders einzigartig, oder?" Sie grinste mitleidig und schaute wieder zu Ben. „Wir spezialisieren uns auf Wal, that's for sure." Dann warf sie einen kühlen Blick zu Magnus. „Bist du Manns genug, um das mit uns durchzuziehen? Oder kneifst du, nur weil mal ein paar Schreiberlinge böse über dich berichten?"

Magnus lief rot an. Denken klappte gerade gar nicht gut, so sauer wie er war. Also antwortete er spontan.

„Ich bin ein Isländer. Ich lasse mir von niemandem etwas verbieten. Also, wenn ihr so scharf seid auf euer Wal-Sushi, dann verkaufen wir eben Wal-Sushi."

Gerade rechtzeitig brachte der Barmann die drei

Drinks zu Magnus' Tisch. Harriet griff sich ihr Glas mit der golden glänzenden Flüssigkeit darin und erhob es.

„Auf euch Isländer. Ich mag es, wenn Männer sich nichts sagen lassen."

Drei Gläser klirrten zusammen. Dann nahm jeder am Tisch einen kräftigen Schluck.

„Wo steckt dein Vater eigentlich?", fragte Magnus Ben. Der hob die Schultern.

„Er hatte noch etwas zu erledigen. Im Hafen. Vielleicht kommt er nachher vorbei."

Am Hafen hätte es besser getroffen. Doch davon wussten die drei im Restaurant nichts.

Kapitel 11

Der kleine Bistrotisch vor Francesca bog sich unter leerem Geschirr und Getränkeflaschen. Endlich legte die Norröna, ihr Fährschiff für die nächsten 48 Stunden, vom dänischen Nordseehafen ab und begab sich auf Fahrt.

Francesca blickte hinaus durch die schmutzigen Fensterscheiben des Bordbistros und fühlte, wie sich ihr ganzer Körper versteifte. So ging es ihr sonst nur, wenn sie auf einem Zahnarztstuhl saß und das Geräusch des Bohrers sich ihrem Mund näherte.

Draußen schlugen hohe Wellen gegen das Schiff, diesen überdimensionalen Metallkasten. Francescas Kopf pochte. Wenn sie jetzt neben dem Kapitän gestanden hätte, sie hätte das Ruder eigenmächtig herumgerissen.

„Endlich geht es los“, stöhnte Benita neben ihr. Die kleine Spanierin strich sich zufrieden über den Bauch. „Schon toll, wie gut diese Fertigpizzen schmecken, wenn nichts anderes da ist.“

Francesca würgte. Sie hatte ein klitzekleines Pizzaeckchen verspeist, weil sie nach der langen Fahrt echten Hunger verspürte. Doch die Aufbackpizza war meilenweit entfernt von dem krossen Fladen, den ihre italienische Mamma früher zubereitet hatte. Vielmehr erinnerte Francesca der Teig an ein Stück Karton, stellenweise hätte es auch eine dünne Pressspanplatte sein können. Das Irritierendste aber war der Belag gewesen, denn er schmeckte auf widerliche Weise süß. Pizza Margherita süß? Igitt! Wie konnten sich Menschen nur dauerhaft von so was ernähren? Aber egal.

Nachdem das Schiff jetzt hinausfuhr und der Boden unter Francesca zu wanken begann, hatte sich das Thema Hunger erledigt. Schnell schnappte sie sich noch eine der Reisepillen aus ihrer Handtasche und spülte sie mit dem letzten Rest Cola hinunter. Die junge Isländerin, die auf den Namen Hekla hörte, beobachtete Francesca dabei.

„Du solltest dich besser hinlegen." Ihr Ton war ruhig und sachlich, Francesca erkannte aber auch ein wenig Fürsorge darin. Sie nickte dankbar.

„Dann gehe ich mal lieber auf die Kabine." Francesca stand auf. Der Boden unter ihr sackte immer wieder leicht ab, so als würde sie in die Luft springen und gleich darauf wieder landen. Sie spürte wie sich in ihrem Magen der wenige Inhalt ebenfalls hob und senkte.

„Nimm dir einen grünen Apfel und etwas zu trinken mit", riet Hekla noch.

Francesca nickte, hob ihre Hand zum Gruß in die Runde, sagte aber nichts. Nicht unnötig den Mund öffnen, schoss ihr durch den Kopf.

Dann kaufte sie sich Apfel und Wasser am Tresen und irrte durch die mit Menschen gefüllten Gänge der Fähre zu ihrer Kabine, die sie sich mit Benita teilte. Als die Flure enger wurden, entdeckte Francesca eine Mitarbeiterin der Reederei. Sie verteilte Spuckbeutelpakete in den Handläufen entlang der Gänge. Francesca grüßte die Frau wortlos und griff sich drei der Beutel. Dann wankte sie weiter.

Das als Außenkabine angepriesene Zimmer verfügte über zwei Pritschen an den Wänden. Darüber hingen ausklappbare Bettkästen, so dass der Raum auch zu viert genutzt werden konnte. Francesca hoffte inständig, dass Benita nicht auch noch Götz und Hekla zum Übernachten einladen würde.

Im Raum roch es modrig und fein-säuerlich zugleich.

Nur wenig Tageslicht fiel durch das in die Bordwand eingelassene Bullauge. Durch die schmutzigen Schlieren auf der Scheibe hindurch beobachtete Francesca einen Moment lang die mächtigen Wellen, die das Schiff rhythmisch über die Dünnung tanzen ließen. Dann meldete sich wieder ihr Magen. Kurz schwankte sie zwischen der Flucht aufs Klo und dem Bett. Sie entschied sich für die Waagrechte der Schlafkoje.

Einmal kotzen, immer kotzen, dachte sie kämpferisch, und wehrte sich nach besten Kräften. Zur Not hatte sie noch die Spuckbeutel bei sich. Die legte sie, genauso wie die Wasserflasche und den grünen Apfel, auf die kleine Ablage unter dem Fenster. Dann strampelte sie sich mit den Füßen die klobigen Winterschuhe von den Hacken, die krachend auf den Kabinenboden fielen. Schließlich rollte sie sich wie ein Embryo auf ihrem Bett zusammen und hoffte, einfach nur so liegen bleiben zu können, bis diese vermaledeite Titanic der Neuzeit in Island angekommen wäre.

Da lag Francesca nun und konnte einfach nicht einschlafen. Lästige Gedanken waberten in ihrem Kopf.

Sie dachte an Clara, und wie sie ihr nur den ganzen Schlamassel beichten sollte. Falls sich der Koch und Restaurantbesitzer Magnus wirklich als ihr Vater herausstellen sollte, was würde sie dann tun? Clara liebte ihren Vater

Gianluca abgöttisch. Wie würde es weitergehen zwischen den beiden, wenn Francesca Clara als Kuckuckskind outen müsste?

Tränen rannen ihr plötzlich über die Wangen. Nie und nimmer konnte sie Clara das antun. Aber falls sie und dieser Aron Bruder und Schwester wären? Francesca verzog das Gesicht. Das ging ebenso wenig.

Sie musste Aron, wenn der schlimmste Fall eintreten sollte, davon überzeugen, dass sie eine schreckliche Familie waren, mit der man besser nichts zu tun hatte. Einschließlich Clara natürlich. Oder anders herum. Wie könnte sie Aron so richtig bei Clara anschwärzen?

Francesca fühlte sich mittlerweile so richtig mies. Warum, zum Teufel, war sie damals schwach geworden und hatte sich so massiv in diesen unbekümmerten Isländer verguckt? In diesen starken, positiven, immer gut gelaunten Kerl, der nur Augen für sie hatte, obwohl alle Griechinnen an ihn ran wollten? Nun, das war es wohl. Einer, der nur sie wollte, im Vergleich zu einem italienischen Gigolo, der sie gerade eben betrogen hatte. Verständlich, oder? Aber ob Clara ihr verzeihen könnte? Oder Gianluca? Immerhin hätte sie nach ihrer Rückkehr aus dem Griechenlandurlaub Gelegenheit gehabt, Gianluca aufzuklären. Doch manchmal fehlten einfach die richtigen Worte – und dann war es für immer zu spät.

Francesca schwitzte jetzt. Sie wollte einen Schluck aus der Wasserflasche nehmen. Doch nun krampfte der Magen endgültig. Die Köchin gab sich geschlagen und stürmte zur Toilette.

Stunden später öffnete Benita sachte die Tür zur gemeinsamen Kabine. Francesca lag wieder zusammengerollt auf der rechten Pritsche.

„Hast du schon was gegessen?“, fragte die Spanierin. Doch als sie Francescas grünblasses Gesicht sah, kannte sie bereits die Antwort. „Ich habe dir was zu lesen mitgebracht.“ Benita legte zwei zerfledderte Printausgaben auf die Matratze ihrer Freundin.

„Danke.“

„Zeit fürs Abendessen. Möchtest du mitkommen?“

Francesca versuchte ein Würgen zu unterdrücken. Sie schüttelte den Kopf.

„Mach's dir nett. Du bist nicht alleine, oder?“

Benita schmunzelte und legte den Kopf schief.

„Von mir aus könnten wir sogar noch eine weniger sein. Drück mir die Daumen, dass diese Hekla heute früh schlafen geht.“

Francesca verzichtete wieder auf eine Antwort, sondern reckte nur ihren Daumen in die Höhe.

„Mach's gut Süße. Es kann spät werden“, flötete Benita noch. Dann schwebte sie wieder hinaus in das immer noch schrecklich schwankende Schiffsinnere.

Francesca knipste das kleine Leselicht über ihrem Kopf an und warf einen prüfenden Blick auf die Bücher, die Benita mitgebracht hatte. Titel Nummer eins ließ Francesca aufstöhnen: Titanic. Das war nicht Benitas Ernst, oder? Sie packte das zerschlissene Buch und schmetterte es auf Benitas Schlafstätte gegenüber. Dann schaute sie auf Titel Nummer zwei. Schon interessanter. ‚Einfach machen‘ lautete der Titel. Zwei Unternehmer hatten ihre

Erfahrungen beim Aufbau ihrer Firma niedergeschrieben, wohl eine Mischung aus Anekdoten und Ratschlägen. So etwas fand Francesca immer spannend. Schließlich hatte auch sie sich selbstständig gemacht und dabei so einiges erlebt.

Francesca strich sich die plattgedrückten Locken aus dem Gesicht, stützte den Kopf mit dem Arm im Nacken ab und begann zu lesen.

Minuten später klingelte ihr Handy, das sie auf dem kleinen Nachttisch abgelegt hatte. Francesca legte ihre Lektüre mit dem Buchrücken nach oben auf ihr Bettlaken und angelte nach dem Telefon. Die Nummer auf ihrem Display zeigte eine ihr fremde Ländervorwahl.

„Hallo? Francesca Carlotti am Apparat. “

„Hier ist Arne. Bist du noch gar nicht zu Hause, Francesca?“ Die Stimme des Kapitäns klang enttäuscht.

„Nein“, antwortete Francesca matt. „Stehst du etwa vor meiner Haustür?“

„So ähnlich. Meine Überraschung steht bei dir daheim im Vorgarten. Aber keiner macht auf.“

„Tut mir leid“, presste Francesca hervor. Eine neue Welle der Übelkeit drohte sie zu überrollen, doch sie kämpfte tapfer dagegen an. „Was ist es denn?“

„Das kann ich dir nicht verraten. Wann wirst du wieder zu Hause sein? Erst morgen?“

„Ähm, nein. Ich bin unterwegs nach Island. Mit der Fähre, weil Benita nicht fliegen mochte.“

„Nach Island? Einfach so? Du hättest mich vorwarnen können.“

„Tut mir leid. Es musste alles schnell gehen. Ich erkläre

es dir später“, presste Francesca hervor.

„Mit der Fähre?“, fragte Arne nochmals ungläubig nach. Dann lachte er. „Na, wenn du das schaffst, ist die Kreuzfahrt mit mir nur noch ein Klacks. Darf ich jetzt endlich die Kabine buchen? Die Reederei wird langsam ungeduldig.“ Arnes Stimme überschlug sich fast. Da freute sich jemand mal wirklich.

„Entschuldige bitte, aber mir geht es gerade gar nicht gut. Lass uns über die Reise sprechen, wenn ich wieder festen Boden unter den Füßen habe, ja? Außerdem macht mir Gianluca Ärger. Das sollte ich vorher klären.“

„Aha, Gianluca wieder“, antwortete Arne einsilbig.

„Versteh das nicht falsch. Ich will einfach nur klar denken können, wenn ich dir zusage. Und momentan denke ich nur daran, ob der nächste Spuckbeutel in Reichweite liegt.“

Arne zögerte. Dann sprach er weiter. Seine Stimme klang nun sehr nüchtern.

„Weißt du Francesca, wir sollten beide die nächsten Tage nutzen und uns Gedanken machen. Ich meine, macht das mit der Reise überhaupt Sinn? Und das mit uns“, schob er leise nach.

„Arne, wovon redest du? Ich will doch auch. Es ist nur so, dass Gianluca meinte, ich würde Cosimo zu lange alleine lassen. Verstehst du?“

„Ach Francesca. Um Cosimo mache ich mir keine Sorgen. Der Junge ist sehr selbstständig. Aber dein Noch-Ehemann, der kann wohl nicht ohne dich.“

Francesca lachte gekränkt.

„Das meinst du nicht ernst. Ich bin mit Gianluca

durch. Das weißt du genau. Er schafft es nur immer wieder, mir ein schlechtes Gewissen zu machen."

„Tja, wenn er das schafft, dann stimmt wohl etwas noch nicht." Arne seufzte. „Egal, ich wollte dir sagen, dass ich jetzt hier in Turku an der Werft bin und die nächsten Tage schlecht zu erreichen, weil wir das neue Schiff abnehmen." Er zögerte kurz. „Vielleicht hören wir uns danach. Mach's gut, Francesca." Dann tutete es in der Leitung. Francescas Kapitän hatte die Verbindung gekappt.

Minutenlang starrte sie auf das vor ihr liegende Handy und fragte sich, ob sie Arne nochmal anrufen sollte. Tränen quollen aus ihren Augen. War das gerade gemein gewesen? Oder stimmte es? Warum war ihr immer noch so wichtig, was Gianluca dachte? Er kümmerte sich schließlich überhaupt nicht um seinen Sohn Cosimo. Oh Gott, vielleicht war Cosimo sogar sein einziges leibliches Kind. Und genau mit ihm kam er nicht zurecht, was aber auf Gegenseitigkeit beruhte. Francesca wälzte sich auf ihrer Pritsche hin und her. ‚Einfach machen' verkündete der aufgeschlagene Buchrücken auf ihrem Bett.

Und da fühlte sich Francesca brutal ertappt, was ihre Beziehung mit Gianluca anging. Vor über elf Jahren hatte sie endlich den Mumm gehabt, ihre Sachen zusammengepackt und ihn verlassen. Davor lagen Jahre der Demütigung, wenn er mit jungen Dingern durch die italienischen Discos zog und Francesca am Tag darauf durch die Klatschpresse und entsprechende Fotos davon erfuhr.

Mann, mann, mann, hatte sie sich lange verarschen

lassen. Doch ihr Machoehemann wusste sie zu besänftigen. Ein heißes Liebeswochenende auf Capri, der neue Ring vom Mailänder Edeljuwelier oder auch gerne nur ein von ihm gegebenes Fußballerinterview, in dem er Francesca als wichtigste Stütze nannte – sie sprang immer wieder vom bereits anrollenden Zug in Richtung Scheidung ab, bis jetzt.

Gianluca hatte es immer geschafft, sie zu halten. Sogar noch heute, wo sie in einem anderen Land lebte und als gestandene Frau von ihm unabhängig sein sollte – war sie ja auch, denn seit kurzem liebte Francesca Arne. Doch irgendwie kam die Beziehung nicht richtig in Fahrt.

Und jetzt dieser Buchtitel: ‚Einfach machen'! Sie musste sich freistrampeln, unbedingt. Schluss mit der Opferrolle!

Francesca packte ihr Handy. Im Dunkeln tippte sie wie von Sinnen eine ellenlange Nachricht an ihren Ex, der nicht wirklich ihr Ex war. Zwischendurch kamen ihr Zweifel. Las Gianluca überhaupt Mails? Würde er wütend sein? Wie konnte sie dann noch dieses Vaterschafts-Dings wegen Clara mit ihm besprechen? Immer wieder schüttelte sie ihren Kopf. Egal, alles egal. Sie musste es nur tun. Jetzt. Francesca tippte auf Senden, ehe sie der Mut dazu verließ. Nun war es geschafft, zumindest der erste Schritt. Plötzlich spürte sie wieder, dass sich das Schiff schrecklich stark hob und senkte. Und dann verstand sie, dass sie gerade die Scheidung gefordert hatte, nach bald 25 Jahren, und das per Mail. Potential für die Klatschpresse in Italien hatte das allemal, denn Gianluca war nicht irgendwer. Und sie auch nicht.

Oh je, Francesca schlug die Hände über dem Kopf zusammen. Was hatte sie jetzt wieder getan?

Kapitel 12

Unendliche lange 46 Stunden, nachdem die Nordatlantikfähre im stürmischen Dänemark abgelegt hatte, meldete sich der Kapitän mit einer Durchsage.

Die Norröna lief demnächst in den langen Fjord von Seydisfjördur ein und würde in ungefähr zwei Stunden in diesem östlichen Hafen auf Island anlegen. Francesca erhob sich und taumelte ein wenig, ob der plötzlichen Blutströme, die aus ihrem Kopf in die Beine fuhren. Sie setzte sich nicht mehr. Stattdessen stolperte sie in die Nasszelle und hoffte, durch eine schnelle Dusche die eingeschlafenen Lebensgeister wieder zu wecken. So verpasste sie fast, dass der Kapitän sich noch bei seinen Mitreisenden für die unruhige Überfahrt entschuldigte. Geschenkt! Jetzt war der Spuk vorüber. Im Fjord lag die Fähre ruhig im Wasser. Francesca, nun in Mütze und Mantel gehüllt, schnappte sich den letzten grünen Apfel aus ihrem Vorrat und startete zu einer späten Entdeckungstour durch das Schiff. Ihr Weg führte sie immer weiter nach oben, Deck für Deck, bis sie eine Tür nach draußen fand. Sie stemmte die schweren Scharniere mit aller Kraft auf. Ein kräftiger Windstoß raubte ihr kurzzeitig den Atem. Doch Francesca strebte weiter nach draußen, der frischen Luft entgegen.

Hier oben auf dem Außendeck mit seinem Plastiknoppenboden und den rostigen, aber mit blauer Eisenfarbe überstrichenen Geländern standen zahlreiche Mitreisende und streckten ihre Nasen in den Wind.

Francesca schnupperte. Die Luft war eisig, aber klar und sie roch das, was sie schon als Kind geglaubte hatte zu erschmecken, kurz bevor Schnee fiel – Schneeduft eben.

Am Heck des Schiffes führte eine steile Stahltreppe hinauf auf eine noch höher gelegene Ebene. Francesca erklomm das rostige Gebilde. Hier oben standen kaum noch Menschen an der Reling, denn der böige Wind pfiff gefährlich scharf über das schutzlose Deck. Francesca liebte es, ordentlich durchgepustet zu werden – und so würde sie auch den säuerlichen Geruch des Schiffes aus ihrer Kleidung und den Poren gelüftet bekommen. Sie suchte sich ein einsames Plätzchen, krallte sich am Geländer fest und warf einen ersten ungestörten Blick auf das neue Eiland, dessen Besuch sie sich in den letzten beiden Tagen extrem hart erarbeitet hatte. Das Schiff zog vorbei an dunkelgrauen und schwarzen Felswänden, die von Moosen und Farnen in den verschiedensten Grüntönen überwuchert wurden. Einzelne Schneefelder lagen dazwischen. Mitten aus dem vulkanischen Gestein entlang des Fjords brach gelegentlich Wasser hervor, manchmal Rinnsale, oft aber imposante Wasserfälle. Ab und an schmiegten sich hellblaue oder rote Holzhäuschen auf Felsvorsprüngen an die Fjordwände. Francesca schnupperte und schaute und konnte sich nicht sattsehen. Scheinbar aus dem Nichts zogen graue Wolken über dem Fjord auf. Sekunden später ergoss sich eisiger Schneeregen über die magische Elfenlandschaft und die Zuschauer auf dem Außendeck flüchteten zurück ins Innere des Schiffes. Francesca harrte aus, zog sich nur die Kapuze über ihren Kopf und ließ sich das kalte Nass ins Gesicht klatschen.

Wenige Minuten später wurde sie dafür belohnt. Es regnete zwar weiter, aber auf der ihr gegenüberliegenden Fjordseite riss die Wolkendecke auf und gleißende Sonnenstrahlen brachen durch das Grau. Der Himmel über den schwarz-grünen Felsen veränderte sich. Über Francesca bog sich nun der bunteste und klarste Regenbogen, den sie je in ihrem Leben gesehen hatte. Sie zückte ihr Handy und knipste drauf los, was das Zeug hielt. Der Regenbogen leuchtete beständig über dem Wasser des Fjords. Irgendwann steckte Francesca das Mobiltelefon wieder weg und genoss einfach den magischen Anblick, ohne den Zwang, ihn weiter festhalten zu müssen.

Eine andere Person trat von hinten an Francesca heran. Schnell wischte sie sich mit dem Handrücken die Feuchtigkeit aus den Augen.

„Ich glaube, du wirst mein Land lieben." Auch Heklas Blick war auf den Regenbogen geheftet.

Francesca nickte. „Wo hast du deinen Freund gelassen?"

„In Deutschland."

„Ich hatte eigentlich an Götz gedacht. Seid ihr gar kein Paar?"

Hekla schnaufte geräuschvoll.

„Sieht das so aus?"

Francesca schüttelte den Kopf.

„Warum reist du dann mit ihm?"

„Das ist so etwas wie eine Zweckgemeinschaft. So lange er für die richtigen Ziele eintritt, werde ich seine Gesellschaft schon aushalten."

„Was sind denn eure Ziele?" Francesca schaute der nordischen Blonden direkt ins Gesicht.

„Ich tue alles dafür, dass dieses sinnlose Abschlachten von Walen endlich ein Ende findet. Meine Eltern haben dafür gekämpft und ich trage ihr Erbe fort." Heklas Stirn stand nun in Falten, sie wirkte beinahe grimmig.

„Und Götz interessiert sich auch für Wale?", fragte Francesca zweifelnd. „Obwohl ich ihn nur kurz gesehen habe, hätte ich schwören können, dass er sich mehr für sich selbst interessiert."

Jetzt flutschte ein Schmunzeln über Heklas Mundwinkel.

„Wir sind in der gleichen Organisation tätig. Was seine Beweggründe sind, musst du ihn selber fragen. Aber sag, was treibt dich und diese Benita nach Island? Immerhin ist es Winter."

Francesca biss sich auf die Lippen. Was sollte sie antworten? Dass sie den zukünftigen Betreiber von Walfleischrestaurants treffen musste? Eher nicht.

„Ich bin Jurorin beim Foodfestival in Reykjavik. Ich springe ein, weil es anscheinend Absagen gab. Der neue Freund meiner Tochter hat mich darum gebeten."

Heklas Blick verfinsterte sich wieder.

„Tu das nicht!", sagte sie ruppig. Dann etwas sanfter: „Vielleicht weißt du nichts davon, aber dieses Festival wurde total instrumentalisiert dieses Jahr. Die wollen das Essen von Walfleisch propagieren. Ich hasse diese ganze Bande." Francesca erschrak ob der scharfen Worte, die da aus Hekla herausgrollten. Sie entschied sich, erst einmal nichts mehr zu sagen. So standen die beiden Frauen stumm am Eisengeländer der Fähre und beobachteten, wie die kräftigen Farben des Regenbogens langsam verblassten.

„Ist deine Tochter mit Ben zusammen?“, fragte Hekla plötzlich leise.

„Ich kenne keinen Ben. Ihr Freund heißt Aron.“

Etwas zu schnell riss Hekla ihren Kopf herum. „Aron? Der Sohn von Magnus?“

Francesca nickte. „Kennst du ihn? Netter Kerl, finde ich.“

Hekla fixierte nun das schäumende Wasser tief unter ihnen. Die Art, wie sie nicht antwortete, machte Francesca neugierig. Für den Moment fragte sie jedoch nicht weiter.

Kapitel 13

Am alten Hafen von Reykjavik herrschte zur Nachmittagszeit richtiges Fensterwetter. So bezeichneten echte Isländer den Zustand, wenn das Wetter durch ein Fenster betrachtet zwar einladend aussah, in Wirklichkeit einem mutigen Spaziergänger aber die Pobacken zusammenfrieren ließ. Der alte Hallgrim Jónsson liebte Fensterwetter. Er war mit Maria aus dem Apartment heruntergekommen. Gemeinsam saßen die beiden als einzige Gäste im Außenbereich eines Cafés mit Blick auf Boote, Möwen und die vorbeirauschenden Geländewagen an der eigentlich verkehrsberuhigten Hafenstraße. Zum Schutz vor neugierigen Blicken zog sich Hallgrim gerne eine dunkelblaue Baseballkappe über sein spärliches Haar. So auch heute. Neben ihm lag die Packung mit Trockenfischchips, aus der er sich gelegentlich bediente.

Maria hatte ihre Beine in die bereitliegende Schafwolldecke eingeschlagen und wog die Tasse mit dampfendem Kaffee zwischen ihren Händen, um sich daran zu wärmen.

„Sehen wir uns morgen?“, fragte sie den schweigsamen Hallgrim, dessen eisblaue Augen irgendetwas in der Ferne anvisierten. Oder dachte er nur nach?

„Morgen will diese Braut aus Texas die Grundstücke für die neuen Restaurants besichtigen. Ich werde wohl mitfliegen, damit keine Dummheiten passieren“, grummelte er.

„Hast du nicht Ben für solche Arbeiten?“

Hallgrim verzog das Gesicht. „Der frisst dieser Harper

schon aus der Hand.“ Er schüttelte den Kopf. „Ich weiß selbst nicht, warum der Junge so nutzlos ist. Hat vermutlich zu viele Gene seiner Mutter vererbt bekommen.“

„Du solltest nicht schlecht über die Toten sprechen.“

Hallgrim antwortete mit einer wegwerfenden Handbewegung. „Und über das eigene Fleisch und Blut vermutlich auch nicht, oder? Aber es bleibt ein Fakt. Mein Sohn versteht nichts vom Geschäft und diese Harper ist ein raffiniertes Biest.“

„Warum arbeitest du überhaupt mit ihr zusammen?“ Maria strich sich wieder eine nach vorne gefallene Strähne zurück hinters Ohr.

„Ihre Idee ist nicht schlecht.“ Hallgrim schob seine Kappe etwas zurück und kratzte sich an der Stirn. „Hätte mir auch selbst einfallen können, dass wir das Walfleisch an die Touristen verfüttern. Stattdessen hatte ich mich in den letzten Jahren zu sehr auf diese Japangeschichte versteift.“ Seine eisblauen Augen fixierten Maria. „Aber wenn ich mir die Exporte an diese Sakesäufer sparen kann, habe ich weniger Ärger.“

Maria nickte. „Das stimmt. Eine Frechheit, dass deren Gesundheitsbehörde behauptet hat, unser isländisches Walfleisch sei mit zu vielen Schadstoffen belastet. Schau dir unser Wasser an.“ Die dunkelhaarige Schönheit machte jetzt ein grimmiges Gesicht und wies hinaus in Richtung Hafenbecken.

Hallgrims Baseballkappe wippte zustimmend. Dann lächelte er breit und tätschelte Maria weit oben an ihrem in die Decke gehüllten Oberschenkel.

„So ein Weib wie dich habe ich mir schon mein Leben

lang gewünscht“, raunte er anerkennend. „Komm doch morgen mit. Im Helikopter ist noch Platz. Und wer weiß, vielleicht beschließe ich, die Verantwortung von Ben abzuziehen? Ich glaube, du hättest das Zeug zu einer verdammt guten Assistentin für mich.“

Jetzt zog Maria die Lippen schmal. „Tut mir leid, Hallgrim. Aber ich möchte erst die Sache mit Olaf beenden, bevor er das zwischen uns mitbekommt. Und außerdem habe ich morgen noch einiges für das Festival zu organisieren.“

Hallgrim fixierte wieder irgendetwas in der Ferne.

„Olaf?“ Er prustete verächtlich. „Denkst du, ich habe Angst vor diesem dänischen Wicht. Das Geschwätz dieses Ausländers ist mir einerlei.“

Jetzt legte Maria Hallgrim die Hand auf den Oberschenkel. Sie tat dies jedoch wesentlich sittsamer, weiter in Richtung Knie.

„Es kann nicht mehr lange dauern, bis er weg ist. Lass uns das, was wir haben, schützen. Ich will nicht, dass er dich öffentlich vorführt in seiner Zeitung.“ Jetzt schmunzelte Maria. „Stell dir vor, seit Neuestem glaubt der Idiot, dass ich mit Magnus liiert bin.“

Nun griente auch Hallgrim.

„Mit diesem Windbeutel Magnus?“ Wieder packte er Maria am obersten Ende ihres Beines und küsste sie unvermittelt auf den Mund. „Lass uns nochmal nach oben gehen. Dass dir der lange Abschied bis übermorgen nicht zu schwer fällt.“

Maria nickte, stand auf und schälte sich aus der wärmenden Wolldecke. Sie spürte die Linke von Hallgrim an ihrem Po. Damit schob der alte Fischfänger die dunkle Schönheit die Straße entlang und hinein in den Aufgang des nahe gelegenen Apartmenthauses. In seiner Rechten schwang er den Beutel mit den Fischchips.

***

Olaf saß nun wieder im Auto. Gut, Auto traf es nicht ganz. Olaf steuerte einen dieser monströsen SUVs, die man vor der Finanzkrise noch viel häufiger durch Reykjaviks Straßen hatte kreuzen sehen. Voll 2007 eben. Das war isländische Umgangssprache für allen Protz aus scheinbar unbeschwerten Zeiten vor dem Finanzcrash. Olaf selbst empfand die Wahl seines Wagens durchaus als standesgemäß.

Vorhin, bei der Arbeit am neuen Leitartikel gegen den Walfang, gegen Magnus und Konsorten, wollte ihm das Schreiben nicht flüssig von der Hand gehen. Die Absage der New Yorker Zeitung, die er gerade telefonisch kassiert hatte, nagte an ihm. Und noch weit intensiver geisterte Maria durch seinen Kopf und lenkte ihn von der Schreibarbeit ab. Also musste er raus. Die Gedanken freipusten. Er plante, sich noch ein paar Stimmen von walbeobachtenden Touristen einzufangen. So etwas peppte jeden Artikel auf. Und auch die Guides auf diesen Whale-Watching-Booten hauten gerne mal die eine oder andere Kante gegen Walfänger Hallgrim Jónsson heraus. In einer halben Stunde würde die Nachmittagstour des größten Anbieters im alten Hafen anlanden. Deshalb rollte Journalist Olaf nun in seinem unbescheidenen

Gefährt den kopfsteingepflasterten Weg am Hafen entlang zur Anlegestelle der Walsafari.

Von weitem sah er in einem Café gegenüber den Schiffsanlegern zwei Leute im Außenbereich sitzen. Er schüttelte den Kopf und schmunzelte dabei. Diese Touristen wurden auch immer doofer. Draußen sitzen bei dem Wetter. Als er näher rollte, stockte sein Atem. Die eine Touristin strich sich gerade eine heruntergefallene schwarze Haarsträhne hinter das Ohr. Olaf erkannte die Geste genauso wie das lange schwarze Haar, viel zu dunkel gefärbt, als dass es an einer Isländerin echt aussehen würde. Und dennoch unterstrich es die Schönheit dieser Frau – seiner Frau Maria.

Sein Blick blieb etwas zu lange an ihr haften, so dass er schon fast am Tisch der beiden vorbeigerollt war, ehe er den Mann an Marias Seite in Augenschein nehmen konnte. Das war nicht Magnus!

Olaf fühlte, wie sein Puls zu rasen begann. Konnte es wirklich sein? Maria betrog ihn mit dem? Wie alt und schrumpelig war der Kerl eigentlich? Olaf ekelte sich. Schnell bog er in die nächste Seitenstraße und kurvte wie verrückt durch die ruhigen Altstadtgassen, um schnell noch einmal am Café vorbeirollen zu können. Als er zum zweiten Mal, und dieses Mal sehr langsam, am Außenbereich der Touristenbutze vorbei fuhr, stand das ungleiche Paar von den Stühlen auf. Nun zweifelte Olaf nicht mehr an dem, was er da sah. Und er musste seinen Impuls unterdrücken, direkt hier auf der Straße anzuhalten, um diesem verschrumpelten Männlein eins überzubraten. Denn der tätschelte gerade das Hinterteil seiner wunderschönen Frau. Und die ließ es geschehen. Olaf spürte, wie ihm Wut und Verbitterung sauer aufstießen. Als das Paar im Aufgang zu einem Wohnhaus verschwunden war, hielt er seinen SUV unvermittelt an und fuhr sein Seitenfenster herunter, damit die Frischluft seinen Würgereiz vertreiben konnte. Das Hupen der Autos hinter ihm nahm er kaum wahr.

Minuten später ging Olafs Atem wieder ruhiger. Wenn es so sein sollte, dann wusste er, was zu tun war. Mit zittrigen Fingern wählte er eine Nummer, der er die Vorwahl Englands voranstellte. Es tutete einige Male. Dann wurde abgenommen. Olaf parlierte nun auf Englisch, erkundigte sich nach dem Befinden seines Gesprächspartners, obwohl ihn im Moment nichts weniger interessierte. Charmant lästerte er am Hörer über das lausige isländische Wetter, um dann endlich zum Punkt kommen zu können:

„Hören Sie, Duke. Ich schreibe gerade an einer Riesenstory. Es geht um den letzten Finnwaljäger Islands. Er plant den Bau einer Restaurantkette für Touristen, wo ausschließlich Walfleisch verkauft werden soll. Walfleisch, das eigentlich nur zu wissenschaftlichen Zwecken gefangen werden darf." Olaf schluckte, dann sprach er weiter. „Eine Sauerei, die weltweit für Aufsehen sorgen wird. Wir sollten den Bericht gleich in Ihrem Blatt veröffentlichen. Was halten Sie davon?" Der smarte Däne konnte sich ein Lächeln nicht verkneifen. Er hatte es mal wieder geschafft. Dieser Duke hatte gar keine andere Wahl mehr, als ihn vom Fleck weg nach London zu holen. Olaf rieb sich spitzbübisch die Nase.

„Well, Olaf. Danke für Ihr Angebot. Dazu gibt es zwei Dinge zu sagen."

Olaf hielt die Luft an. Es juckte ihn in den Fingern. Sollte er parallel zum Gespräch schon mal googeln, wann der nächste Flieger in die britische Hauptstadt ging?

„Olaf, Ihre Anfrage wegen des Jobs. Es haben sich hier bei uns in den letzten Tagen ein paar Dinge getan." Die Stimme aus Olafs SUV-Lautsprechern, die diesem Duke gehörte, machte eine kurze Pause. Auch der gehörnte Däne hielt die Luft an. Sein Grinsen verschwand. „Well, die Stelle, die ich Ihnen angeboten habe. Das kann sich noch hinziehen. Wir haben gerade einen Rückgang in der Auflagenzahl zu verkraften. Das Online-Geschäft stockt noch, keiner will für Informationen zahlen, die er auch aus unseriösen Quellen kostenlos im Web abrufen kann."

„Was wollen Sie damit sagen?", fragte Olaf. Verbitterung schwang in seiner Stimme.

„Well, Sie sollten mich später, sagen wir übernächsten Monat, nochmal kontaktieren. Und Olaf?"

„Ja", krächzte der tonlos.

„Lassen Sie das mit dieser Walgeschichte. Sonst sehe ich auch später keine Möglichkeit, Sie in unser Team aufzunehmen."

„Was soll das heißen?", Olafs Tonfall schlug auf Konfrontation um.

„Wir haben gerade einen großen Anzeigendeal mit einer bedeutenden isländischen Fischfanggesellschaft an der Angel." Duke lachte, als er die Bedeutung seiner Worte erfasste. Olaf war gerade mehr nach Kotzen. „Nun, diese Fischgesellschaft, die hängt irgendwie mit dem

Walfangunternehmen da in Island zusammen. Und die Eigner unserer Zeitung sind besorgt, dass der Kunde sein überaus großes Engagement in unserem Blatt überdenken könnte, wenn Sie hier auf Anti-Walfang machen."

„Ich glaube, ich spinne", schoss es aus Olaf heraus. „Ist das Ihr Verständnis von Pressefreiheit, Duke?", schnauzte der Däne ins Telefon.

„Well, ich sehe, Olaf, Sie sind da gerade emotional stark involviert. Schlafen Sie drüber und machen Sie sich Gedanken über Ihre weitere Karriere. Wenn Sie alle Ihre Telefongespräche so führen, wie das hier gerade mit mir, dann sind Sie sicher auf einem kleinen Eiland am besten aufgehoben. Mich brauchen Sie jedenfalls in nächster Zeit nicht anzurufen."

Es schepperte, gefolgt von einem Tuten aus Olafs Autolautsprechern. Duke hatte wohl die Gabel auf den Hörer geschmissen beziehungsweise den roten Knopf seines Smartphones mit der Spitze seines Zeigefingers malträtiert. Für Olaf blieb das Ergebnis das Gleiche: Kein New York und jetzt auch kein London. Stattdessen ein Trockenfisch-fressender Alter, der wer weiß was mit seiner Frau trieb. Und das noch nicht mal fünf Meter Luftlinie von ihm entfernt. Olaf krallte seine Finger in das Leder seines hochwertigen Autolenkrades, bis tiefe Furchen darin zurückblieben. Seine Gedanken arbeiteten fieberhaft.

Kapitel 14

Scheußlichster Schneeregen begrüßte die bunte Truppe des sehr braunen und sehr geräumigen Renault Kangoo bei ihrem Erstkontakt mit isländischem Fahrbahnbelag. Wieder saß Francesca am Steuer. Neben ihr hatte Hekla Platz genommen. Sie wies den Weg. Im Fond des Wagens turtelte Benita mit Götz. Sie tuschelten und kicherten, als würden sie gerade mit dem Taxi vom gemeinsamen Abendessen nach Hause kutschiert. Keine Augen für die Umgebung oder die schwierigen Straßenverhältnisse. Die Fahrerin würde es schon richten.

Francesca fuhr hochkonzentriert. Schnell hatte der Wagen die bunte Holzhaussiedlung von Seydisfjördur passiert. Nun schlängelte sich die schmale Straße kurvig nach oben. Francesca sehnte sich danach, in einem der protzigen Geländewagen ihrer Mitreisenden von der Fähre zu sitzen oder wenigstens Schneeketten aufziehen zu können. Tapfer kämpfte sie sich mit ihrem Gefährt durch die widrigen Bedingungen. Später ging der Fahrbahnbelag sogar in eine Schotterpiste über. Francesca fühlte sich, als müsse sie einen Lieferwagen über die Mondoberfläche steuern. Rechts und links des Weges ragten wahlweise Bergkegel auf oder tiefe Krater in die Erde hinein. Manchmal dampfte es aus schwefeligen Wasserpfützen am Straßenrand. Francesca fühlte ein Kribbeln auf der Haut und ihr wurde bewusst, wie weit sie nun wirklich vom europäischen Festland entfernt war. Passend zur Umgebung wählte Hekla Musik von Björk auf ihrem

Handy und ließ diese über den Lautsprecher des Wagens ablaufen. Hier passten die sphärischen Klänge, die Francesca zu Hause immer etwas spacig vorkamen, perfekt zur Natur. Langsam entspannte sich ihr Nacken wieder und sie versuchte, die anstrengende Fahrt zu genießen. Als Stunden später erste Hinweisschilder ankündigten, dass sie sich dem Myvatn-See, dem Mückensee, näherten, plädierten alle Mitfahrer für einen Halt. Hekla lotste die Gruppe zu einem Restaurant, das sich selbst als Kuh-Café bezeichnete.

„Hier ist im Sommer die Hölle los. Alles voller Touristen. Aber jetzt im Februar haben wir sicher unsere Ruhe“, kündigte Hekla an, als sich die vier dem Eingang näherten.

Beim Eintreten umfing angenehme Wärme Francescas durchgefrorene Glieder. Um Sprit zu sparen, hatte sie die Heizung des Autos abgedreht. Wer wusste schon, ob es hier rings um die Apollo-Landestation eine geöffnete Tanke gab?

Hekla begrüßte eine junge Frau, die hinter einer Art Rezeptionspult saß. Francesca entdeckte währenddessen den Grund, warum sich das Lokal als Kuh-Café bezeichnete. Eine Wand des Raumes, in dem sie standen, war durch eine raumhohe Glasscheibe ersetzt worden, die einen direkten Blick auf die angrenzenden Stallungen freigab. Zwei dicke braune Tiere streckten den Besuchern pralle Euter, aber auch schön gepflegte Hinterteile aus ihrer Box entgegen. Francesca schnüffelte unwillkürlich, doch der strenge Geruch drang nicht ins Restaurant hinein.

Irgendwann hatten die beiden Isländerinnen wohl genug Freundlichkeiten ausgetauscht, denn die Empfangsdame kam jetzt herum und wies den vieren einen freien Tisch in einem lichtdurchfluteten Raum zu, der durch einen großen Holztresen abgeschlossen wurde. Darauf standen köstliche Kuchen unter Glashauben bereit. Francesca spürte, wie ihr der Speichel im Mund zu fließen begann. Jetzt erst erinnerte sie sich daran, dass sie zwei ganze Tage nur von grünen Äpfeln gelebt hatte.

„Möchtet ihr nur Kuchen, oder soll ich uns ein paar regionale Spezialitäten bestellen?", fragte Hekla in die Runde. Francesca und die anderen beiden nickten begeistert. Eine Viertelstunde später saßen die vier inmitten zahlreicher Köstlichkeiten. Francesca kostete von knackigem Grünkohlsalat, aß einen herzhaften Rindfleischburger und testete ein dunkles Lavabrot. Es schmeckte süßlich, malzig und konnte eine gute Portion Butter vertragen. Hekla erklärte, dass dieses Brot in der Erde gegart wurde und einem uralten Rezept zugrunde lag. Zum Abschluss stand ein großer Teller rahmiger Skyr mit eingekochtem Blaubeerkompott vor Francesca. Die mobilisierte letzte freie Ecken ihres Magens und verdrückte die süße Speise mit Vergnügen.

„Schaffen wir es heute noch bis Reykjavik?"

Hekla schüttelte den Kopf.

„Die Straßenverhältnisse im Norden sollen noch schlechter sein als hier im Osten der Insel. Ihr solltet bei uns in Husavik übernachten. Morgen sehen wir weiter."

Francesca seufzte. Benita hingegen huschte ein Grinsen über das Gesicht.

„Komm schon, Francesca. Es ist vernünftiger. Und Götz meinte, wir könnten morgen vielleicht ein paar Wale sehen, ehe wir weiterfahren."

„Aber ich muss morgen Abend in Reykjavik sein. Das wird verdammt knapp."

Francesca blickte in drei Augenpaare, die alle das Gleiche sagen wollten. Dann klingelte ihr Handy. Ihr voller Magen krampfte. Meldete sich Arne doch noch einmal? Sie stand auf und zog sich in Richtung Kuhstall-Glasscheibe zurück, um die ihr unbekannte Nummer anzunehmen.

„Hallo?"

„Ist da Francesca?" Francescas Schultern sanken nach unten. Das war definitiv nicht Arne. Aber wer dann? „Francesca Carlotti?" Die sanfte, tiefe Stimme des Mannes machte alle Enttäuschung wett. Er sprach Englisch, doch die harte Aussprache mancher Konsonanten verriet, dass es sich um keinen Muttersprachler handelte.

„Ja, das ist richtig. Mit wem spreche ich denn?"

„Hier ist Magnus vom Foodfestival. Bist du schon in Reykjavik?"

Francesca schluckte schwer. Sie überlegte fieberhaft, ob Magnus sie als die Francesca erkannt hatte. Oder erinnerte er sich gar nicht mehr an die Zeit auf Chalkidiki?

„Ich bin im Kuh-Café, irgendwo im Nirgendwo."

„Oh, das kenne ich. Am Myvatn. Von da wird es knapp bis morgen. Soll ich dich abholen?"

„Danke, aber ich bin schon groß. Autofahren kann ich selbst", entgegnete Francesca etwas schnippisch.

Magnus lachte ein tiefes Lachen.

„Ist klar", erwiderte er überhaupt nicht sauer. „Ich habe auch nicht an ein Auto, sondern an einen Heli gedacht."

„Ach so. Sorry. Aber ist das nicht ein bisschen teuer?"

„Wenn du morgen in Husavik sein kannst, nehmen wir dich mit. Ich habe dort geschäftlich zu tun und kann dich auflesen?"

Francesca schluckte. Also würde sie ihn morgen tatsächlich wiedersehen. Keine Ausreden mehr möglich.

„Einverstanden", hauchte sie ins Telefon. „Bis morgen."

Als Magnus aufgelegt hatte, stand Francesca noch kurz vor der Glasscheibe und beobachtete eine Kuh, die gerade ein Knäuel Heu mampfte. Dann verzog sie sich zurück an den Tisch und verkündete die gute Nachricht. Denn zumindest für Benita und deren Hormonhaushalt bedeutete ein Abend in Husavik und ein Doppelzimmer mit George alias Götz bestimmt nur das Beste.

Am nächsten Morgen warf Hekla ihre Mitreisenden besonders früh aus den Betten. Die Isländerin war es auch gewesen, die bei der Ankunft in Husavik gegen ein Hotel und für das billigere Hostel plädiert hatte, in dem sie schließlich untergekommen waren. Bei einem einfachen Frühstück aus Kaffee und Keksen verkündete sie:

„Ich habe mit meiner Schwester gesprochen. Sie nimmt uns mit für eine Fahrt hinaus in die Bucht. Vielleicht können wir Wale sehen."

„Du hast hier eine Schwester?", fragte Götz etwas verwirrt. Hekla nickte nur. „Und warum schlafen wir dann in diesem Hostel und nicht bei ihr?"

„Sie nimmt uns mit hinaus. Ist das nicht genug für

dich?" Heklas säuerlicher Tonfall hinderte Götz daran, weiter nachzufragen.

Bald danach ging es nach draußen in die winterliche Kälte Nordislands. Ein kurzer Fußmarsch führte die vier dick eingepackten Reisenden vorbei an bunten Holzhäusern hinunter zum Hafenbecken. In der Nähe des Walmuseums von Husavik, das in einem ehemaligen Schlachthaus am Hafen untergebracht war, steuerte Hekla auf ein kleines Motorboot zu. Darauf befanden sich schon zwei Personen. Ein älterer Mann mit furchigem Gesicht stand am Steuer, eine blonde Frau saß über einigen Messgeräten gebeugt am Rumpf des Schiffes. Als sie aufblickte, erkannte Francesca eine gewisse Ähnlichkeit mit Heklas Gesichtszügen. Doch diese Frau war deutlich faltiger mit vom Wetter gegerbter Haut. Francesca hätte mehr auf Heklas Mutter als auf ihre Schwester getippt.

„Hey, ich bin Freyja", rief sie den Neuankömmlingen zu. Ein wenig schroff, wie Francesca fand. „Beim Kapitän findet ihr Overalls. Für die Angsthasen haben wir auch Schwimmwesten. Und lasst mich unterwegs in Ruhe arbeiten, habt ihr gehört?"

Götz riss die Augen auf. Er hatte wohl mit einer herzlicheren Begrüßung gerechnet. Hekla zuckte nur mit den Achseln.

„Sie nimmt uns mit hinaus in die Bucht. Habt ihr mehr erwartet?"

Francesca schüttelte den Kopf und folgte Hekla in Richtung der Overalls. Die anderen beiden taten es ihr gleich.

„Ihr seid wohl nicht so dicke?", flüsterte Benita.

„Freyja führt das fort, was meine Mutter mit dem Walmuseum aufgebaut hat. Sie mag uns Aktivisten nicht, möchte lieber den sanften Weg gehen, indem sie die Menschen mit Argumenten überzeugt."

„Aber war nicht euer Vater mit dabei, als die Aktivisten Ende der 80er zwei Walfangschiffe versenkt haben?", fragte Götz und ein Flackern in seinen Augen verriet, dass er so etwas gerne selbst erlebt hätte.

Hekla nickte und zog sich dabei einen der wärmenden Anzüge über. „Mein Vater. Ja. Freyja und ich sind Halbschwestern."

„Was macht dein Vater heute?", fragte Benita, während sie versuchte, ihre Arme und Beine aus dem viel zu langen Overall herauszustrampeln.

Hekla antwortete nicht. Stattdessen verzog sie sich an die Bugspitze des kleinen Bootes und setzte sich dort im Schneidersitz auf den Schiffsboden.

„War wohl keine gute Frage", raunte Benita in die verbliebene Runde.

„Nein", stimmte Götz zu. „Ich glaube, er ist bei der Mission damals über Bord gegangen. Jedenfalls lebt er nicht mehr."

Benita schaute etwas bedröppelt. Von hinten polterte Freyja herbei.

„Setzt euch. Wir wollen los."

Die drei nickten und nahmen auf einem Podest an der Längsseite des Bootes Platz. Francesca warf sich noch rasch zwei Reisetabletten in den Rachen. Sie würgte die Pillen trocken hinunter. Dann krallte sie sich an der Reling fest. Schon nahm das Boot Fahrt auf. Der eisige

Wind schnitt jetzt wie kleine Klingen in die freigebliebene Wangenpartie Francescas und ihrer Mitreisenden. Sie blinzelte, um trotz der Böen sehen zu können. Irgendwann gab sie auf und schloss die Augen. Das Schaukeln der rasenden Nussschale, in der sie saß, war so noch intensiver zu spüren. Doch sie widerstand dem Reflex, die Frühstückskekse an die Fische abzugeben.

Die große Geschwindigkeit des Bootes zahlte sich bald aus. Denn das kleine Gefährt machte ordentlich Meter, so dass die ungleiche Truppe schnell in die Bereiche der Bucht vordrang, wo sich die Wale bevorzugt aufhielten. Der Kapitän verringerte drastisch den Speed. Freyja ließ nun am Bootsrumpf irgendwelche Messgeräte ins Wasser gleiten.

Jetzt wagte Francesca es aufzustehen. Mit beiden Händen tastete sie sich am Geländer zur Spitze des Bootes vor und setzte sich neben Hekla.

„Werden wir heute Wale sehen?"

Hekla zuckte mit den Schultern.

„Mal schauen. Es ist noch früh. Die meisten Tiere kommen erst im Sommer, wenn das Plankton blüht. Aber es gibt einige Zwerg- und Buckelwale, die das ganze Jahr in dieser Bucht bleiben."

„Gibt es auch Walfang in dieser Bucht?"

„Gott bewahre", spukte Hekla verächtlich hervor. „Nein, und den wird es auch nie geben. Darin sind sich Freyja und ich einig."

„Warum bleibst du nicht bei ihr und arbeitest mit deiner Schwester zusammen? Ihr habt doch das gleiche Ziel."

Hekla sagte lange nichts. Dann antwortete sie.

„Was Freyja macht, ist gut. Aber nicht genug. Ich will nicht warten, bis dieser sture Hallgrim endlich ins Gras beißt. Die Wale, gegen die er kämpft, sind wehrlose Gegner. Ich bin es nicht.“

Gerade wollte Francesca etwas entgegnen, da drückte ihr Hekla zwei Finger gegen den Mund. Mit der anderen Hand wies sie nach draußen. Francesca blieb still und schaute. Da, nicht weit vom Boot entfernt, entdeckte sie eine Art Sprühfontäne, als ob jemand mit einem Gartenschlauch Nebelfeuchte nach oben in den Himmel versprühen würde.

Die anderen auf dem Boot hatten es wohl auch bemerkt und beeilten sich, nach vorne zu kommen. Wieder spritzten Wassertröpfchen in einer Fontäne nach oben. Und dann zeigte sich der Wal in seiner ganzen Pracht. Francesca hatte noch nie ein so majestätisches Tier im Wasser schwimmen sehen. Ruhig und elegant glitt der graue Riese an ihrem winzigen Boot vorbei. Er zeigte mehrmals seinen Rücken und stieß Wasserfontänen in die Höhe. Schließlich drehte er ihnen die große Schwanzflosse zu und stieß sich damit ab, um unterzutauchen. Einen magischen Moment lang herrschte Ruhe auf dem Boot. Dann fand Hekla ihre Worte wieder.

„Und, versteht ihr jetzt, warum die Wale leben sollen?“

Francesca nickte wie automatisch mit dem Kopf. Benita und Götz taten es ihr gleich.

„Keiner sollte so edle Tiere nur wegen ihres Fleisches töten“, entfuhr es Benita, und Francesca konnte ihr nur zustimmen.

Francesca setzte sich wieder und hoffte, dass bald das nächste Exemplar dieser majestätischen Tiere seine Bahnen in der Nähe ihres Expeditionsbootes ziehen würde.

Doch plötzlich erfüllte ohrenbetäubender Krach die vorher so friedliche Bucht. Francesca blickte zum Himmel. Dort schwebte ein bulliger Helikopter scheinbar aus dem Nichts in Richtung Hafen ein. Das Dröhnen nahm zu, so dass sich die Bootspassagiere irgendwann alle die Hände auf die Ohren pressten. Francesca blickte sich um und sah in das rot angelaufene Gesicht von Freyja. Sie stieß ein paar Verwünschungen in Richtung Himmel aus. Dann resignierte sie, zog ihre Prüfapparaturen aus dem Wasser heraus und gab dem Kapitän Zeichen, das Boot zu drehen. Francesca konnte sich gerade noch an eine auf dem Boot befestigte Kiste klammern, um nicht aus dem zügig Fahrt aufnehmenden Schiff geschleudert zu werden. Hier vorne am Bug des Bootes knallte jede Welle, über die das Motorboot peste, wie ein harter Schlag auf Francescas Wirbelsäule. Bald schmerzte ihr Steißbein von den monotonen Stößen, die ihr Hinterteil gegen den Sitzplatz knallen ließ. Francesca atmete so ruhig wie möglich. Aus den Augenwinkeln beobachtete sie, wie der überdimensional große Hubschrauber im Hafen von Husavik zur Landung ansetzte. Ziemlich genau da, wo sie vorher mit dem Boot losgefahren waren. Dahinter befand sich die Halle, in der laut Hekla das Walmuseum untergebracht war. Einige Menschen entstiegen dem Helikopter und bewegten sich in Richtung Museumsgebäude. Francesca fühlte, wie der Kapitän noch mehr an Fahrt aufnahm. Jetzt trennten sie nur noch wenige Meter vom Anlegeplatz, und Francesca spürte, dass sie das Spucken nicht mehr lange verhindern konnte. Gerade noch rechtzeitig verlangsamte das Boot die Fahrt, so dass Francesca zur Reling stolpern und ihr Frühstück dem Meer übergeben konnte. Als sie sich mit einem Taschentuch halbwegs den Mund gereinigt hatte, blickte sie um, und sah, wie die Schwestern Freyja und Hekla aufgebracht vom Boot sprangen und ebenfalls in Richtung Museum stürzten.

Kapitel 15

Nachdem Francesca, Benita und Götz sich aus ihren dicken Overalls geschält hatten, nickten sie dem Kapitän zu und traten ebenfalls von Bord des Bootes. Wortlos folgten sie den beiden blonden Schwestern zum Museum, das von außen kaum von den anderen Lagerhallen am Hafen zu unterscheiden war. Nur ein paar Werbebanner erklärten, dass in dieser Wellblechhütte keine Fischverarbeitung mehr stattfand, sondern ein Walmuseum Platz gefunden hatte.

Beim Eintreten hörten die drei bereits, dass sich hinten in der Ausstellung einige Menschen ein Wortgefecht lieferten. Francesca, Benita und Götz folgten den Stimmen. Ihr Weg führte sie unter einem imposanten Knochengerüst eines Wals, das von der Decke baumelte, bis ganz nach hinten in die noch unbeleuchtete Ausstellung. Modriger Geruch kratzte Francesca bei jedem Atemzug im Hals. Doch ihre Aufmerksamkeit galt jetzt dem, was hinten im Museum passierte.

Eine aufgeregte Gruppe hatte sich am Treppenabsatz zum ersten Stock versammelt. Auf der Treppe stand Freyja mit weit vom Körper abgespreizten Armen und verbarrikadierte so den Zugang zum nächsten Stockwerk. Unter ihr hatte sich Hekla mit verschränkten Armen und grimmigem Blick postiert.

Den beiden Schwestern gegenüber und unterhalb der Treppe zählte Francesca vier Gestalten unterschiedlicher Statur. Das musste die Truppe sein, die gerade mit dem übergroßen Heli eingeflogen war. Ganz vorne, direkt vis-à-vis von Hekla, stand ein kleiner knochiger Mann mit Baseballkappe. Sein Körper neigte sich leicht nach vorne, wie dies oft Menschen fortgeschrittenen Alters taten. Seine Hände lagen zum Protest verschränkt in seinen Armbeugen.

Jetzt hörte Francesca Freyja sagen: „Verschwindet endlich aus diesem Gebäude! Ich habe hier als Vertreterin der Universität für Meeresbiologie das Hausrecht und verweise euch des Geländes."

„Dass ich nicht lache." Das war die brüchige, hohe Stimme, die anscheinend zu dem angriffslustigen Alten gehörte. „Ich bin der Eigentümer dieser ranzigen Fischhalle und du Brillenschlange wirst mich nicht davon abhalten, mein eigenes Gebäude zu betreten." Er räusperte sich, sprach in tieferem Tonfall weiter. „Schade, dass du nicht nach deiner Mutter kommst. Sie hatte genug Charme, um ihre Ziele auf elegante Art und Weise durchzusetzen. Wenigstens so lange, bis sie diesen Nichtsnutz geheiratet hat."

Jetzt kratzte Heklas Stimme durch den dunklen Raum.

„Wage es nicht, so über meinen Vater zu sprechen, du... du Mörder!" Sekunden später hechtete Hekla, die Francesca als beherrschte Blonde kennengelernt hatte, vom Treppenabsatz herunter und stürzte sich mit ihren Armen auf den Hals des Mannes. Nun kam Bewegung in die beiden Parteien. Freyja stolperte ebenfalls von der Treppe herunter und versuchte, Hekla von dem Alten wegzuziehen. Auf der Gegenseite schmissen sich zwei Männer zwischen die Kämpfenden. Einer davon, ein Kahlkopf, wirkte auf Francesca dünn, aber unbeholfen. Der andere, ein Blondschopf mit strähnigem Haar, brachte deutlich mehr Pfunde auf die Waage. Sein trennender Griff saß sofort.

Die vierte Gestalt am Treppenabsatz hatte sich gar nicht bewegt, ergriff jetzt aber das Wort. Eine weibliche Stimme erklang. Auch sie sprach Englisch wie die anderen zuvor. Doch ihr Slang verriet, dass es sich um ihre Muttersprache handeln musste. Ein breiter Dialekt quoll aus dem Mund der aufrecht stehenden Dame hervor. Francesca verortete ihn in die USA, Südstaaten vielleicht.

„Ladys, was soll denn die Aufregung? Wir stellen doch keine Konkurrenz für euch dar. Think big!“ Sie machte eine kurze Pause. Irgendetwas knallte. Wahrscheinlich hatte die Amerikanerin gerade die Luftblase eines Kaugummis platzen lassen. „Wir eröffnen hier ein Restaurant. Das wird euer Museum endlich mal beleben.“ Jetzt breitete sie die Arme aus als schriebe sie etwas auf ein imaginäres Banner in die Luft. „Whale Watching, danach Wal-Museum und zuletzt ein leckeres Sashimi vom frisch gefangenen Wal im ersten Stock. Die Touristen werden diese stinkende Fischhalle überfluten vor Neugierde. Und sie werden dieses crazy isländische Money mit dem Walfisch drauf zuhauf in unser aller Kassen spülen. Ladys, das wird fabulous.“

Jetzt kam wieder Bewegung in Freyja. Sie stellte sich nur Zentimeter entfernt vom Gesicht der sehr aufrecht stehenden Amerikanerin hin und plärrte ihr viel zu laut entgegen:

„Wir essen hier keinen Wal. Hast du das verstanden,

Lady? Ich bin Vertreterin der Universität für Meeresbiologie und ich habe einen Forschungsauftrag. Und das Hausrecht. Also schiebt jetzt endlich eure stinkenden Hinterteile aus meiner restaurantfreien Ausstellung und verpisst euch zurück nach wo immer ihr auch herkommt."

Eine besonnene Männerstimme meldete sich zu Wort.

„Hallgrim, stimmt das mit dem Hausrecht? Wie lange hast du deine Fischhalle denn an das Museum verpachtet?"

Der Alte fasste sich an die Baseballkappe, schob sie etwas zurück und kratzte sich an der Stirn. Dann antwortete er mit seiner hohen Stimme auf unglaublich gefasste, aber auch beunruhigend ruhige Art und Weise:

„Nachdem ich gerade in meiner eigenen Halle gewürgt wurde, werde ich dieser Universitätsgöre spätestens morgen fristlos kündigen. Dann kannst du deine Schwester und sämtliche Walgerippe schnellstmöglich einpacken und wir schieben diese Wellblechhütte über den Haufen."

„Das kannst du nicht machen", herrschte ihn Hekla an. „Freyja hat nichts mit dem zu tun, was zwischen uns beiden passiert ist."

Hallgrim antwortete ihr nicht. Stattdessen wandte er sich an den dürren Jüngling mit dem Kahlschädel.

„Sohn, ich will, dass du in den nächsten Tagen für den Abriss dieser Lagerhalle sorgst. Von mir aus könnt ihr hier den gleichen Glaspavillon bauen wie für das Restaurant in Reykjavik."

„Glaubst du nicht, dass das Restaurant in Verbindung mit dem Museum mehr Sinn machen würde?", fragte der Junior mit rauer Stimme zurück.

Sein Vater wandte sich noch nicht einmal zu ihm um,

bevor er antwortete.

„Ich diskutiere nicht mit dir. Tu es einfach."

Doch der gab noch nicht auf.

„Harriet, was denkst du?"

„Well, wir könnten den Ladys eins der Walgerippe abkaufen und im neuen Restaurant als Dekoration aufhängen." Sie zögerte, kaute nochmal auf dem zähen Gummi in ihrem Mund. „Aber nur, wenn wir diesen Gestank aus den alten Knochen rausbekommen, Sweety." Demonstrativ wischte sich die Lady mit den toupierten Haaren über die Nasenspitze.

Jetzt kam wieder Bewegung in die beiden Schwestern. Freyja stand plötzlich neben der Frau mit dem breiten Südstaatendialekt und presste sie mit aufgelegter Hand am Rücken in Richtung Ausgang. Hekla stürzte nochmals vor zum Alten mit der Baseballkappe, doch wieder griff der breite Isländer mit der tiefen Stimme rechtzeitig ein.

„Los, lasst uns gehen. Ich glaube, wir alle sollten eine Nacht darüber schlafen. Auch Freyja und Hekla. Dann sehen wir weiter." Er bewegte sich mit ausgestreckten Armen in Richtung Ausgang und schob seine drei Begleiter gleich mit sich.

Als die vier an Francesca und Benita vorbeitrotteten, stockte der Köchin der Atem. Unterhalb des linken Auges trug der einzig sympathische der vier ein Tränentattoo. Irgendwie hatte sie es geahnt, aber nicht wahrhaben wollen. Sie biss sich auf die Lippen. Wie sollte sie Hekla noch jemals gegenübertreten können, wenn sie gleich mit dieser dubiosen Viererkombo im Heli davonrauschte? Francesca entschied sich dafür, erst einmal stehen zu bleiben und das Gespräch mit Hekla zu suchen. Benita blieb ebenfalls. Götz dagegen spurtete den Vieren hinterher. Francesca hoffte nur, dass er nichts Dummes tun würde. Hekla und ihre Schwester Freyja hatten genug Unheil angerichtet.

Da gellte nochmal ein abschließender Schrei von hinten nach vorne durch die dunkle Museumshalle.

„Mörder! Mörderpack!“ Hekla hatte geschrien.

Francesca schritt auf die beiden Schwestern zu, die sich nun in den Armen lagen. Sie strich Hekla über den Rücken.

„Kann ich irgendwas für dich tun?“ Hekla schüttelte den Kopf, als sie sich aus Freyjas Umarmung wand.

„Du bist doch Italienerin. Kennst du keinen Mafioso, der diese Meute für uns zur Strecke bringen kann?“, fragte Freyja in ihrer trockenen Art.

„Vermutlich schon, aber ich bin mehr für leben und leben lassen“, sinnierte Francesca.

Das zauberte ein kleines Grinsen auf das Gesicht der älteren Schwester.

„War das nicht gerade Magnus? Also der Magnus, wegen dem wir hierhergekommen sind?“, fragte Benita.

„Ich fürchte ja. Schaffst du es alleine von hier mit dem Auto nach Reykjavik?“

Benita schluckte, doch sie nickte tapfer. „Vielleicht begleiten mich Götz und Hekla. Ihr wolltet in die Hauptstadt, nicht wahr?“, fragte Benita hoffnungsvoll.

Hekla antwortete nicht, sondern blickte Francesca lange in die Augen. In ihrem Ausdruck lag zuerst Ärger, dann spürte Francesca, wie sich Heklas Gemütszustand änderte. Schließlich glaubte sie, so etwas wie Verständnis zu erkennen.

„Du kannst mit ihnen fliegen. Wir lassen Benita nicht allein. Aber: Bitte iss kein Walfleisch, hörst du?" Hekla legte Francesca eine Hand auf die Schulter. „Du bist clever. Vielleicht gelingt es dir, ein paar andere Juroren umzustimmen, da bei eurem Essensgelage, das ihr Foodfestival nennt."

„Ich gebe mein Bestes. Versprochen. Dafür passt du mir auf Benita und auch auf Götz auf, okay?"

Hekla nickte, doch kein Lächeln trat auf ihre Lippen. Eines wollte Francesca noch wissen:

„Was hast du damit gemeint? Warum Mörder?"

Hekla zuckte mit den Achseln. Francesca ließ nicht locker: „Meintest du Wal-Mörder?" Jetzt schüttelte Hekla den Kopf.

„Nicht nur. Aber die Geschichte ist lang. Ich erzähle sie dir nächstes Mal. Geh jetzt!"

Francesca umarmte zuerst Benita und schüttelte Freyja die Hand. Schließlich umarmte sie auch Hekla, vielleicht sogar einen Moment länger, als sie es ursprünglich hatte tun wollen. Dann riss sie sich los. Ohne sich umzudrehen winkte sie noch einmal in die düstere Ausstellung zurück, und spurtete nach draußen.

Vor ihr lag das Wiedersehen mit Magnus. Selbst die Besteigung eines kniffligen Achttausenders wäre Francesca jetzt lieber gewesen. Erinnerte sich Magnus überhaupt noch an sie? Und wenn ja, trug er den Ärger von vor 25 Jahren bis heute in sich?

Innerlich aufgewühlt, sah Francesca zwar aus den

Augenwinkeln, dass Götz sich in einer angeregten Diskussion mit dem unangenehmen Alten befand, dachte aber nicht weiter darüber nach. Ihr Blick heftete sich an Magnus fest. Der stand mit der toupierten Blondine und dem Nägel kauenden Kahlkopf nahe dem Helikopter und redete auf die beiden ein. Francesca schlenderte langsam auf die drei zu. Noch langsamer konnte man schier nicht schlendern, ohne dass ein stiller Beobachter von einer chronischen Fußverletzung ausgehen musste. Was sollte sie nur sagen? Sie musterte den rotblonden Kerl Typ Wikinger, der ihr vor einem Vierteljahrhundert Griechenland von seiner süßesten Seite gezeigt hatte. Wenn er sprach, fuhr es ihr immer noch tief in den Bauch und verbreitete von da aus eine wohlige Wärme. Und da, da war es wieder. Dieses schelmische Grinsen. Plötzlich stand sie direkt vor ihm. Und den beiden anderen.

„Hallo zusammen", sagte Francesca und blickte dabei nur in Magnus' Augen. „Ich bin Francesca Carlotti aus Deutschland und ein gewisser Magnus hat mit mir telefoniert. Ich soll bei euch mitfliegen."

„Francesca." Magnus schritt ganz nahe an sie heran und setzte sofort zu einer innigen Umarmung an. Francescas Nase wurde sanft in seinen dicken Islandpulli gedrückt. Sie erschnupperte Kaffeeduft gepaart mit dem salzigen Aroma der frischen Meeresbrise, die von der Bucht herüberwehte. Ein klein wenig roch der Pulli auch nach nassem Hund, aber nicht unangenehm, sondern vielmehr so, als wäre man nach einem regnerischen Tag zu Hause angekommen. Francesca verpasste beinahe den richtigen Moment loszulassen, weil sich dieser Bär von einem Mann einfach zu kuschelig anfühlte.

„Erinnerst du dich? Wir kennen uns aus Griechenland. Ist aber schon Jahrzehnte her", plauderte Francesca drauf los.

Magnus zwinkerte ihr zu. Dann kratzte er sich verstohlen unter dem linken Augen und berührte dabei seine tätowierten Tränen.

„Ich erinnere mich an jede Sekunde."

Irgendwie stieg es Francesca gerade wohlig warm von den eiskalten Zehenspitzen hinauf bis in die letzte krause Haarwurzel. Zu blöd, dass ein Kahlkopf und eine glattgebügelte Amerikanerin ihrer kompletten Konversation folgten. Deshalb nickte sie nur mit dem Kopf und lächelte. Sie würden später sprechen.

Mittlerweile kam auch der Baseballkappenträger auf den Helikopter zu. Francesca erkannte keine ärgerliche Miene und war erleichtert. Wenigstens Götz hatte es wohl verstanden, sein Anliegen bei diesem Typen so vorzutragen, dass der nicht noch einmal komplett ausgeflippt war.

„Lasst uns fliegen", krächzte er. „Ich habe meine Zeit nicht gestohlen."

Der junge Kahlkopf zog die Finger aus dem Mund und nahm Haltung an. Er hielt die Helikoptertür auf. Die Amerikanerin verschwand zuerst darin. Dann machte sich der Alte ans Einsteigen. Er kletterte äußerst agil ins Innere des Helikopters. Als nächstes bedeutete Magnus Francesca Platz zu nehmen. Er drängte nach ihr in den Fond des Fluggeräts.

„Was will die hier?", pöbelte der Alte, als er Francesca sich hinsetzen sah.

Magnus übernahm das Antworten: „Wir nehmen Francesca mit. Sie ist Jurorin beim Foodfestival heute Abend."

„Was hast du mit diesen Extremisten zu schaffen? Oder bist du etwa selber so eine Fanatikerin?" Eisblaue Augen blickten drohend auf Francesca. Die streckte ihm ihre Hand entgegen und lachte entwaffnend.

„Ich bin extrem, wenn es um gutes Essen geht. Sonst eher nicht. Wer bist du so?"

Der Alte stutzte kurz, dann grinste er schief. Schließlich ließ er Francescas Hand los, ohne sich vorzustellen.

„Das Weib gefällt mir", sagte er zum Helikopterfenster gewandt. Schließlich griff er nach einer Packung Chips, die neben seinem Sitz steckte und knusperte daraus. Francesca stieß ein abgestandener Fischgeruch in die Nase.

„Fischchips", erklärte Magnus, der neben ihr saß.

Jetzt schwang sich als letztes der Kahlschädel in den Heli und schloss die Tür.

„Auf zum Geysir", sagte er noch, bevor sich alle dicke Kopfhörer über die Ohren zogen.

Francesca krallte sich in ihren Sitz. Dann hob der Helikopter ab. Unten sah sie die drei Frauen und Götz, die nun vor dem Museum standen und gemeinsam dem Hubschrauber beim Davonschweben zusahen. Nur Benita winkte.

Kapitel 16

Wenige Minuten, nachdem Francesca in ihrem zentral gelegenen Hotel in Reykjavik eingecheckt hatte, machte sie sich wieder auf den Weg. Die Truppe aus dem Helikopter hatte sich für den frühen Abend in einer nahe gelegenen Bar in der Laugavegur, der absoluten Ausgeh- und Shoppingstraße der Stadt, auf einen Aperitif verabredet, bevor es dann weiter zum ersten Jury-Abendessen gehen sollte.

Zwar fühlte sich Francesca müde, sie war schließlich wegen der Walbeobachtung heute Morgen zeitig aufgestanden, doch diesen Umtrunk wollte sie auf keinen Fall verpassen. Bei einem Gläschen oder zwei lernte man die Leute am besten kennen. Also stiefelte sie, wie von Magnus beschrieben, vom Hotel aus rechts eine kleine Steigung nach oben. Trotz der frostigen Temperaturen hielten sich hier zahlreiche Menschen auf den Gehwegen auf. Außerdem cruiste ein nicht abreißen wollender Autocorso an Francesca vorbei. Junge Menschen, in bester Laune und aus bunten Bierdosen schlürfend, die in ihren Wagen lieber froren, als die Fenster geschlossen zu halten. Die Partypeople auf dem Bürgersteig, ebenfalls mit Bierdosen ausgerüstet, freute es: So kamen sie in den Genuss einer immerwährenden musikalischen Untermalung, selbst wenn der DJ für Francescas Geschmack viel zu häufig wechselte.

Francesca wiederum freute sich, dass die Gehwege eisfrei waren, denn sie hatte sich in weiser Voraussicht schon in der Früh die hohen Hacken ins Handgepäck gepackt und genoss es, nun stolperfrei laufen zu können. Unter dem outdoorgeeigneten Steppmantel trug sie ein dunkelblaues Wickelkleid aus Seide. Interessiert musterte sie die jungen Isländerinnen auf der Straße, die zumeist dünne oder gar keine Jacken trugen. Brrr! So erkannte Francesca aber ziemlich schnell den Style, der momentan wohl besonders hip war in dieser extrem nördlich liegenden Hauptstadt: Die junge Isländerin griff beim Weggehen gerne zu kleinen Hängerkleidchen in bunten Farben, oder, falls das Kleid einfarbig war, trugen manche Mädels auffällig bunt bedruckte Strümpfe oder Leggings und dazu ungewöhnliche Schuhe. Francesca schlenderte an einigen Schaufenstern vorbei und sah sich bestätigt. Bunt war in. Kleidchen und Strümpfe waren in. Schließlich stoppte Francesca vor der Auslage eines Schuhladens und atmete hektisch. Schuhe, wow, was für Schuhe! Sie sah Peep-Toes in buntem Materialmix mit roten Lackabsätzen. Nun heftete sich ihr Blick auf 10-cm-Pumps, deren Spitze mit braunem Kuhfell überzogen waren. In der anderen Ecke standen grau-schwarz-gelbe Stiefeletten, die am Schaft mit einem Lederband ähnlich einer Korsage geschnürt waren. Francesca drängte zur Eingangstür. Doch die Ernüchterung folgte sogleich in Form eines Closed-Schildes am Ladeneingang. Also zwang sie sich dazu, die Hände wieder von der Schaufensterscheibe zu lösen, den unkontrollierten Speichelfluss hinunterzuschlucken und weiterzugehen. Ihr Puls raste. Oh Gott, was für Schuhe!

Wenige Meter weiter erreichte sie die Bar, in der sie verabredet war. Magnus hatte sie etwas kryptisch beschrieben. „Geh da rein, wo dich der Spruch am Eingang zum Lachen bringt", hatte er gesagt. Es hatte geklappt. Francesca las: „Unser Biergarten ist ab dampfenden 5°C geöffnet." Sie zögerte nicht lange, stieg wenige Stufen hinauf und drückte sich dabei an einigen Rauchern vorbei.

„Ah, sind Sie nicht die Köchin aus good old Germany?"

Francesca drehte sich herum und stand nur Zentimeter von der Amerikanerin Harriet entfernt, die an einer Zigarette paffte. Sie hielt den Glimmstängel an einer aufgesetzten Zigarettenspitze, die wie geschnitztes Elfenbein aussah. Francesca zeigte darauf.

„Haben Sie den Zigarettenhalter von der Großwildjagd aus Afrika?"

Harriet lachte künstlich.

„Honey, Sie haben ja Ideen. Nein, diese Spitze habe ich aus einem Alligatorzahn machen lassen, den ich vor kurzem erlegt habe." Sie aschte auf die Betontreppen zu ihren Füßen ab und zeigte dabei nach unten. „Und aus dem Rest sind diese fantastischen Stiefel geworden. Jesus, ich liebe die Dinger." Francesca folgte Harriets Blick und war nicht annähernd so begeistert wie gerade eben beim bunten Schuhladen. Harriets ziemlich vorzeigbare Beine wurden nur von einem knappen schwarzen Rock umspielt. Dazu trug sie Overknees wie einst Julia Roberts in Pretty Woman, nur waren Harriets nicht aus Lack, sondern aus grünem Krokodilleder gefertigt. Sie beugte sich näher an Francescas Ohr heran. Das schwere, süßliche Parfüm der Amerikanerin ließ Francesca würgen. Harriet bemerkte es nicht und gestand: „Die trage ich nur in good old Europe auf der Straße. Daheim sind die Leute zu prüde. Da sind die Dinger mehr fürs Bett gedacht." Harriet lachte kratzig.

Francesca verzog keine Miene.

„Sind die anderen drinnen?"

„Was soll's", sagte Harriet, anstatt zu antworten, und schnippte den nur halb herabgebrannten Glimmstängel aus der Zigarettenspitze auf das Trottoir. „Der Jüngling da drin wartet sicher schon sehnlichst darauf, dass ich ihm weiter den Nacken kraule." Und als Francesca große Augen machte, legte Harriet noch eine Erklärung nach: „Enge Zusammenarbeit ist so wichtig, Honey. Und Ben ist noch dazu der Erbe des Imperiums. Amazing!" Harriet rieb sich die Fäuste und Francesca hoffte inständig, dass es wegen der Kälte draußen und nicht aus Vorfreude auf einen enormen Geldbatzen war.

Im Inneren der Bar schlug die warme biergeschwängerte Luft Francesca mit voller Breitseite entgegen. Sie blieb kurz stehen, um sich zu orientieren. Den vorderen Bereich beherrschte ein breiter Bartresen, dessen Planken lustigerweise mit halben Perserteppichen verkleidet waren. Selbst die Hocker davor machten Spaß. Zwei lila Exemplare verkündeten auf der Rückenlehne, dass Gott auch schon hier gewesen sei. Andere leuchteten wiederum in bunten Farben oder trugen Armeewesten als Überzug. Zu dieser abendlichen Stunde drängten sich zahlreiche Feierwütige um den Bierausschank, dessen Hebel wahlweise aus Bowlingpins oder -kugeln bestanden. Harriet schlüpfte zwischen einer Gruppe gut gebauter Isländer hindurch und zog Francesca am Jackenärmel mit sich in den hinteren Bereich der Bar, der eher als Diner daherkam, mit schwarz-weiß gefliestem Boden und den typischen Ledercouchen in dunklem Rot, die in Gruppen an den Wänden befestigt waren. Darüber zierten Bilder von Pin-up-Girls die Sitzreihen. Ganz hinten, an einer hölzernen Sitzecke, die größer geraten war als die übrigen, machte Harriet halt und sank auf dem Stuhl nieder, auf dem ein Pelzmantel lag. Francesca blickte in die Runde.

Dicht neben Harriet saß tatsächlich der Glatzkopf Ben auf einem Stuhl, hielt einen Packen Papier in der Hand und redete auf seinen Vater ein. Der hörte ihm anscheinend gar nicht zu und hatte seine Augen und Hände nur bei einer feingliedrigen Schwarzhaarigen mit rosiger Haut und stechend blauen Augen, die unter langen Wimpern hervorblitzten. Und der Clou: Francesca war sich zu 98 Prozent sicher, dass die Frau keinerlei Make-up trug. Eine faszinierende Naturschönheit also. Magnus, der neben den beiden Platz genommen hatte, folgte Francescas Blick.

„Hallo Francesca. Darf ich dir Maria vorstellen. Sie kümmert sich mit mir zusammen um das Foodfestival."

Solange sie sich nicht um dich kümmert, dachte Francesca, sagte aber nichts. Stattdessen lächelte sie Maria zu und winkte dann einmal in die Runde. Der knorrige Alte ignorierte sie wieder. Jetzt bemerkte er aber, dass sein Sohn ihn ständig von der Seite anquatschte.

„Vater, es ist wirklich wichtig, dass du die Baupläne für das Restaurant am Gletschersee heute noch unterzeichnest. Außerdem müssen wir dein Grundstück in die Gesellschaft einbringen, sonst kommen wir nicht voran", palaverte Ben und schwenkte dabei die Papiere und einen Kugelschreiber.

„Denkst du, so kommst du schneller an mein Geld,

wenn du mich nach ein paar Wodka überrumpelst?", kläffte er wütend. „Schick den Krempel an meine Sekretärin. Die prüft das. Erst dann unterschreibe ich. Vielleicht."

Harriet schaltete sich ein.

„Hallgrim, ich verstehe dein Misstrauen und würde es nicht anders machen. Aber heute musst du mal eine Ausnahme machen, denn es drängt wirklich." Sie zog das letzte Blatt aus Bens Stapel und knallte es neben das leere Wodkaglas des runzeligen Isländers auf den Tisch. „Hier ist alles auf einer Seite zusammengefasst. Lies und unterschreib, sonst geraten wir in Verzug!" Hallgrims Augen verengten sich zu Schlitzen.

„Ist wirklich wichtig." Harriet nickte ihm nochmal zu. In ihrer Stimme lag nicht der kleinste Hauch von Angst vor dem großen Fischmagnaten.

Der knurrte irgendetwas von „ich hab schließlich Feierabend" und reichte das Blatt weiter an Maria. Die kramte eine Lesebrille aus ihrer Handtasche hervor und begann das Schriftstück zu studieren.

„Du hättest mir ruhig vertrauen können", murmelte Ben beleidigt.

Eine Kellnerin, der der weit ausgeschnittene Pullover seitlich über die nackte Schulter gerutscht war, trat an ihren Tisch.

„Was darf es sein?", fragte sie Francesca.

Francesca musterte die Getränke, die bislang den Weg an ihren Tisch gefunden hatten und orderte schließlich ein Glas Rotwein, weil ihr der Sinn nicht nach Wodka oder anderen harten Getränken stand.

„Und ich nehme noch so einen grünen Smoothie",

meldet sich Harriet. Die Kellnerin verzog das Gesicht. „Was denn? Heute ist Detox-Tag, Honey."

„Noch eine Runde Wodka für die Männer", krächzte der alte Hallgrim. Dann klopfte er sich lachend auf die Schenkel. „Und ein Glas Milch für meinen Milchbubi hier." Dabei grinste er Ben ins Gesicht. Der kaute gerade auf seinen Nägeln und zog blitzschnell die Finger vom Mund.

„Bullshit. Ich nehme einen Bourbon. Möchtest du auch einen, Harriet?"

„Von mir aus. Den kannst du mir gleich in die grüne Brühe kippen", dirigierte sie die Kellnerin. „Und noch eine Portion Zucker. Das Zeug ist ja bitter wie die Hölle." Die Kellnerin schwieg, schlug aber den Blick vielsagend nach oben, als sie sich zum Gehen drehte.

„Detox mit Zucker und Schnaps, das nenn ich mal eine gesunde Einstellung." Magnus lachte.

„Ich tue, was ich kann", antwortete Harriet überhaupt nicht ärgerlich. „Außerdem esse ich nichts Frittiertes."

„Wie kommt das?", wollte Francesca wissen.

„Damit wollte uns meine Mum schon als Kind vergiften, damals im Trailer-Park", antwortete Harriet nachdenklich. Dann lachte sie wieder. „Aber ich habe es all den Losern von damals gezeigt, hab den Fraß einfach stehen gelassen, bin Schönheitskönigin von Fort Worth geworden und habe Archie kennengelernt."

„Wer war Archie?", fragte Francesca weiter.

„Er war Krokodilfarmbesitzer und nahm mich mit in die Everglades. Doch der Arme wurde bald nach unserer Heirat von seinem besten Zuchtalligator aufgefressen."

Sie verzog kurz das Gesicht. „Ich bin dann ins Business eingestiegen und habe das wahre Potential erkannt."

„Und das wäre?", wollte nun Magnus wissen.

„Archie hat nur das Leder der Alligatoren verkauft. Ich habe auch das Fleisch zu einem Verkaufsschlager gemacht." Harriet schaute zu Ben, der jedes ihrer Worte mit Begeisterung aufsog. Sie zwinkerte ihm zu. „So wird's gemacht, Honey."

Mittlerweile hatte die schöne Maria das Schriftstück durchgelesen und wandte sich an Hallgrim.

„Die Baupläne würde ich an deiner Stelle absegnen. Aber die Einbringung in die Gesellschaft, da wäre ich vorsichtig. Lass das deine Leute prüfen."

Hallgrims Blick verfinsterte sich wieder, als er seinen Sohn ansah.

„Wolltest mich hintergehen, was?" Hallgrim reckte sein Kinn nach oben und fuhr sich über das Schild seiner Baseballkappe. „Aber nicht mit uns, Milchbubi." Dabei tätschelte er Maria den Schenkel. Dann starrte er einen Moment zu lange auf das Papier. „Und wo soll ich jetzt unterschreiben?", raunte er Maria etwas verloren zu.

„Da." Maria zeigte mit ihren wohlgeformten Fingern auf eine der beiden Unterschriftszeilen.

Als Francesca Hallgrim beobachtete, wie der mühsam seinen Namen aufs Papier malte, beschlich sie der Verdacht, dass diese Unbeholfenheit nicht nur an einer vergessenen Lesebrille oder Ähnlichem lag. Als er endlich seine Signatur fertiggestellt hatte, nahm er das Blatt und knallte es vor Ben auf die Tischplatte.

„Hier, Milchbubi." Hallgrim starrte Ben ins Gesicht.

„Hat es dir Spaß gemacht, allen zu zeigen, wie dumm ich bin?“ Er räusperte sich und verkündete dem ganzen Tisch: „Ben hier wird diesen Sommer ein richtiger Mann, habe ich gerade beschlossen.“ Dann fixierte er Bens Gesicht. „Unser Milchbubi wird endlich lernen, Wale zu jagen. Du Unglücksrabe – geboren an dem Tag, als ich zwei meiner Schiffe verloren habe.“ Er reckte seine eigenen Pranken in die Höhe. Francesca erschrak. Über Hallgrims rechten Handballen zog sich eine riesige Geschwulst, als hätte man einen länglichen Krater in seine Handfläche gefurcht. Keine neue Verletzung. Trotzdem mochte man kaum hinsehen. „Nimm dich in acht! Der Wal fürchtet dich nicht, nur weil du Lesen und Schreiben kannst.“

Kapitel 17

Tag, oder vielmehr Abend zwei des isländischen Foodfestivals lag vor Francesca. Heute stand das Feinschmeckerlokal in der Harpa, dem Konzerthaus am Hafen, auf dem Programm. In wenigen Minuten würde Magnus sie und die mittlerweile im Nebenzimmer eingecheckte Benita abholen. Deshalb saß Francesca jetzt am Schminktisch ihrer Hotelsuite und pinselte sich Farbe ins Gesicht. Wenn sie an das gestrige Menü dachte, begehrte ihr Magen auf. Entweder es hatte an den stürmischen Helikopterflügen des vorangegangenen Nachmittags oder an der kalten Atmosphäre bei Tisch gelegen, dass ihr das gestrige Abendessen nicht gut bekommen war. Und roher Seeigel schmeckte wirklich schrecklich, so viel stand fest.

Es pochte an Francescas Zimmertür. Sie erhob sich, legte den dicken Rougepinsel zur Seite und schlurfte zum Eingang. Davor stand eine prächtig gelaunte Benita im kleinen Schwarzen und mit einer mächtigen Handtasche im schwarz-weißen Badekacheldesign, die sie in ihrer Ellenbeuge hin- und herschwang.

„Willst du Besteck klauen heute Abend? Oder was soll der riesige Lederbeutel bedeuten?"

Benita grinste nur und schob sich an Francesca vorbei in deren Suite.

„Süße, wo bist du denn in den Kalkeimer gefallen? Alpina-Weiß als Hautfarbe ist höchstens noch in Südkorea angesagt", konterte die gut gelaunte Spanierin. „Aber wenn du nur wegen unseres kleinen Problems so blass sein solltest, keine Sorge.“ Sie senkte ihre Stimme auf Flüsterton herab. „In meiner Notfalltasche ist wirklich alles, damit wir am Ende des Abends wissen, wer nun wirklich Claras Vater ist.“

Francesca stöhnte und stolperte wieder zurück zu ihren Schminkutensilien.

„Das auch noch. Ich hatte es schon beinahe vergessen.“

„Was hast du dann? Hat dir heute Nachmittag jemand eine faule Fischsemmel angedreht?“

„Ich war hier im Zimmer“, gestand Francesca. „Roher Seeigel auf empfindlichen Magen kann ich wirklich nicht empfehlen. Aber du warst vermutlich genauso wenig beim Sightseeing, oder? Ich habe da so Geräusche gehört.“ Francesca schmunzelte. Benita dagegen lief himbeerrot an. „Kommt Götz mit zum Essen?“

Benita ließ sich rücklings auf Francescas Hotelbett plumpsen.

„Dieser Mann ist wirklich eine Wucht. Aber heute Abend muss er noch irgendwohin. Ich habe ihm das Auto geliehen.“

Francesca entschied sich gerade für noch eine Extralage Rouge auf den wirklich etwas blassen Wangen.

„Kein Problem, Magnus fährt uns. Und im kleinen Kreis wird es heute bestimmt spaßig. Nochmal mit den anderen Juroren? Nein, danke.“

Benita setzte sich wieder auf.

„Die Texanerin soll echt anstrengend sein. Liest man so.“

„Harriet heißt sie. Die fand ich noch recht unterhaltsam. Sie hat mich nach Fort Lauderdale zum

Krokodilburgeressen eingeladen. Falls du mitkommen möchtest."

Benita machte ein gespieltes Würgegeräusch.

„Besser nicht. Danke. Wer hat denn dann genervt. Magnus?"

Francesca schüttelte entschieden die Locken.

„Vater und Sohn Walfänger sind jeder für sich genommen eine Riesenkatastrophe. Der eine ist ein sturer alter Bock, der denkt, er ist der Kaiser von Island. Und sein Sohn wischt auf Knien jeden Zentimeter Boden, bevor sein Alter ihn betritt. Zum sich Übergeben, sage ich dir."

„Hast du mit ihnen über Walfang gesprochen?"

Francesca zog sich gerade mit dem Eyeliner über das rechte Augenlid. Vor Ärger zuckte sie und verwischte den dicken Lidstrich.

„Verdammt. Das jetzt auch noch."

Benita grinste.

„Du hast das Thema Walfang also tapfer angesprochen. Richtig?"

„Das bin ich Hekla schuldig. Und nachdem wir den Wal gesehen haben, bin ich sicher, dass es sich gut leben lässt ohne je Walfleisch verspeist zu haben. Das habe ich den zwei Clowns natürlich gesagt."

„Und?"

„Der Junge hat grundsätzlich nur eine Meinung. Und zwar die seines Vaters, egal, was der sagt."

„Verstehe. Und der Alte?"

„Das ist ein totaler Nationalist. Er hasst es, dass Island nicht mehr so komplett von der Welt abgeschottet ist wie früher. Der würde am liebsten noch wie vor 100 Jahren in einem Torfhaus wohnen, sagt er. Hauptsache, kein ‚Ausländer' mischt sich in isländische Angelegenheiten."

Jetzt kam Benita herum und reichte Francesca aus ihrer riesigen Designertasche ein Abschminktuch. Die presste nur die Lippen aufeinander und nahm das ölige Tuch entnervt entgegen. Ihr rechtes Auge schmerzte schon von den unzähligen Versuchen, den intensivschwarzen Lidstrich mit einem nassen Waschlappen wegzuwischen.

„Also fängt dieser Hallgrim hauptsächlich deshalb Wale, weil der Rest der Welt dagegen ist?"

Francesca nickte grimmig.

„Rechnen tut es sich laut seines Sohnes sowieso seit Jahren nicht. Dieser Jónsson lebt vom konventionellen Fischfang im großen Stil: Kabeljau, Hering, Seelachs. Die Waljagd ist mehr so sein Liebhaberding, weil fast kein Einheimischer mehr Walfleisch essen mag. Die mogeln das nur den Touristen unter."

Jetzt schnappte sich Benita den Eyeliner und drehte Francescas Gesicht zu sich herum.

„Stillhalten. Sonst wird das nichts", urteilte sie. Und tatsächlich musterte Francesca Sekunden später ihre fertig geschminkten Augen im Hotelzimmerspiegel und befand den Zustand der Indianerbemalung als rundum gelungen.

„Was spricht Kapitän Arne so?", fragte Benita beiläufig.

Francescas Mundwinkel rutschten automatisch nach unten. Sie zuckte mit den Schultern.

„Er geht nicht ran." Sie schniefte.

„Du solltest ihm bald mal Bescheid sagen. Wegen der Weltreise, meine ich. Ewig wird die Reederei auch nicht auf deine Zusage warten."

„Ich weiß. Aber diese Woche werden sie schon noch abwarten, hoffe ich."

„Lass dir nicht zu viel Zeit", empfahl Benita. „Arne ist zwar ein toller Kerl, aber auch die tollen Männer werden irgendwann ungeduldig."

Francesca seufzte. „Ich weiß."

Als die beiden die Treppen zum Hotelfoyer hinunterschritten – Benita immer noch mit ihrer überlebensgroßen Henkeltasche in der Ellenbeuge und Francesca nun so gar nicht mehr käsig im dunkelgrünen Baumwollkleid mit weiten Trompetenärmeln – wartete dort bereits Magnus auf sie. Mit seiner dunkelblauen Chino und dem Baumwolljackett erinnerte er kaum noch an einen Wikinger, sondern hätte so auch in Paris, London oder Berlin auf die Damen des Abends warten können. Nur das breite Grinsen verriet irgendwie die nordische Schlitzohrigkeit. Und natürlich die rotblonden Strubbelhaare.

„Die Ouzo-Schwestern!", rief Magnus erfreut, als er Francesca und Benita auf der Hoteltreppe sah. „Wie auch immer ihr das geschafft habt, aber ihr beide seht noch unwiderstehlicher aus als damals in Griechenland."

„Du hast mich wohl arg vermisst", stichelte Benita, als sie endlich den Treppenabsatz erreicht hatte und sich Magnus in die Arme schmiss.

„Immer, wenn ich einen Ouzo trinke, denke ich nur an dich", erwiderte der Isländer trocken. Sofort löste Benita die innige Umarmung und stemmte die Hände in die Hüften.

„Du bist unfair. An dem Abend hatte es mich mit

Magen-Darm erwischt. Eigentlich vertrage ich unglaublich viel von dem Zeug."

Francesca und Magnus lachten. Dann schlang Magnus seine Arme um Francesca, drückte sie und gab sie erst Momente später wieder frei.

„Ich könnte einfach jeden Abend mit dir essen gehen", flüsterte er ihr dabei ins Ohr.

„Ich auch", wisperte Francesca zurück. Dann löste sie sich aus Magnus' Umarmung, um Benita nicht auszuschließen.

„Seid ihr bereit für bestes isländisches Essen?", fragte Magnus galant und fuhr seine beiden Arme aus, um die Damen unterhaken zu können.

„Nur wenn es keinem rohen Seeigel mehr an den Kragen geht." Francesca versuchte zwar zu scherzen, aber es gelang ihr nicht so recht.

„Da fällt mir ein, möchtet ihr auch einen Kaugummi?", fragte Benita ihre Begleiter, während sie schon in der ledernen Asservatenkammer an ihrem Arm zu kramen begann.

Francesca schüttelte den Kopf, was ihr einen ärgerlichen Blick der Freundin einbrachte. Doch Magnus willigte ein und schob sich das angebotene Kaudragee in den Mund, was Benita wieder äußerst fröhlich stimmte.

„Und wenn du ihn nicht mehr magst, ich habe so Beutel dabei. Da können wir die Kaugummis ganz einfach wieder loswerden", versicherte sie Magnus. Der schaute mit großen Augen auf die kleine Benita herunter.

„Ist schon in Ordnung. Wir haben Mülleimer für so etwas. Auch in Island", erklärte er schmunzelnd.

Francesca schloss kurz die Augen und seufzte leise.

Die Fahrt zum Restaurant dauerte nur wenige Minuten. Magnus stellte seinen Wagen in einem dem Konzerthaus gegenüberliegenden Parkhaus ab. Schon beim aus dem Auto Klettern kramte Benita wieder im ledernen Seesack mit Logo.

„Magnus, rauchst du noch eine mit mir auf dem Weg rüber?“, fragte sie kokett. „Francesca ist immer so eine gesundheitsbewusste Spielverderberin. Und alleine raucht es sich nicht so nett, nicht wahr?“

Magnus’ Mundwinkel begannen zu zittern. Francesca bemerkte, dass es ihm gerade noch gelang, einen Lachanfall zu unterdrücken. Sein Blick aus großen Augen sprach Bände. „Hat die einen Knall?“, lautete eindeutig die Message, die er in Francescas Richtung sendete.

„Natürlich rauche ich mit dir, wenn es dir alleine nicht schmeckt, liebe Benita“, antwortete er in seiner schelmischen Art. Benita versank noch tiefer in der Tasche, die sie spazieren führte. Schließlich angelte sie eine verschlossene Packung isländischer Zigaretten und Streichhölzer des gerade verlassenen Hotels hervor.

Magnus übernahm das Öffnen der Schachtel und gab Benita Feuer, nachdem die drei das Parkhaus verlassen hatten. Hektisch zog die Spanierin an der Glimmstange zwischen ihren Lippen – und machte große Augen. Schnell riss sie die Zigarette aus ihrem Mund, beugte sich gen Boden, rang um Luft. Einen kräftigen Hustenanfall später steckte sie das isländische Kraut zurück zwischen ihre Lippen.

Magnus lächelte schelmisch und zog genießerisch an seiner Zigarette.

„Teufel, ist das Zeug gut. Rauchst du zu Hause auch immer die stärkste Marke?“, fragte Magnus gut gelaunt in Richtung der Spanierin mit den wässrigen Augen.

Die nickte nur stumm vor sich hin. Sprechen hätte wohl zu einem neuerlichen Hustenanfall geführt.

Francesca indes fühlte, wie es ihr wieder im Magen zu rumoren begann. Gleich würde sie auf ihre Tochter Clara und Aron, Magnus' Sohn, stoßen. Was hatten die zwei wohl in den letzten Tagen alles getrieben, was man absolut nicht tun sollte, wenn eventuell ein enges Verwandtschaftsverhältnis vorlag? Sie biss sich auf die Lippen und nahm sich vor, die tapfere Benita nun nicht mehr auszulachen. Immerhin, wenn auch extrem tollpatschig, versuchte ihre Freundin, ein Vierteljahrhundert nach der Geburt den Kindsvater von Clara zu lokalisieren.

Um zum Konzerthaus zu kommen, querten Magnus, Francesca und Benita zwei mehrspurige Straßen und liefen dann noch ein paar Schritte. Francesca hatte jetzt endlich auch Augen für den blau-grün beleuchteten Glasbau, dessen Fenster wie eng gesetzte Bienenwaben wirkten. Vor dem Hintergrund des im Dunkeln liegenden isländischen Meeres strahlte die Harpa so magisch, dass sie hervorragend als Wahrzeichen für das mystische Island diente. Auf dem Vorplatz hatte der Architekt größere Wasserflächen anlegen lassen, in denen sich jetzt die Beleuchtung zusätzlich auf dem Asphalt spiegelte.

Magnus schien nicht mehr so beeindruckt vom Anblick.

Immerhin befand sich sein Restaurant in der Nähe, so dass er wohl täglich in den Genuss dieser Aussicht kam. Zielstrebig wanderte er voraus über eine kleine Brücke hin zum Eingang. Dort wartete eine runde Betontonne auf alle möglichen Abfälle. Oben auf sprießten aus einer Sandfläche unzählige ausgedrückte Zigarettenkippen. Ziemlich mittig versenkte er sein Exemplar, bevor er im Konzerthaus verschwand. Francesca verfolgte alles mit hochkonzentriertem Blick. Auch Benita hechtete zur Betontonne und zog parallel eine kleine Plastiktüte aus ihrer Handtasche. Als die beiden Frauen vor dem Abfallbehälter standen, griffen sie jedoch nicht zur selben Kippe, sondern brachten benachbarte Glimmstängel in Sicherheit. Jetzt sahen sich beide mit ratlosem Blick an. Kurzerhand steckte Benita einfach beide ausgedrückten Zigarettenstummel in ihren Asservatenbeutel. Währenddessen glotzte Francesca noch auf Glimmstängel Nummer drei. War es nicht der gewesen? Sie machte Benita Zeichen. Die zuckte nur mit den Schultern. Schließlich packten sie noch den dritten Zigarettenstummel in Plastik ein. Mit hängenden Schultern ließ Benita das Säckchen zurück in ihre Notfalltasche sinken. Kein Kaugummi und viel zu viel Auswahl hinsichtlich der Zigarettenfilter. Wie enttäuschend.

„Ich habe eine Schere dabei", raunte Benita Francesca zu, als die beiden endlich das Foyer des Konzerthauses betraten.

„Wozu?", flüsterte Francesca zurück.

„Wir brauchen seine Haarsträhne." Mit diesen Worten drückte Benita Francesca eine kleine weiße Kinderschere aus Plastik in die Hand.

Im Restaurant warteten bereits Clara und Aron an einem runden Tisch am Fenster auf die drei Neuankömmlinge. Claras Wangen leuchteten. Das alarmierte Francesca. Hatte sie irgendetwas Entscheidendes verpasst?

„Hattet ihr eine gute Anreise?“, fragte Aron, nachdem sich alle ausgiebig begrüßt und gesetzt hatten.

Francesca wedelte quer vor ihrer Brust mit der rechten Hand.

„Geht so. Windstärke 10 und fünf Meter hohe Wellen. Ich denke ernsthaft darüber nach, den isländischen Pass zu beantragen, damit ich nicht mehr zurückreisen muss.“

Alle schmunzelten. Da ergriff Clara die Gelegenheit.

„Ich denke auch darüber nach, länger zu bleiben. Magnus hat mir den Chef der lokalen Zeitung vorgestellt. Ich könnte ein halbjähriges Praktikum machen.“

Bumm. Das hatte gesessen.

„Aber Aron arbeitet noch in München. Und die Sprache hier scheint mir nicht die einfachste zu sein“, protestierte Francesca, sichtlich bemüht, die gute Laune hochzuhalten.

„Ich werde auch hierbleiben“, antwortete Aron. „Mir reicht es jetzt mit dem Ausland. Und ein isländischer Sommer zusammen mit Clara, was kann man sich Aufregenderes vorstellen?“

Der Blick der beiden Verliebten traf sich. Francesca konnte kaum hinsehen. Heimlich suchte sie Magnus’ Gesicht nach Parallelen zu Clara ab. Auch Magnus schien etwas zu stören.

„Junge, wusstest du, dass Hekla wieder zurück ist?"

Aron runzelte die Stirn.

„Hast du sie gesehen?"

Magnus nickte nur.

„In Husavik bei ihrer Schwester. Gestern haben wir da den Standort für das neue Restaurant besichtigt und Francesca aufgelesen."

„Ihr kennt euch hier wohl alle, was?", fragte Benita leichthin.

„Ist diese Hekla die Walfangaktivistin, mit der du früher mal zusammen warst?" Claras verliebter Ton klang plötzlich wesentlich nüchterner.

Aron nickte und machte dem Kellner Zeichen. Der kam mit einem Tablett und fünf Schnapsgläsern an den Tisch.

„Habt ihr schon unseren Brennivín getrunken? Wir nennen ihn auch den schwarzen Tod", versuchte er abzulenken. Und es wirkte. Alle am Tisch griffen begeistert zum Hochprozentigen und ließen die klare Flüssigkeit die Kehlen hinablaufen. Clara ein wenig ärgerlich und Francesca in der Hoffnung, etwas lockerer zu werden und auf nettere Gedanken zu kommen.

„Was gibt es denn heute?"

Magnus zückte die Menükarte, die in der Tischmitte gestanden hatte.

„Mmh. Du wirst es lieben, Francesca. Hier kocht heute ein Grieche", grinste er. „Lamm, Rhabarber, Blaubeeren und Birkensirup. Aus dem Skyr macht er vermutlich isländisches Tsatsiki mit Algen statt Gurke. Seafood darf auch nicht fehlen."

„Seeigel?“, fragte Francesca verschreckt zurück.

„Kein Seeigel. Und auch kein Wal“, beruhigte sie Magnus.

„Apropos, wo sind Hallgrim und diese Harriet?“, fragte Aron.

„Harriet testet heute mit Ben die neue Brasserie im Süden der Stadt. Und Hallgrim setzt aus. Ich denke, er sieht mal nach seinen Booten. Schließlich hatte Hekla noch einen anderen Typen dabei. Hallgrim hat wohl Angst um seine verbliebenen Walfangboote.“

Aron nickte nur wissend. Clara verzog das Gesicht. Francesca kannte diesen Ausdruck bei ihrer Tochter. Ihr ging etwas ganz entscheidend gegen den Strich, vermutlich der Gedanke an eine hübsche isländische Blondine, für die sich Aron offensichtlich immer noch interessierte.

Aron schien das Schmollen seiner Freundin zu bemerken. Er setzte auf Ablenkung.

„Wo habt ihr beide euch eigentlich kennengelernt?“, fragte er seinen Vater und Francesca.

Beide schmunzelten.

„Soll ich erzählen?“, fragte Francesca und legte dabei ihre Hand auf die von Magnus. Der nickte.

„Also, vor unglaublich vielen Jahren, da waren wir alle hier noch jung“, sie schaute von Magnus zu Benita und dann wieder zurück. „Ich war mit Benita im VW nach Griechenland gefahren. Irgendwo in der Pampa gab es ein Kloster auf einem Berg. Ein Einheimischer hat uns beschwatzt, dass wir nur da rauf dürften, wenn er uns auf seinen Eseln führen würde. Natürlich gegen einen kleinen Obolus.“

„Der gar nicht so klein war", platzte es aus Benita heraus.

„Das weiß ich nicht mehr. Aber wenn Benita das sagt."

Die nickte nochmal bekräftigend. „Ich hatte schon damals Francescas Finanzen im Griff."

„Auf alle Fälle waren wir nicht die einzigen Touris, die auf den Typen reingefallen sind. Da war noch ein britisches Paar und ein Isländer."

„Genau", schmunzelte Magnus. „Der war ich."

„Also sind wir auf die Esel. Der Typ hat die armen Tiere mit einer selbstgebauten Rute angetrieben. Echt widerlich. Nach wenigen Metern ist Magnus dann von seinem Esel abgestiegen und hat ihn zu Fuß nach oben geführt, obwohl der Besitzer getobt hat wie ein kleines Rumpelstilzchen, das schlechte Pilze erwischt hat."

„Deine Mum ist dann auch abgestiegen und hat ihren Esel geführt", klinkte sich Benita ein. „Ich hatte ehrlich gesagt Angst, dass der Grieche handgreiflich wird, wenn sich noch ein einziger mehr mit seinen Eseln solidarisiert."

„Bist du drauf sitzengeblieben?", fragte Clara ungläubig und Benita nickte mit zerknirschtem Gesichtsausdruck.

„Aber ich habe damals kaum etwas gewogen. Ehrenwort", verteidigte sich die Spanierin.

„Wie ging es weiter?", wollte Aron von Francesca wissen.

„Wir kamen tatsächlich oben an, ohne dass der wildgewordene Eseltreiber uns etwas angetan hat. Die Tiere sahen trotz der kurzen Auszeit ziemlich mitgenommen aus. Da hat Magnus seine Taschen leergekramt und dem Wicht unsere beiden Esel abgekauft." Als sie den letzten

Satz gesagt hatte, blickte sie Magnus tief in die Augen. Wieder suchten sich ihre beiden Hände, nur diesmal unter der Tischplatte.

„Was habt ihr mit den Eseln gemacht?", fragte Clara in nüchternem Ton.

„Magnus hatte einen Bauern im Nachbardorf kennengelernt. Den hat er bezahlt, dass er unsere Esel in Pflege nimmt", erklärte Francesca ihrer Tochter, hielt dabei aber immer noch Blickkontakt mit Magnus.

„Wie lange haben die Esel wohl noch gelebt?", überlegte Aron.

Magnus sah ihn an und grinste schelmisch.

„Die leben immer noch. Zumindest behauptet Stavros das. Ich überweise halbjährlich Geld an ihn."

Francesca seufzte und verlor sich wieder in Magnus blauen Augen.

Clara war das scheinbar zu viel.

„Ich glaube, da wirst du ordentlich veräppelt, Magnus", urteilte sie trocken.

„Ach was." Aron winkte einen Kellner heran. „Trinken wir noch eine Runde Brennivín." Er erhob sein Schnapsglas. „Auf eure Esel! Dass ihnen ein langes Leben vergönnt sei!"

„Auf die Esel!", alberte Benita mit.

Nun prosteten sich alle am Tisch zu. Als sie getrunken hatten, neigte Benita ihren Kopf zu Francesca herüber und raunte ihr zu:

„Schnapp dir bei Gelegenheit sein Glas. Fürs Labor."

Kapitel 18

„Vielen Dank für Ihr Kommen, Mr. Nakamura, und auf angenehme Gespräche. Cheers, oder wie auch immer das bei Ihnen zu Hause heißen mag." Harriet Harper stemmte ein klares Schnapsglas in die Höhe und prostete mit spitz abstehendem kleinen Finger ihren Sitznachbarn zu. Rings um den runden Tisch der mit viel dunklem Holz eingerichteten Brasserie verteilten sich vier Personen, die nicht unterschiedlicher hätten sein können. Zum einen Ben Hallgrimson, seines Zeichens mutmaßlicher Erbe des größten isländischen Fischimperiums, der bis zum Anstoßen mit verschränkten Armen und blassem Gesicht etwas verloren in seinem schwingenden Ledersessel gehangen hatte. Neben ihm Harriet Harper, aufrecht sitzend, mit perfekt hochtoupierter Föhnfrisur, etwas zu dick aufgetragenem Make-up und diesem Blitzen in den Augen, das nur noch durch ihre funkelnden Ringe an sämtlichen Fingergelenken überstrahlt wurde. Den beiden gegenüber saß ein ebenfalls kerzengerade aufgerichteter schmaler Japaner undefinierbaren Alters mit dünner Nickelbrille auf der Nase und schaute ernst drein. Zu seiner Rechten befand sich seine jüngere Kopie, nur in westlichem Style: Statt Nickelbrille trug der junge Japaner ein dickeres Hornbrillengestell. Auch seine Körperhaltung wirkte relaxter, irgendwie durchgebogener. Außerdem lächelte der jüngere Klon statt streng zu schauen, was vielleicht daran lag, dass er Harriet Harpers Sprache verstand und mehr zum Zwecke der Übersetzung als des echten Business wegen seinen Vater begleitete.

„Kanpai“, stieß Nakamura-Sohn hervor, dann kippte er seinen Kopf in den Nacken und ließ pflichtbewusst den isländischen Schnaps die Kehle hinabrinnen. Die anderen drei taten es ihm gleich, wobei Ben sofort danach sein Glas abstellte und sich zurück in seine Igel-Abwehrhaltung mit verknoteten Armen und Beinen begab. Ab und an kaute er auf den Nägeln seiner rechten Hand.

Jetzt sagte der ältere Japaner etwas zum jüngeren. Für westliche Ohren klang es so, als ob er ihn ausschimpfen würde. Doch der junge Nakamura lächelte weiter, also konnte es nicht so schlimm sein. Nachdem der Alte aufgehört hatte zu plärren, nickte sein Sohn. „Hai“. Dann wandte er sich Harriet zu.

„Mrs. Harper, mein Vater sagt: Danke für Einladung. Er hat von meinem älteren Bruder Hiroshi die Nachricht, dass Sie an bestem japanischen Walfleisch aus unserer Fangflotte interessiert sind. Ist das korrekt?“

Harriet Harper blickte zum alten Nakamura und nickte eifrig mit dem Kopf.

„Hai, hai. Es freut mich, dass Sie unsere Gäste sind. Das mit dem japanischen Walfleisch war so eine Idee ihres Bruders, der Gastkoch im Parsley ist. Er bereitet ausgesprochen köstliches Wal-Sashimi zu.“ Sie nickte und verbeugte sich vor dem alten Nakamura, obwohl der sie nicht verstehen konnte. Der Jüngere übersetzte stolz. Harriet redete sofort weiter. „Neulich Nacht, nach ein paar Flaschen Sake, hatten wir zusammen die Idee, eventuell Walfleisch von Ihrer Fangflotte zu beziehen. Jetzt interessiert mich Ihr Angebot.“

Nun räusperte sich Ben. Seine fahle Gesichtsfarbe sah mittlerweile richtiggehend ungesund aus.

„Nur um das klarzustellen. Unser isländisches Walfleisch ist von hervorragender Qualität."

Nakamura-Sohn lächelte jetzt nicht mehr ganz so breit. Die Übersetzung für seinen Vater klang so, als ob er den Alten anbellen würde. Seine Augen verengten sich zu noch dünneren Schlitzen. Harriet nutzte die Gelegenheit und schenkte die vier leeren Schnapsgläser wieder nach. Gottseidank hatte sie vorhin mitgedacht und den Ober genötigt, die volle Flasche Brennivín gleich am Tisch stehen zu lassen. So wie es momentan aussah, würde sie die drei Kerle nur durch Hochprozentiges zur Vernunft bringen.

Japanischem Geknurre folgte nun wieder eine verständlichere Antwort durch den Nakamura-Junior: „Mein Vater sagt, isländisches Walfleisch ist stark mit Schwermetallen belastet und wird in Japan meistens zu Hundefutter verarbeitet. Wir fangen unsere Tiere im klaren Wasser der Antarktis. Es ist von höchster Qualität."

Beim Wort „Hundefutter" war Bens Körper nach vorne geschnellt.

„Jetzt hört mal zu. Ich mache keine Geschäfte mit Schlitzaugen, die die Produkte aus unserem Familienbetrieb schlecht machen. Habt ihr das verstanden?"

Sofort legte ihm Harriet eine Hand auf die seine.

„Ruhig Blut", flüsterte sie ihm zu. Und zu den anderen gewandt: „Meine Herren, besinnen wir uns doch auf unsere Gemeinsamkeiten. Wir alle lieben Walfleisch. Egal wo es gefischt wird. Wir sprechen von wild lebenden

Tieren aus sauberen Gewässern, bestem Fleisch also. Doch mir scheint, als würde mehr davon produziert, als die Konsumenten uns momentan abnehmen wollen. Und Überkapazitäten sind immer schlecht fürs Geschäft. So weit sind wir uns – denke ich – einig."

Nakamura-Sohn lächelte schon wieder etwas und übersetzte geflissentlich an seinen Vater, der mit „Hai, hai" zustimmte.

Harriet wartete nicht ab, bis die nächste Japanischflut folgte, sondern sprach sofort weiter.

„Ihr anderer Sohn, der Gastkoch, hat mir bestätigt, dass auch die Japaner zurückhaltender werden, was das Essen von Walfleisch angeht. Deshalb haben wir ein paar Gedanken zusammen durchgespielt. Was wäre, wenn die Kosten einer Fangflotte wegfallen würden, wir aber das Vermarktungskonzept mit Walfleischrestaurants zusätzlich noch in Japan aufbauen würden? Für die Touristen, meine ich."

Wieder flogen japanische Wortfetzen hin und her. Ben sank zurück in seinen ledernen Wippstuhl. Harriet tätschelte ihm aufmunternd das Knie. Jetzt mach nur nicht wieder alles kaputt, dachte sie, ohne es auszusprechen.

„Mein Vater sagt, das ist eine interessante Idee", bestätigte der junge Hornbrillenträger. Daraufhin reckte Harriet ihr Schnapsglas erneut in die Höhe.

„Kanpai", verkündete sie fröhlich. Und nach einem auffordernden Blick griff auch Ben wieder zum Hochprozentigen. Die Japaner hatten sowieso schon getrunken. Deshalb gab Harriet großzügig sofort eine weitere Runde aus. Danach machte sie urplötzlich traurige Augen.

„Nur, Mr. Nakamura, müssen Sie auch verstehen, dass die Familie Hallgrim hier in Island sehr an ihrer Tradition des Walfangs hängt." Ein Aufatmen ging durch Ben. Seine Schultern hoben sich. „Deshalb muss dieses Opfer", sie setzte die Worte mit ihren Fingern in Anführungszeichen, „natürlich auf irgendeine Art und Weise Sinn machen." Wieder sackte Ben ein wenig in sich zusammen.

„Was meinen Sie damit?", fragte der junge Nakamura, ohne sich vorher mit seinem Vater abgestimmt zu haben.

„Na, bevor sie Hundefutter aus ihren Walfleischüberschüssen machen, sollten sie es uns lieber zu einem sehr attraktiven Preis verkaufen. Sie verstehen?"

Wieder bellten Nickel- und Hornbrillenträger auf Japanisch miteinander.

Harriet verstand zwar kein Wort, ihre Augen funkelten trotzdem. Sie spürte, dass der unternehmerische Erfolg in der Luft lag. Ben neigte seinen Kopf zu ihr herüber und flüsterte: „Mein Vater wird dieser Sache nie im Leben zustimmen. Er wird uns beide vom Hof jagen, alleine, wenn er von diesem Treffen erfährt."

„Dann müssen wir eben richtig überzeugend sein", schmunzelte die Texanerin. „Am besten schieben wir es nicht auf die lange Bank und statten ihm heute noch einen Besuch ab." Ben zog ängstlich die Stirn in Falten.

Zwei Kellner näherten sich ihrem Tisch. Einer davon räusperte sich.

„Ich habe hier dreimal das Festival-Menü. Und einen Burger."

Harriet reckte ihre Hand in die Höhe.

„Immer her mit dem guten Beef. Der Burger ist für

mich.“

Ben schaute skeptisch.

„Aber du bist doch Jurorin. Wie willst du das Menü beurteilen, wenn du es gar nicht gegessen hast?“

Harriet machte eine wegwerfende Handbewegung. Dann griff sie sich Messer und Gabel.

„Ben, ich glaube, du musst noch sehr viel lernen. Darin zumindest hat dein alter Herr recht.“

Kapitel 19

Nach einem ereignisreichen Nachmittag, den er ausschließlich in Benitas Hotelzimmer verbracht hatte, schmiss sich Götz in seine neuen Outdoor-Klamotten und gab seiner spanischen Flamme einen vielversprechenden Abschiedskuss. Mit dem Aufzug ging es danach hinunter in die Lobby. Er nickte gerade dem Portier zu, als ihn Blitzlicht von der Seite blendete. Tatsächlich, da hatten doch glatt zwei Japanerinnen ein Foto von ihm geschossen. Nun standen die beiden Frauen giggelnd in der Ecke. Götz schmiss den Zweien einen Handkuss zu, als er dem Ausgang entgegenstrebte. Dann strich er sich noch mit seiner eigens für diese Zwecke einstudierten George-Clooney-Geste durch sein graumeliertes Haar. Eine der Japanerinnen kiekste vor Aufregung. Götz lächelte milde. Zu lustig, dass die kleine Parodie tatsächlich international funktionierte. Vielleicht sollte er in Zukunft lieber so sein Geld verdienen? Er schüttelte den Kopf. Der andere Plan war bedeutend besser. Er würde jetzt losfahren und es einfach tun.

Vor der Hoteltür schlug ihm der schneeluftgeschwängerte Wind volle Breitseite ins Gesicht. Verdammt!

Götz klappte den Kragen seiner Funktionsjacke so hoch wie möglich und spurtete zu diesem hässlichen Karren, den er sich für heute von der Spanierin ausgeliehen hatte. Null Sexappeal, das Ding. Darin angekommen, zückte er sein Smartphone und programmierte in der Karten-App die genauen Koordinaten ein, die ihm vorhin am Telefon genannt worden waren. Dann startete er den Wagen und fädelte sich in den Feierabendverkehr der isländischen Hauptstadt ein.

Kurz nachdem er das Stadtgebiet verlassen hatte, langweilte sich Götz im Wagen. Irgendwie gelang es ihm nicht, einen erträglichen Radiosender in diesem Vehikel einzustellen. Da fiel sein Blick auf das Mobiltelefon, welches unschuldig auf dem Beifahrersitz neben ihm lag und dessen Navigationssystem ab und an seiner Orientierung weiterverhalf.

Nein! Es wäre absolut dämlich von ihm, jetzt schon mit seinem Bruder abzurechnen. Lieber erst machen und dann zu Hause groß auftrumpfen. Obwohl?

„Scheiß drauf!“, entschied Götz mit sich selbst sprechend.

„Anrufen Arschloch-Bruder“, diktierte er seinem Mobiltelefon. Das wählte daraufhin tatsächlich eine Nummer mit deutscher Vorwahl. Fünfmal Tuten, dann krachte es in der Leitung.

„Kellermann“, bellte eine männliche Stimme von der anderen Seite des Telefondrahts.

„Dito, Bruderherz. Störe ich dich gerade? Oder hast du für heute genug Kloschüsseln verkauft und säufst dir schon die Hucke voll?“

„Weder noch“, kratzte es aus dem Hörer. Eine Pause folgte. Die Stimme seines Gegenübers nahm nun überlegene Züge an. „Hat nicht besonders lange gedauert, ehe du Mutters letzte Finanzspritze verjubelt hast, Götz“, triumphierte sein Bruder. „Dann heiße ich dich ab – sagen wir – Montag herzlich willkommen im Familienunternehmen. Ich lasse dir schon mal die Abstellkammer freiräumen." Götz' Bruder räusperte sich belustigt. „Hat zwar keine Fenster, das staubige Kabuff, aber jeder hat mal klein angefangen."

„Ist lieb von dir, großer Bruder, aber nein danke." Jetzt war es an Götz zu grinsen. „Ich bin nicht in Geldnot. Hab nen neuen Job an der Angel, sozusagen." Als er über seine Formulierung nachdachte, fiel ihm erst auf, wie witzig das war. „Und du? Warst du sparsam? Ohne mich kommst auch du an keine Ausschüttung aus Mamis Familienstiftung. Nur wenn wir gemeinsam malochen, hat der Notar gesagt."

„Mach dir mal keine Sorgen um mich." Götz' Bruder klang jetzt nicht mehr ansatzweise so fröhlich wie zuvor. Mehr so wie eine Mischung aus Magenbitter und Zitrone extrasauer. „Du hast dein Lebtag noch nichts gearbeitet, du Nichtsnutz. Wer auch immer dir einen Job anbietet, wird es bald merken. Und dann kommst du doch wieder angekrochen und willst Toiletten verkaufen."

„Weißt du, großer Bruder, das ist der Trick. Ich kenne mittlerweile die richtigen Leute. Da fließt Geld nicht nur für das Durchsitzen irgendwelcher Bürostühle, so wie bei dir."

„Oh, ich glaube die Leitung wird gestört", krächzte nun der ältere Kellermann mit einer Stimme, die eine Oktave zu hoch anschlug. Dann tutete es nur noch. Götz' Bruder hatte die Verbindung gekappt.

Götz grinste und rieb sich während der Fahrt die Hände.

Eine gute Stunde später hielt Götz vor dem mannshohen Gitterzaun an, der im absoluten isländischen Niemandsland den Zutritt zur Walfangstation versperrte. Götz war kein Mann, der die Einsamkeit schätzte. Und durch die Dämmerung, die bereits eingesetzt hatte, konnte er das unter ihm liegende Areal mit bloßem Auge kaum ausmachen. Er stoppte den Motor und schwang sich aus der Fahrertür. Eine Videokamera, die schräg über dem Eingangstor am Gitterzaun befestigt war, bewegte sich jetzt. Sie schien Götz und seine Bewegungen zu verfolgen. Echt gruselig! Hier half ihm auch sein George-Clooney-Gehabe nicht weiter.

Als Götz wieder im Fond des Wagens verschwinden wollte, klickte es metallisch und die vergitterte Eisentür schwang auf. Also schlug Götz seine Autotür wieder zu und streckte den Kopf durch das offene Tor. Nichts! Zaghaft trat er ein. Zwei-, dreimal rüttelte er nun von innen an dem größeren Tor, das seinem Pkw die Durchfahrt ermöglicht hätte. Es schepperte nur blechern. Aber Götz vermochte es nicht zu bewegen oder gar zu öffnen. Schließlich gab er auf. Mit einem Klick auf die Autofernbedienung verschloss er Benitas Wagen. Dann folgte er dem Kiesweg hinunter zur in der Dunkelheit liegenden Bucht. Das Eingangstor ließ er offen stehen. Es fühlte sich besser an zu wissen, wo es wieder hinausging. Und was war das überhaupt für ein Lied, das er einfach so begonnen hatte zu pfeifen?

Kapitel 20

Maria gähnte ungeniert, als sie endlich um die Ecke in ihre Wohnstraße im Herzen von 101 Reykjavik, dem Zentrum der Hauptstadt, einbog. Das Essen mit den amerikanischen Journalisten im Parsley hatte länger gedauert als gedacht. Doch Hallgrim und auch Magnus würden stolz auf sie sein. Die fünf Schreiberlinge an ihrem Tisch waren dem Walfleisch im Menü des japanischen Gastkochs gegenüber sowieso aufgeschlossen gewesen. Maria hatte zusätzlich mit hochprozentigen Getränken für gute Laune gesorgt. So hatte sie es geschafft, dass am Ende des Festival-Menüs alle Journalisten abgefüllt und glücklich wirkten. Sie selbst spürte den Alkohol nur durch diese bleierne Müdigkeit, die sich auf ihren Körper gelegt hatte, als sie schließlich an die frische Luft gekommen war. Jetzt einfach nur unbemerkt ins Bett schlüpfen, das wünschte sie sich von Herzen. Morgen würde es bedeutend schwerer werden. Da hatte sie versprochen, eine Gruppe europäischer Journalisten durch das Parsley-Menü zu führen. Und gerade die Deutschen darunter würden bestimmt wieder auf der angeblich so grausamen Walfangtradition Islands herumreiten. So, als ob es auf der Welt nichts Schlimmeres gab, als ein paar etwas zu groß geratene Säugetiere zum Essen zu schlachten. Seit Hallgrim es ihr dargelegt hatte, verstand sie die Bedenken der anderen nicht mehr. Diese unzähligen Wale dezimierten die sowieso immer kleiner werdenden Fischfangbestände. Sollten sie da zusehen, ohne zu handeln? Maria schüttelte während sie lief den Kopf. Je mehr Zeit sie mit dem alten Walfänger verbrachte, umso mehr öffneten sich ihre Augen für seine Argumente. Klar schoss Hallgrim auch etwas über das Ziel hinaus, wenn er immer davon redete, mit Maria in eines dieser Torflöcher ziehen zu wollen, ohne Strom und Wasser. Selbstversorger wie vor 100 Jahren, darauf konnte Maria gerne verzichten. Sie würde es nicht so weit kommen lassen. Aber worin Hallgrim sicherlich recht hatte, war, dass sich die restliche Weltbevölkerung gefälligst aus isländischen Angelegenheiten herauszuhalten hatte. Ein bisschen fühlte sie sich selber schuldig. Auch sie hatte so einen Ausländer ins Land geschleppt und ihn sogar geheiratet. Aber das Thema Olaf aus Dänemark hatte sich wohl bald erledigt.

Maria stöhnte auf, als sie sah, dass der fette SUV ihres Ex vor der Eingangstür des gemeinsamen Reihenhäuschens parkte. Sie hatte keine Energie, jetzt noch auf Olaf zu treffen, der immer noch im selben Haus mit ihr lebte, wenn auch in getrennten Zimmern. Kurz überlegte sie, weiterzuziehen und im Apartment am alten Hafen zu übernachten. Aber allein? Hallgrim war heute zur Walfangstation gefahren, die nördlich der Hauptstadt in einer entlegenen Bucht lag. Ohne ihn fühlte sie sich nicht wohl in dem riesigen Loft. Also kramte sie schon auf dem Gehweg ihren Haustürschlüssel aus der Handtasche. Sie würde leise sein, barfuß hineinschleichen und sich sofort in ihr Zimmer zurückziehen.

Gerade als Maria den Schlüssel ins Loch zu stochern begann – der Alkohol wirkte wohl doch auf ihre Feinmotorik – öffnete sich die rote Haustüre von der anderen Seite.

Dahinter stand Olaf, der sich vor Schreck kurz schüttelte. Schließlich fasste er sich wieder. Er trug einen dunkelblauen Wollmantel, dazu halbhohe Lederstiefel und hatte sich eindeutig für einen späten Ausgang zurechtgemacht.

„Na, hat dein heißsporniger Alter heute schon genug von dir?", fragte er mit ärgerlichem Gesicht.

„Wen verdächtigst du denn heute wieder des Ehebruchs? Immer noch Magnus? Oder einen der Journalisten vom heutigen Abendessen?"

Nun huschte ein Schmunzeln über Olafs Gesicht, auch wenn es leicht angewidert geriet.

„Ich rate nicht mehr, Maria. Ich habe euch gesehen. Pfui Teufel! Schämst du dich nicht?" Maria sperrte die Augen weit auf, sagte aber nichts. „Du prostituierst dich für diesen alten Sturbock. Ekelst du dich kein bisschen? Man sagt, er stinkt genauso wie dieser Trockenfisch, den er Tag und Nacht kaut." Jetzt klatschte sich Olaf ärgerlich gegen die Stirn. „Ach, aber ich vergaß. Er stinkt ja auch vor Geld. Das ist dir vermutlich wichtiger, oder?"

Plötzlich spürte Maria, wie ihr übel zu werden drohte. Sie setzte sich kurzerhand auf die kalten Steinstufen vor der Eingangstür. Olaf stieg zwei Stufen hinunter, um ihr wieder ins Gesicht sehen zu können.

„Wusstest du, dass er mich persönlich angegriffen hat? Mein Jobangebot aus London liegt auf Eis. Man hat mir ausrichten lassen, dass ich die Walfleischstory rund um Hallgrim Jónsson sein lassen soll, falls ich noch genommen werden möchte."

„Lügner! Das glaube ich dir nicht."

„Oh doch." Olaf nickte immer wieder mit dem Kopf.

„Und weißt du was? Ich pfeife drauf. Jetzt mache ich ihn fertig, diesen alten Sack, den du tatsächlich an deine Wäsche lässt. Igitt!“

Olaf spuckte vor Maria auf den Boden. Dann drehte er sich weg und eilte die restlichen Stufen hinunter zu seinem SUV.

Aus dem Schatten des gegenüberliegenden Hauseingangs trat eine schlanke Person, die einen Parka trug und sich die Kapuze tief ins Gesicht gezogen hatte. Der Rucksack auf dem Rücken schien schwer zu wiegen. Olaf grüßte kurz und wies auf seine Beifahrertür. Daraufhin verschwanden beide in Olafs SUV. Der Wagen startete und fuhr davon. Reifen quietschten. Maria saß immer noch auf den kalten Stufen und wunderte sich über diese Leere in ihrem Kopf.

Im Auto klappte die Parka-Trägerin die Kapuze zurück in ihren Nacken und verstaute den großen Rucksack im geräumigen Fußraum unter ihrem Sitz.

„Hey, Olaf. Danke, dass es gleich geklappt hat.“

„Hey, Hekla. Lange nicht gesehen. Bist du bereit für das Interview?“

Hekla nickte stumm. „Und vergiss nicht, zu fotografieren. Oder besser zu filmen. Jeder soll sehen, wie wir dem Alten in den Arsch treten.“

Kapitel 21

„Und? Wie gefällt dir meine Heimat?“, fragte Magnus die neben ihm sitzende Francesca. Mittlerweile war die Tischgesellschaft im Restaurant in der Harpa beim Hauptgericht, einer Lammvariation auf Lakritzsauce mit Steckrüben, angekommen.

Francesca zuckte nur mit den Schultern.

„Husavik ist echt ein nettes Städtchen. Und den Wal zu sehen fand ich atemberaubend. Aber sonst…“

„Du solltest nicht immer nur über dieses Waldings nachdenken“, sagte Aron leicht vorwurfsvoll. „Ich weiß aus Erfahrung, dass Hekla einen da ganz irre machen kann.“

„Aber Sohn, wir müssen uns an der eigenen Nase packen. Wie sollen unsere Gäste Island begreifen, wenn wir ihnen nichts davon zeigen“, meinte Magnus. Dann wandte er sich wieder an Francesca und lächelte ihr zu. „Du musst dringend einen Vulkan sehen. Und an der rauen Küste mit mir spazieren gehen.“

„Lass sie Hákarl probieren“, amüsierte sich Aron. „Und ein heißes Bad nehmen.“

„Moment, Moment“, bremste Francesca den Ehrgeiz von Vater und Sohn. „Wann sollen wir das alles machen? Ich bin schließlich zum Arbeiten hier.“

„Wir könnten das Dinner morgen schwänzen“, schlug Magnus vor. „Aron und Clara berichten uns einfach. Dann können wir so bepunkten, wie unsere Kinder das vorschlagen.“

Francesca schaute zu Benita. „Was denkst du?“

„Ich finde das eine ganz hervorragende Idee“, sagte die Spanierin eine Spur zu übertrieben. Sie blickte Francesca tief in die Augen und blinzelte komplizenhaft.

„Kommst du mit?“, fragte Francesca Benita. Irgendwie war ihr nicht wohl dabei, alleine mit Magnus loszuziehen. Was würde Arne denken?

„Auf keinen Fall. Ich habe mich morgen mit Götz verabredet, weißt du.“

„Und ihr?“ Sie wandte sich an Clara und Aron.

Ihre Tochter lächelte. „Wir sollen morgen das Essen für dich übernehmen. Außerdem bleibt mir vermutlich noch viel mehr Zeit, die Sehenswürdigkeiten zu bestaunen, wenn ich länger hier bin.“

Francesca biss sich auf die Lippen. „Aber das Menü morgen. Was verpassen wir denn?“, fragte sie hilfesuchend in die Runde.

Magnus legte Francesca einen Arm um die Schultern. „Man könnte fast meinen, du hast Angst, mit mir alleine loszufahren.“

Francesca wagte es nicht, sich zu bewegen. Sollte sie Magnus Arm abschütteln, würde der sich noch mehr wundern.

„Ich meine nur, es ist unfair, dem Restaurantbesitzer und Koch von morgen gegenüber.“

„Mach dir mal keine Sorgen. Morgen ist das Parsley dran. Außer, dir liegt viel daran, Hiroshis Walfleischmenü zu verkosten. Dann könnten wir auch übermorgen…“

„Kein Problem“, stand für Francesca sofort fest. Dann fügte sie noch etwas gefühlvoller hinzu: „Ich esse gerne in deinem Restaurant. Aber nach Walfleisch ist mir so gar nicht."

Magnus brach in ein kehliges Lachen aus.

„Abgemacht, dann morgen früh um acht. Ich hole dich vom Hotel ab und wir machen eine Spritztour nach Klein-Island."

„Wohin?"

„Mensch, Mama", schaltete sich Clara ein. „Die Halbinsel Snaefellsness. Das weiß doch jeder. Da gibt es alle Landschaften, denen du hier auf der Insel begegnen kannst, nur auf engstem Raum."

Francesca nickte langsam.

„Ist das weit von hier?"

„Touristen fahren zwei bis drei Stunden", amüsierte sich Magnus.

„Und du?"

„Wir schaffen es in der Hälfte, wenn mir nach Bummeln zumute ist. Und vergiss nicht deinen Bikini."

Francesca schaute irritiert.

„Magnus, draußen schneit es gerade."

„Du hast Recht. Mach dir keine Umstände, an den heißen Quellen, die ich kenne, sind wir vermutlich ungestört. Aber ein Handtuch solltest du mitnehmen. Hinterher nass zurück in die Klamotten – das fühlt sich eklig an."

„Ich werde meinen Ganzkörperbadeanzug bereits auf der Haut tragen."

„Das werden wir sehen", schäkerte Magnus zurück.

Als die Fünfergruppe spät in der Nacht das

Festivalrestaurant verließ, zog Benita ihre Freundin etwas zur Seite.

„Gut gemacht. Wegen morgen, meine ich.“ Sie zwinkerte verschwörerisch. Dann schob sie Francesca noch ungefragt ein kleines viereckiges Plastikpäckchen in die Hand und lächelte.

Francesca betrachtete die Verpackung. Darauf war ein Einhorn abgebildet.

„Benita, sag mal, spinnst du?“

„Das wäre die bestmögliche DNA, die wir von deinem Wikinger bekommen könnten. Außerdem könnte es Spaß machen.“ Benita lachte und Francesca rempelte sie etwas unsanft an.

„Hättest du mir die Dinger vor 25 Jahren in Griechenland zugesteckt….“ Dann fiel ihr Blick auf Clara, die eng umschlungen mit Aron ein süßes Paar abgab. „Was rede ich“, korrigierte sich Francesca sofort. „Wird schon schiefgehen.“

Kapitel 22

Aron und Clara hatten nach dem Abendessen mit ihren Eltern gleich wieder das gebuchte Hotelzimmer angesteuert, weil Aron der Schädel brummte. Zwar hatte sich Clara auf das wilde isländische Nachtleben gefreut, aber das Ausgehen war ja nur verschoben. Also drehten die beiden früh die Lichter aus. Tatsächlich verspürte Clara eine ungewohnte Müdigkeit. Der Anreisetag war wohl zu stressig gewesen. Aron dagegen lag wach auf seiner Hälfte des Bettes. Als Claras Atemzüge regelmäßiger wurden, drehte er sich aus der Schlafstätte, packte sein Handy und verzog sich ins angrenzende Bad. Dort setzte er sich völlig angekleidet auf die geschlossene Toilette und wählte eine Nummer, die ihm immer noch leicht von der Hand ging. Manche Dinge vergisst man nicht so schnell, dachte Aron. Dann klingelte es auf der anderen Seite der Leitung. Es knackte. Die andere Person hatte sofort abgenommen.

„Hekla?", flüsterte Aron. Die Hotelwände waren bestimmt dünn, ließen Geräusche und vor allem Gespräche im Nachbarzimmer gut verstehen.

„Wer spricht?" Hekla presste ihr Mobiltelefon dicht ans Ohr. Olaf drehte das Autoradio leiser, um ihr das Telefonieren leichter zu machen. Und um selber mithören zu können.

„Ich bin es. Aron. Mein Vater sagt, du bist auf der Insel."

„Magnus? Stimmt, den habe ich getroffen."

„Bist du immer noch auf Kreuzzug für die Wale?

Hekla räusperte sich, dachte nach.

„Natürlich. Wenn andere schon so bescheuerte Ideen haben wie den Bau dieser Walfleischrestaurants.“ Sie zögerte kurz. Sprach dann lauter, impulsiver. „Ich mochte Magnus immer. Warum, zum Teufel, macht er plötzlich gemeinsame Sache mit diesem Irren, diesem Mörder? Hat ihn die texanische Hexe so weit gebracht?“

Aron spürte, wie sein Puls stieg. Er hatte Mühe, leise weiterzusprechen.

„Das ist wieder so typisch“, presste Aron hervor. „Du kennst weder Harriet Harper, noch hast du Hallgrim jemals richtig kennengelernt. Trotzdem sind die beiden Irre und Hexen für dich.“ Er atmete schwer. „Bevor du dich zu sehr um Tiere sorgst, solltest du erst mal den Umgang mit deinen Mitmenschen ändern.“

„Na, fertig mit der Predigt, hochwürdiger Aron?“ Heklas Stimme klang bitter. „Wenn du unbedingt jemanden bekehren willst, dann rede mal mit deinem Vater. Magnus hat das nicht nötig, das weiß ich. Der muss diesen Walfleischirrsinn nicht mitmachen.“

„Lass bloß meinen Vater in Ruhe. Hörst du?“ Jetzt hatte Aron doch geschrien. Er zuckte zusammen, versuchte seine Stimme wieder zu dämpfen. „Wo bist du gerade? Können wir uns sehen?“

Irgendetwas war anders an seiner Stimme. Fehlte sie ihm? Hekla überlegte, antwortete sanfter.

„Ich bin gerade unterwegs. Sonst… hätte ich es mir überlegt. Was machst du morgen?“

Aron dachte nach. Sein Puls beschleunigte wieder.

„Die Walfangstation. Sag bloß, du fährst da gerade hin?

Spinnst du?“

„Ich und spinnen? Jetzt sage ich dir mal was“, schrie Hekla in den Hörer, „mein Vater ist draufgegangen, als er damals Hallgrims Station unschädlich gemacht hat.“

„Das weißt du nicht. Dein Vater wurde nie gefunden. Vielleicht sitzt er gerade in der Südsee am Strand, trinkt Piña Colada und lacht über uns hier, die wir in dieser Scheißkälte leben müssen.“

„Bullshit“, brüllte Hekla. „Ein Freund von mir, der Captain, weiß es. Sein Vater war damals dabei, 86. Er konnte fliehen und im alten Hafen noch zwei der Walfangboote versenken. Mein Vater ist dageblieben, als Hallgrim in die Station kam. Was danach passiert ist, ist wohl mehr als klar.“

„Deshalb nennst du Hallgrim ständig Mörder“, überlegte Aron laut. „Du meinst gar nicht Walmörder. Du denkst, er hat deinen alten Herren auf dem Gewissen.“

„Exakt“, antwortete Hekla mit trotziger Stimme. „Und jetzt, wo er den Walen wieder auf die Pelle rücken will, da bin ich zur Stelle. Der alte Hallgrim wird sich wundern.“

„Hekla, mach keinen Scheiß“, flehte Aron beinahe. „Bleib, wo du bist. Ich komme. Dann können wir reden.“

„Kein Interesse“, antwortete Hekla kalt. Dann tutete es. Hekla hatte das Gespräch weggedrückt.

Kapitel 23

Ein wenig verloren saß der schmale Hallgrim auf seinem Bürostuhl im Halbdunkel der Lagerhalle. Seine Beine hatte er auf dem leeren Schreibtisch vor sich abgelegt. Neben ihm brannte die schwache Tischleuchte und illuminierte den Revolver, der neben seinen Füßen lag sowie die offen stehende Fischdose, in der noch die Gabel steckte. Sein karges Mahl. Verdammt! Wenn er sich wenigstens Kaffee mitgebracht hätte. Er hatte nicht daran gedacht, dass außerhalb der Walfangsaison weder Filter noch Kaffeepulver vorrätig waren, hier in der großen Verarbeitungshalle. Seine Leute würden sich darum kümmern, aber erst, wenn der Betrieb wieder richtig losging. Er lächelte stolz. Ja, richtig losgehen würde es dieses Jahr. Nicht so wie in den letzten Jahren, wo sie nur mit angezogener Handbremse gejagt hatten, weil er gar nicht gewusst hatte, was er mit dem gefangenen Wal tun sollte. Aber für die neuen Restaurants würden die bestehenden Fangquoten vermutlich gar nicht ausreichen. Er würde mit seinem Freund im Reykjaviker Rathaus sprechen, ob man an den selbst festgelegten Walfangquoten drehen konnte. Er lachte. Aber sicher!

Plötzlich schrillte das Festnetztelefon. Hallgrim erschrak, dann ruckelte er sich seine Baseballkappe zurecht und nahm ab.

„Wer stört?“

„Vater? Ich bin es, Ben. Sitzt du etwa immer noch in der Walfangstation und bewachst die leeren Hallen?“

„Wenn du nichts Geistreicheres zu sagen hast, dann betrachte dieses Gespräch hiermit als beendet.“

Hallgrim war im Begriff, den Hörer aufzulegen, als Ben lautstark protestierte.

„Nicht doch, Vater. Warte.“

„Du hast eine Minute.“

„Ich…. Also Harriet. Also Harriet und ich, wir waren Essen. Und da hatte Harriet…. Also Harriet und ich, gemeinsam sozusagen…. Wir hatten eine zufällige Begegnung. Und, also wie der Zufall so will…“

Hallgrim riss der Geduldsfaden.

„Sag mal, hat dich deine Mutter damals nicht zur Stottertherapie gebracht? Ich sollte mein Geld zurückfordern. Die haben dir den Idioten auch nicht austreiben können.“ Er schnaufte.

„Lass Mutter in Ruhe!“ Bens Stimme hörte sich mit einem Mal nicht mehr unterwürfig an.

„Das Muttersöhnchen, sieh an. Aber sie ist tot. Und weißt du was? Für einen Feigling wie sie einer war, ist es noch nicht mal schade. Wer sich vor der Welt fürchtet, der kann sich von mir aus umbringen. Ich weine ihr keine Träne nach.“

„Hör auf“, schrie nun Ben in den Hörer. „Depression ist eine Krankheit und ihr Leben war die Hölle. Du bist mit schuld, dass sie nicht mehr konnte. Nicht mehr wollte. Du!“

„Hast du noch irgendetwas Wichtiges? Sonst ist deine Minute jetzt vorbei“, entgegnete Hallgrim kühl.

„Warte! Harriet. Sie möchte, dass wir es uns überlegen. Also, es wäre ein guter Deal. Und deine Walfangschiffe sind auch nicht mehr die Jüngsten."

„Was stammelst du da, Nichtsnutz?"

„Harriet könnte das Walfleisch billig aus Japan beziehen. Wir hätten einen enormen Kostenvorteil."

Jetzt wurde Hallgrims Stimme noch höher, noch brüchiger. Er schrie: „Japanisches Walfleisch? Hast du das wirklich gerade gesagt?"

„Ja, ich meine, weißt du…"

„Du bist gefeuert!"

„Vater, es ist ja nur ein Vorschlag…"

„Und enterbt! Du willst mein Fleisch und Blut sein? Pfui!"

„Wir wollten dir doch nur einen Vorschlag…"

Weiter kam Ben nicht mehr. Sein Vater hatte den Hörer auf die Gabel geworfen.

„Was sagt er, Bennylein?", säuselte eine zerzauste Harriet. Nur ihr Gesicht lugte unter der zartrosa Satinbettwäsche hervor. Sie schlug die Decke zurück und klopfte auf die Matratze neben sich. „Komm zurück ins Warme, Bennylein."

Ben atmete tief. Dann erhob er sich vom Schreibtischstuhl in Harriets Suite, auf dem er gesessen und telefoniert hatte. Mit der Rechten fasste er das Handtuch, das er sich notdürftig über seinen nackten Körper gelegt hatte.

„Keine guten Neuigkeiten, vermute ich?"

Ben nickte nur.

„Du musst zu ihm fahren und das persönlich klären. Aber zuerst weiß ich noch etwas anderes, was du dringend tun solltest."

Kapitel 24

Eiskalter Wind peitschte über die baumlose Walfangbucht. Götz' Schritte verlangsamten sich stetig auf dem kiesigen Weg hinunter zur großen Lagerhalle aus Wellblech, der man nur wegen der aufgezogenen Dunkelheit den großflächigen Flugrost kaum ansah. Irgendwann stockte er dann ganz, zog sich den Reißverschluss der Outdoorjacke komplett hoch und vergrub sein Gesicht bis zur Nasenspitze im aufgestellten Kragen. Seine Gedanken sprangen hin und her, vom Telefonat mit seinem Bruder vor gut einer Stunde – wo er sich noch so siegessicher gefühlt hatte – zurück zur gegenwärtigen Situation, in der er gleich absolut überzeugend sein musste. Dabei ging ihm der Hintern gehörig auf Grundeis. Nicht, dass dieser Hallgrim, dieser Walschlächter, körperlich einschüchternd auf ihn gewirkt hätte. Aber seine Art machte Götz unsicher. Irgendwas in der Aura dieses hutzeligen Typen ließ ihn zusammenzucken. Götz erinnerte sich an das erste Zusammentreffen der beiden, damals, auf dem europäischen Fischfang-Symposium in Porto. Götz fühlte sich immer noch gebauchpinselt, wenn er daran dachte, dass der isländische Fischmagnat ausgerechnet ihn angesprochen hatte, obwohl er doch zur Gegenseite gehörte. Aber Götz war ja nicht dumm, wie es vielleicht so Typen wie der Captain gewesen wären. Er hatte tief eingeatmet – und zugehört, was Hallgrim Jónsson von ihm wollte. Später hatte er lange nachgedacht und einen Entschluss gefasst. Deshalb war er jetzt hier. Ohne die hysterische Hekla und den Rest der Söldnertruppe, die für eine imaginäre Welt aus Love, Peace and Happiness kämpften. Götz atmete tief ein. Der kalte Wind trieb ihm Tränen in die Augen, die er sich energisch mit dem Jackenärmel aus dem Gesicht wischte. Er stapfte weiter bis zur rostigen Eingangstür der Lagerhalle. Dort drückte er die Klinke und schob das metallene Türblatt knarrend auf. Als er die muffige Halle betrat, sprang ein Notlicht seitlich des Eingangs an und tauchte die kargen Gerätschaften in rötliches Licht.

„Wer ist da?", krächzte eine dünne Stimme aus einem Nebenraum.

Götz drehte seinen Körper in die Richtung, aus der die Stimme gekommen war. Zögerlich ging er weiter. Hinter ihm knarzte erneut die Metalltür, fiel dann krachend in die Angeln.

„Hallgrim Jónsson?" Götz erkannte seine Stimme kaum wieder. Die hohe, beinah leere Halle sorgte für einen ungewohnten Klang seiner Worte. Oder konnte man ihm die Anspannung tatsächlich anhören?

„Hereinspaziert, wenn es nicht der Teufel ist", krähte der Alte. Er saß wohl in einem Nebenraum an der gegenüberliegenden Seite. Götz schüttelte sich kurz, dann trabte er langsam auf das kleine Büro mit der geöffneten Tür zu. Ein schwacher Lichtschein leuchtete ihm den Weg. Dann stand er plötzlich drinnen und ärgerte sich über sich selbst, weil er noch affigerweise beim Eintreten an die aufstehende Tür geklopft hatte. Hallgrim Jónsson lümmelte auf einem Bürostuhl, die Füße mit den dreckigen Stiefeln über der Tischplatte gekreuzt und mit in den

Nacken geschobener Baseballkappe. Götz schnüffelte. Der enge Raum müffelte nach Fisch, der seine besten Tage schon länger hinter sich hatte.

„Herr Jónsson. Da bin ich. Wie angekündigt."

„Ich bin weder taub noch blind, also lass dieses sinnlose Gesabbel", schnauzte der Alte zurück, ohne sich auch nur einen Millimeter aus seiner Schlafhaltung zu bewegen. Götz stand vor dem Schreibtisch wie ein Schuljunge, der zum Direktor gerufen wurde.

„Darf ich Hallgrim sagen?" Götz hätte sich gerne selbst eine Ohrfeige gegeben, für diese ekelhafte Unterwürfigkeit.

„Du darfst dir gleich einen Fußtritt abholen, wenn du mir weiter meine kostbare Zeit mit hirnrissigen Sätzen raubst. Also. Mach dein Maul zu und höre, was ich von dir will."

„In Ordnung, Mister Hallgrim." Götz biss sich auf die Lippe. „Tut mir leid."

Hallgrim schoss das Blut ins Gesicht. Deshalb war er für einige Sekunden abgelenkt. Sein sensibles Gehör verpasste so, dass die Eingangstür ein weiteres Mal knarzte, wenn auch wesentlich sanfter als bei Götz' Ankunft.

Hekla war auf alles gefasst, seit sie vor wenigen Minuten das geparkte Auto von Benita am offen stehenden Tor zur Walfangstation hatte stehen sehen. Aber dass es Götz war, der hier mit Jónsson sprach, ohne dies vorher mit ihr abgeklärt zu haben, wunderte sie sehr. Nein, das stimmte nicht. Es ärgerte sie. Wie doof konnte der Typ denn sein? Jetzt wusste Hallgrim, dass sie da waren. Dass sie wieder gegen ihn vorgehen würden. Bevor sie

Götz zu Hilfe kommen konnte, wollte sie erst mal dem Gespräch zwischen dem Walfänger und Götz lauschen. Sie wusste beim besten Willen nicht, was die beiden hier im Lagerbüro miteinander zu bereden hätten.

Außerdem war sie immer noch sauer auf Olaf. Nur weil er ein anderes Auto auf dem Parkplatz gesehen hatte, wollte er sofort die Aktion abbrechen. Lächerlich. Aber gut. Sie würde eben selbst Fotos knipsen oder Videos von der Sabotage drehen. Die konnte der Feigling dann in seinen Artikel einbauen, den er hoffentlich trotzdem noch schrieb.

Wahrscheinlich hatte Olaf nie geplant zu bleiben, ging es Hekla durch den Kopf. Aber so hatte sie wenigstens eine Fahrgelegenheit hierher gehabt. Und flüchten? Götz' Wagen stand hier. Oder sie lief ein Stück zu Fuß und rief dann Freunde an, die sie abholten.

Hallgrims brüchige Stimme riss Hekla aus den Gedanken. Sie duckte sich instinktiv. Noch hatte weder Hallgrim noch Götz ihr Eintreten bemerkt. Was genau ging da vor sich, dort drüben im Büro?

Kapitel 25

Wie ein Luxuszug auf Schienen bahnte sich Bens bulliger Geländewagen eine Schneise durch den frisch gefallenen Schnee. Seit sie das Zentrum Reykjaviks hinter sich gelassen hatten, begegneten ihnen nur noch wenige Fahrzeuge. Wer wollte schon nachts weg vom Partyleben der Hauptstadt in den ländlichen Norden? Wäre es nach Ben gegangen, würde er immer noch in Harriet Harpers gemütlichem Hotelbett liegen. Oder, noch besser, die Krokodilnummer von vorhin wiederholen. Auch wenn es seltsam war, worauf die agile Burger-Lady stand, Ben hatte nichts dagegen, wenn er dabei auf seine Kosten kam. Aber statt sich im warmen Satinlaken zu räkeln, saßen sie jetzt hier im SUV und kurvten dahin, wo Ben ums Verrecken nicht hinwollte – zur Walfangstation – und damit zum jüngsten Gericht, auch besser bekannt als sein Vater, Hallgrim Jónsson. Doch Harriet hatte darauf bestanden.

„Wir hätten besser morgen mit ihm sprechen sollen, wenn er wieder zurück in Reykjavik ist", murmelte Ben vor sich hin. Er wischte sich nervös über seinen kahlen Schädel. Als Harriet, in ihren dicken Nerz gehüllt, nicht antwortete, fasste er Mut. Sprach lauter. „Lass uns umkehren. Ich zeige dir meine Lieblingsbars und wir feiern dort ein bisschen."

Harriet blickte weiter aus dem Seitenfenster in die weißverschneite Landschaft.

„Bennylein, du musst lernen, die unangenehmen Dinge sofort anzupacken. Kennst du die 72-Stunden-Regel?"

„Was soll das sein?“

„Wenn du eine Geschäftsidee hast, musst du innerhalb der nächsten 72 Stunden alle notwendigen Weichen stellen. Sonst wird es nichts. Die anfängliche Euphorie verpufft und der Erfolg bleibt aus. Mach was aus dir, oder willst du auf ewig nur ‚der Sohn von‘ bleiben?“

„Ich bin schon jemand. Nicht nur Sohn.“ Fast wollte Ben eine Schnute ziehen, überlegte es sich aber anders. Ließ sich die gute Laune nicht verderben. „Und wenn ich richtig rechne, dann könnten wir laut deiner Regel noch prima die nächsten 24 Stunden exzessiven Spaß haben, um danach mit Elan in die restlichen zwei Tage zu starten.“

Jetzt neigte Harriet ihren Kopf hinüber zur Fahrerseite. Sie legte Ben die nackte Hand auf den rechten Oberschenkel. Langsam fuhren ihre karmesinrot lackierten Nägel in Richtung seines Schritts.

„Hör zu, Bennylein. Unser Deal mit den Japanern ist der absolute Schlüssel zum Erfolg für unser Restaurantprojekt. Du musst den Alten davon überzeugen.“ Jetzt war ihre Hand direkt in Bens Mitte angekommen. Ein Kribbeln durchfuhr den glatzköpfigen Kerl. Er musste sich Mühe geben, mit dem Wagen die Spur zu halten. Harriet massierte in der Zwischenzeit ungerührt weiter.

„Am Telefon klang das Ganze nicht so vielversprechend. Könnte sein, dass es mir nicht gelingt, ihn umzustimmen.“

Harriet machte sich nun am Reißverschluss von Bens Hose zu schaffen, zog ihn auf. Ben rutschte ein wenig im Fahrersessel hinunter, Harriets Hand entgegen.

„Es gibt keine Alternative. Wenn er nicht mitzieht, ist

er raus."

„Das sagst du so leicht", presste Ben hervor. Sprechen, den Wagen lenken und Harriets Hand – er hätte sich gerne auf die letzte Sache konzentriert. „Vergiss nicht, dass meinem Vater die Grundstücke gehören. Der Standort für die Restaurants ist wichtig."

Harriet nickte, dann senkte sie den Kopf in Bens Schoß. Ben atmete tief. Hitze machte sich in seinem Körper breit. Ein Glück, dass sein teurer Wagen über viele Features verfügte und beinahe von allein die Spur hielt und das Tempo regulierte. Ben schloss immer wieder für Sekunden die Augen, rutschte Harriets Mund entgegen. Die wusste genau, was sie mit ihrer Zunge anzufangen hatte. Ben stöhnte. Kurz dachte er darüber nach, anzuhalten, doch dabei weiter dahin zu rauschen, brachte den zusätzlichen Kick. Also drückte er noch mehr aufs Gas. Harriet ebenso. Ben spürte, dass er nicht mehr lange aushalten konnte. In dem Moment nahm Harriet den Mund von seinem Gemächt und zog rigoros den Reißverschluss seiner Hose über das erigierte Glied. Dabei verklemmte sich Bens Haut in den Zähnen des Verschlusses. Er schrie vor Schmerz. Sein Fuß stieg wie von selbst in die Bremse. Der Wagen schlingerte auf der schneebedeckten Fahrbahn, kam auf der Gegenseite zum Stehen. Die Adern an Bens Schläfen pochten.

„Was zum Teufel soll das? Bist du verrückt?"

Harriet wischte sich über den Mund, schnappte sich ihren Lippenstift aus der Handtasche und zog die verwischten Linien mit Hilfe des Spiegels auf der Rückseite der Beifahrersonnenblende seelenruhig nach. Dann erst drehte sie sich zu ihrem Fahrer und lächelte diabolisch.

„Das war meine zweite Lektion für dich, Bennylein: Bevor richtig aufregende Dinge im Leben passieren, tut es manchmal weh.“ Sie schwieg für ein paar Sekunden, schaute Ben tief in dessen gerötete Augen. „Sag mal, wer erbt eigentlich die Restaurantgrundstücke, falls deinem Vater etwas zustoßen sollte?“

Kapitel 26

Hekla fröstelte. Außerdem schnitten ihr die Trageriemen des vollgestopften Rucksacks in die zarte Partie um die Schlüsselbeine. Vorsichtig wand sie sich, zerrte den Sack so geräuschlos wie möglich vom Körper. Kein einfaches Unterfangen, da sie gebückt saß und sich gegen die Lagerhallenwand presste, um weder von Hallgrim noch von Götz gesehen zu werden, wenn einer der beiden unverhofft aus der offenen Bürotür heraustreten sollte.

Eigentlich hätte Hekla während des Gesprächs der beiden aktiv werden und mit der geplanten Demontage in der Lagerhalle beginnen können. Natürlich geräuschlos. Zum Beispiel mithilfe der Säure, die sie auch ein bisschen aus nostalgischen Gründen dabei hatte. Der Captain wusste es noch von seinem Vater und hatte Hekla davon berichtet, dass die Aktivisten 86 damit Dokumente vernichtet hatten. Aber sie fürchtete, durch den Gestank der zersetzenden Flüssigkeit auf sich aufmerksam zu machen. Und, wenn sie ehrlich war, wollte sie unbedingt hören, was Götz hier mit Hallgrim besprach. Irgendwie traute sie dem schnieken Kerl nicht über den Weg. Sie war sowieso angefressen. Warum hatte er sie nicht informiert? Gut, sie hatte sich auch lieber alleine mit Olaf auf den Weg gemacht. Egal. Sie musste sich jetzt konzentrieren. Die zwei da drinnen sprachen leise.

„Götz war dein Name, nicht wahr?“

„Ja, Mister Jónsson. Ich bin…“

„Schweig! Jetzt rede ich. Du bist Teil dieser

neugegründeten Verbrecherbande, die ihre Terrorattacken als Schutz der Meere tarnt, nicht wahr?"

„Also, so würde ich das nicht ausdrücken."

„Ja oder nein? Langweile mich hier nicht mit deinem Gesabbel."

„Ja, Mister Jónsson."

„Du passt nicht zu dem Haufen. Das ist mir in Portugal aufgefallen. Stammst du aus reichem Hause?"

Götz knetete seine Hände. „Nun, ich.... Man muss nicht zwangsweise in Fetzen herumrennen oder von Piercings durchlöchert sein, um für den Meeresschutz aktiv zu werden."

„Still!" Hallgrims dünne Stimme kratzte unangenehm, wenn er schrie. „Warum machst du bei dieser scheinheiligen Tierschutznummer mit?"

„Ich liebe das Abenteuer, das Risiko", schoss es aus Götz heraus.

Der Alte mit der Baseballkappe griente.

„Das habe ich mir gedacht. Und du brauchst Geld, nicht wahr?" Götz nickte nur. „Hier kommt mein Angebot. Ich biete dir die Stelle als mein persönlicher Assistent und Sprecher für die Fisch- und Walfangflotte an. Die Konditionen werden dir gefallen. Dafür hilfst du mir, diese Aktivistenbrut hochzunehmen."

Götz schluckte.

„Ihr persönlicher Assistent?"

„Sehr wohl. Was sagst du?"

„Macht das nicht Ihr Sohn? Ich glaube nicht, dass ich mit dem zusammenarbeiten möchte."

„Mit diesem Nichtsnutz bin ich fertig. Muttersöhnchen.

Bettnässer. Ich kann mir beim besten Willen nicht vorstellen, dass da ein Tropfen meines Blutes durch seine Adern fließt."

Endlich entspannten sich Götz Hände. Er stemmte sie in die Hüften.

„Wenn das so ist, bin ich dabei."

„Dann sprich. Was wollen mir diese veganen Grasfresser? Was hat diese Hekla und die restliche Meute vor?" Hallgrim hatte jetzt seine Füße vom Tisch genommen und beugte sich weit über die Arbeitsplatte nach vorne.

„Sie planen einen Anschlag. Härter als 86 soll es Sie treffen, Mister Jónsson. Sie sollten sofort Wachpersonal anfordern. Und das darf auf alle Fälle bewaffnet sein."

Heklas Puls raste. Sie riss an der Öffnung ihres Rucksacks, zerrte die Flasche mit der Säure hervor. Dann erhob sie sich, spurtete ohne nachzudenken in Richtung des Büros. Dabei drehte sie am Verschluss der Flasche. Im Laufen schwappten erste Tropfen über den Hals des Gefäßes, erreichten die Finger ihrer linken Hand. Brennender Schmerz durchzuckte die zarten Gelenke. Hekla schrie auf, rannte aber weiter. Dann sah sie Götz vor dem Schreibtisch stehen. Hekla würgte. Wie ein braver Sohn stand er da in seiner schmutzfreien grünen Touristenjacke.

„Du Schwein!", schrie sie. Dann schleuderte sie die ätzende Flüssigkeit in Götz' Richtung. Das Mittel traf seinen Oberschenkel. Götz schrie, als würde er gefoltert.

Hekla blickte sich um. Der alte Hallgrim war aufgestanden und schwenkte etwas zwischen seinen ausgestreckten Händen. Hekla sah in den Lauf einer Pistole.

Sie ließ die Flasche mit der restlichen Säure fallen. Wieder hatte sie etwas abbekommen. Jetzt brannten beide Hände wie die Hölle. Schutzlos, wie sie war, blieb ihr nur eins. Hekla drehte sich um und spurtete los. Ein Schuss krachte gegen die Wellblechwände. Hekla duckte sich, rannte aber weiter in Richtung Ausgang.

„Hier“, Hallgrim hielt dem stöhnenden Götz die Waffe entgegen. „Wenn du den Job willst, dann kümmere dich darum. Sie ist deine Bewährungsprobe.“ Götz jaulte immer noch und starrte auf die Pistole. „Oder bist du etwa auch nur ein Bettnässer? Dann verschwinde aus meinen Augen“, krächzte Jónsson. Seine Stimme drohte gleich komplett heiser zu werden.

Götz starrte die Wände an. Aber nur für Sekunden. Dann biss er auf seine Lippen, richtete sich auf und riss dem Alten die Waffe aus den Händen. Humpelnd nahm er Heklas Verfolgung auf.

Kapitel 27

„Willst du nicht mit aussteigen?“

Ben war mit seinem SUV auf den Kiesplatz über der Walfangbucht gerollt und hatte den Wagen abgestellt. Das Gittertor, das sonst immer verschlossen war, stand weit offen. Außerdem parkten noch zwei andere Autos hier, trotz der späten Stunde.

„Gibt's hier eine Rabattaktion ‚Walfleisch zum halben Preis heute, oder was machen diese Autos mitten in der Nacht hier?“, fragte Harriet.

Ben kratzte sich am Kopf.

„Nun, da vorne, dass ist Hallgrims Gefährt.“ Er zeigte durch die Frontscheibe auf einen silbrig glänzenden Mercedes-Geländewagen G-Klasse. „Aber die Kiste da“, er schwenkte seinen Finger auf Benitas sehr braunen Familienflitzer, „hat ein deutsches Kennzeichen. Stinkt nach diesen Aktivisten, wenn du mich fragst.“

„Weißt du was, Ben? Mir ist da unten deutlich zu viel los. Geh alleine und klär das mit deinem Vater. Ich warte hier.“

Ben protestierte.

„Aber wir sind doch deinetwegen hier. Du wolltest es so. Lass mich jetzt nicht hängen.“

Harriet hatte bereits ihr Smartphone aus der Handtasche gezogen und begonnen, ihre Mails zu checken.

„Sorry, das Crocodile Inn Fort Lauderdale wartet auf meinen Anruf. Außerdem bist du verantwortlich für die Rentabilität der neuen Restaurants. Dein Job also, dieses viel zu teure isländische Produkt aus dem Warenkorb zu streichen. Geh los und steh deinen Mann."

Ben machte große Augen, doch Harriet schaute nicht mal auf. Stattdessen klickte sie munter weiter auf ihrem Mobiltelefon herum.

„Harriet! Ich meine, das war doch deine Idee. Deine Unterstützung wäre mir jetzt schon wichtig."

Harriet wählte gerade eine Nummer.

„Ich bin Geldgeberin, du bist der Manager. Manager kann man feuern, wenn sie die gesteckten Ziele nicht erreichen, Honey." Dann legte sie ihren Zeigefinger auf die Lippen. In ihrem Telefon tutete es, dann hörte man ein Knacken. An der anderen Leitung hatte jemand abgenommen. „Derrick, ich wollte mich mal melden, um nach dem Rechten zu sehen. Wie laufen die Umsätze? Hat Fort Lauderdale diesen Monat wieder ein Plus erwirtschaftet?"

Ben seufzte und ließ die Schultern hängen. Kurz zögerte er noch, dann stieß er die Fahrertür auf und stieg langsam aus seinem Wagen. Die Kälte ließ ihn zusammenzucken. Er stellte den Kragen seines Jacketts in die Höhe und zog die Schultern bis zu den Ohren. Wie mit angezogener Handbremse wanderte er los, durch das geöffnete Gittertor hinunter zur Fischverarbeitungshalle. Auf halbem Weg erschrak er. Ein lauter Knall zerriss die Stille. Was ging da vor sich? Er ging in die Knie, sah, wie Sekunden später das Lagerhallentor aufgerissen wurde. Eine Person spurtete heraus. Kurz darauf folgte ihr eine zweite Gestalt. Der erste Unbekannte zögerte nur kurz. Dann lief die Person links den Hügel hinauf in Richtung der Klippen. Ben atmete durch. Das war genau die entgegengesetzte Richtung, aus der er gerade kam. Gestalt zwei wetzte behände hinterher. Verfolgte der eine den anderen? Den Hügel hinauf wurden beide langsamer, mussten manchmal die Hände einsetzen, um die steilen Stücke hinauf zur Klippe zu bewältigen ohne zurückzurutschen. Ben beobachtete das Geschehen. Dann erinnerte er sich an den Schuss, den er gehört hatte. Wo war Hallgrim, sein Vater? Jetzt machte er schneller, stolperte den Kiesweg hinunter und durch die geöffnete Lagertür hinein. Ein Lichtschein wies ihm den Weg zum Büro seines Vaters. Ben schnüffelte. Ein ätzender Gestank verpestete die Luft. Schnell drückte er sich den Jackenärmel über die Nase und bog ins Büro ab, wo der schwache Lichtschein herkam.

Sein alter Herr thronte in gewohnter Position, die Füße auf dem Tisch, in seinem Drehstuhl und stopfte sich widerliche Fischchips in den Mund. Wie konnte man nur essen bei diesem Gestank, kam es Ben in den Sinn.

„Was willst du hier?", krächzte der Alte einige Tonlagen zu hoch für die Tatsache, dass er ein Mann war.

„Ich habe einen Schuss gehört. Bist du verletzt? Und wer sind die beiden, die da gerade rausgelaufen sind?" Bens Worte überschlugen sich.

Jetzt lachte der Alte ein kratziges Lachen.

„Hast du dir Sorgen um mich gemacht? Obwohl du ab sofort für mich gestorben bist?" Hallgrim schüttelte mit dem Kopf. Eigentlich sah man nur, wie die Baseballkappe hin- und herschwenkte. „Wie dumm du doch bist. Besser, ich hätte deiner Schwester eine Chance gegeben. Die ist zwar fanatisch und ein Weib, aber Mumm hat sie."

Ben stutzte.

„Hast du getrunken?"

„Und wenn schon. Geht es dich was an?"

„Vater, ich habe keine Schwester. Was redest du für einen Unsinn?"

Wieder krächzte der alte Walfänger. „Na, da muss ich dir heute eine gute und eine schlechte Nachricht überbringen."

„Was redest du?"

„Diese Hekla, dieses wilde Biest, das gerade versucht hat, meine Walfangstation zu sabotieren. Ich muss schon sagen, da ist mir ein Mordsweib gelungen." Anerkennung schwang in Hallgrims Stimme. „Wäre der nur ein Schwanz gewachsen, dann hätte ich dich wie deine Mutter ins Irrenhaus einweisen lassen. Du warst, offen gesagt, die Mühe nie wert, die ich mir mit dir gegeben habe."

„Vater! Ich…." Jetzt kam Ben näher. Die Wut in ihm ließ ihn zittern. Hallgrim missverstand das.

„Jetzt bist du traurig, oder? Weil du kurz mal eine Schwester hattest und dieser böse Götz jagt ihr gerade nach, um sie zu erschießen. Schade, irgendwie."

Ben wusste nicht mehr, was er denken sollte. Hallgrim dafür umso besser. Der zog tatsächlich die Schuhe vom Schreibtisch, öffnete eine Schublade und zog eine zweite Waffe hervor und schob sie über den Tisch in Richtung Ben.

„Hier. Deine letzte Chance. Götz ist der Kerl, dem ich deinen Job gegeben habe. Wenn du ihn abknallst, bist du zurück im Geschäft – und rettest deine Schwester." Hallgrim lehnte sich nach vorne, starrte Ben intensiv in die Augen. „Wenn du allerdings das Mädchen abknallst, dann rettest du dein Erbe. Das scheint mir nicht unwichtig. Denn ohne mich wirst du nicht zu einem einzigen Island-Dollar kommen da draußen in der bösen Welt."

Ben blickte auf die Waffe. Und griff zu. Warum, wusste er nicht.

„Und wenn du beide abknallst, bleibt dir dein Job und dein Erbe. Dafür musst du dann damit leben, dass du ein böser Bube bist. Ich bin gespannt, was du tust."

Kapitel 28

Francesca hatte schlecht geschlafen. Dementsprechend müde musste sie sich zu dieser frühen Uhrzeit aus dem Bett kämpfen. Doch die frische Luft draußen vor dem Hotel in der Reykjaviker Innenstadt wirkte Wunder.

„Na, bereit für den ultimativen Island-Abenteuertag?“, fragte Magnus gutgelaunt, als Francesca seine Autotür öffnete und hineinblinzelte. Ohne zu antworten, stieg sie zu und entledigte sich zuerst ihrer mit Fleece gefütterten Mütze, wickelte den dicken Schal vom Hals, den sie sich zum Schutz vor der Kälte auch um Mund und Nase geschlungen hatte, und zog an den ledernen Handschuhen.

„Das mit dem Baden im Freien war hoffentlich ein Scherz. Mit Wind kommt es mir heute so vor, als hätten wir minus 30 Grad. Höchstens.“

Magnus lachte sein tiefes Lachen.

„Der Trick für den Hot-Pot ist, dass man sich eine Mütze aufsetzt. Aber keine Panik, vorher zeige ich dir erst noch ein bisschen von unserer beeindruckenden Landschaft. Und ich stelle dich meinem Freund Gudjon vor, der eine gefürchtete Spezialität herstellt.“

„Gehen wir zu einem Schnapsbrenner? Das Zeug gestern Abend hatte es ziemlich in sich.“ Francesca griff sich vielsagend an den Kopf.

Wieder gurgelte ein Lachen aus Magnus heraus.

„Nein, aber du wirst ein Glas Brennivín brauchen, damit du die andere Spezialität hinunterspülst“, warnte er.

Francesca betrachtete den fröhlichen Kerl von der Seite. Sein rotblondes Haar stand struppig wie eh und je von seinem Kopf ab. Heute trug Magnus Jeans und einen dunkelgrünen Parka, den er im Auto geöffnet hatte. Darunter blitzten ein Hemdkragen sowie ein flauschiger dunkelblauer Pulli hervor. Zum Fahren benutzte er nur seine rechte Hand, mit der er das Lenkrad seines silbergrauen Geländewagens halb umschlungen hielt. Die linke Hand stützte sich am Seitenfensterrahmen ab. Magnus' Rücken lehnte nicht im Sitz, sondern er saß irgendwie aufrecht. Immer bereit, Unebenheiten des Geländes im Sitzen auszugleichen, so, als ritte er ein Pferd. An seinem Handgelenk trug er eine breite Armbanduhr, deren metallenes Band in der gleichen Farbschattierung wie das Autoäußere glänzte. Darüber baumelte ein von Hand geknüpftes Freundschaftsarmband.

Zuletzt fiel Francescas Blick auf die tätowierten Tränen neben Magnus Augen.

„Ich hatte eine echt tolle Zeit. Damals, in Griechenland“, entfuhr es Francesca spontan.

Magnus grinste, wechselte den Lenkarm und streichelte ihr mit seiner Rechten über den dick eingepackten Oberschenkel. Ganz sachte, nicht anmaßend und für Francesca überhaupt nicht unangenehm.

„Ich auch.“ Mehr sagte er nicht. Dann zog er seine Hand wieder zurück.

„Was hast du seitdem getrieben?“, fragte Francesca.

Wieder tiefes Lachen.

„25 Jahre sind eine lange Zeit. Willst du die Schnellzusammenfassung?“

Francesca nickte und packte den Griff über ihrer Beifahrertür. Magnus rollte nicht wirklich gemächlich dahin. Obwohl eher wenige Fahrzeuge auf den Straßen unterwegs waren, wechselte er oft wild die Spur und schoss mit einer beachtlichen Geschwindigkeit dahin.

„Nachdem du mich nicht wolltest, hat mir Griechenland keinen Spaß mehr gemacht. Ich bin weitergereist. Asien, Südamerika. Irgendwann hatte ich das gute Wetter satt. Da wusste ich, dass ich wieder heim musste. Seitdem bin ich hier."

„Ich wusste gar nicht, dass du einen Sohn hast", tastete sich Francesca heran.

„Nicht nur einen. Ich habe viele Frauen geliebt – und viele Söhne gezeugt." Magnus donnerte wieder ein tiefes Lachen hervor. „Komisch eigentlich, dass dabei nie ein Mädchen herausgekommen ist", wunderte er sich ein wenig selber.

Francesca schluckte.

„Wie viele Söhne hast du denn?"

„Fünf. Aber Aron ist mein Ältester. Als ich auf die Insel zurückkam, war er vier Jahre alt. Von da an ist er bei mir großgeworden. Die anderen leben bei ihren Müttern."

„Ihr scheint in Sachen Familienplanung ziemlich entspannt zu sein, hier in Island."

Magnus nickte nur. „Wir leben eben im Hier und Jetzt. Morgen kann schon irgendein Vulkan ausbrechen. Oder es gibt ein Erdbeben. Was nützt dir da die beste Planung?"

Francesca verstand, sagte aber nichts. Sie überlegte, ob sie wirklich weiter Magnus' DNA in Form von ausgelutschten Kaugummis, abgeschnittener Haarsträhnen oder gar gebrauchter Kondome nachjagen sollte, oder ihm einfach die Wahrheit erzählte.

Fast hatte sie sich zum offenen Gespräch durchgerungen, da rollte ihr Geländewagen an einem markanten Reisebus vorbei. Das Gefährt war in hell- und dunkelblauen Tönen gehalten und stand vor einem internationalen Hotel in einem Außenbezirk Reykjaviks. Über die gesamte Seite erstreckte sich ein aufgemaltes Fahnenband in den Farben Rot, Weiß und Grün. Dann gab es noch ein Wappen. Darauf prangten vier goldene Sterne über der wiederum rot-weiß-grünen Fahne. Vier Sterne für vier gewonnene Weltmeistertitel. Francesca kannte das Gefährt. Damit wurde die italienische Fußballnationalmannschaft kutschiert. Hatte man einen ausrangierten Bus hierher in den hohen Norden verkauft? Aber das Gefährt sah überhaupt nicht altersschwach aus, eher nagelneu.

„Sieh mal“, riss sie Magnus aus ihren Gedanken. „Die italienische Fußballnationalmannschaft wohnt wohl hier. Aron meinte, Clara sei fußballbegeistert.“ Francesca sagte nichts, bekam aber große Augen. „Er hat Karten organisiert“, sprach Magnus sorglos weiter. „Die beiden schauen sich morgen das EM-Qualifikationsspiel hier im Reykjaviker Stadion an.“

Francesca schluckte schwer. Sie kannte da jemanden, der immer dorthin reiste, wo die Squadra Azzurra ein Spiel hatte. Für einen Expertenjob. Einer, dem Francesca auf keinen Fall begegnen wollte, hier oder anderswo. Ein Ex-Spieler, gefeiert in Italien wie ein Nationalheld, und ein Weiberheld noch dazu – ihr Ex, Gianluca, von dem sie noch gar nicht richtig geschieden war. Sie erinnerte sich vage daran, während der stürmischen Überfahrt mit der Fähre von Dänemark hier herüber eine Nachricht abgeschickt zu haben. Hatte sie ihm da nicht geschrieben, dass sie sich endlich scheiden lassen wolle? Oh je. Francescas Kopf dröhnte plötzlich stärker.

Magnus hingegen brauste weiter. Kurze Zeit später verließen sie die befestigten Wege. Weiter ging die Fahrt auf teilweise vereisten, und da wo es taute, auf schlammigen Feldwegen. Je höher der Dreck an die Scheiben spritzte, desto breiter zog sich das charakteristische Grinsen über Magnus gemütliches Gesicht. Am meisten Spaß machte es ihm, unsicher voranrollende Mietwagen mit vermutlich Touristen darin schwungvoll zu überrunden. Gelegentlich jauchzte er sogar, wenn dabei der Morast in breiten Fontänen hochspritzte.

Irgendwann verlangsamte Magnus die wilde Fahrt und bog in die Einfahrt eines Einödhofes ein. Trotz der frühen Morgenstunden parkten fünf andere Wagen auf dem Gelände. Ein niedriges Gebäude hinter dem eigentlichen Hof trug ein Schild neben der blauen Eingangstür: Museum.

„Bist du bereit für Hákarl?“, fragte Magnus schelmisch.

„Nein“, konterte Francesca. „Bestimmt nicht. Aber sprich, was ist das?“

„Fermentierter Grönlandhai. Eine Delikatesse. Stinkt wie die Pest. Gehört aber dazu, wenn man hier gewesen sein möchte.“

„Komm du nur zu mir nach Hause“, drohte nun Francesca scherzhaft. „Da lasse ich dich Presssack und saures Lüngerl essen."

„Mmh, kling köstlich. War das eine Einladung? Aber jetzt komm erst mal mit. Ich stelle dich meinem Freund Gudjon vor."

Aus dem Handschuhfach zog Magnus eine Flasche vom landestypischen Schnaps hervor. „Und damit waschen wir uns nachher den Ammoniakgestank aus den Kehlen."

Francesca drehte sich schwungvoll aus dem Wagen. Sie liebte Neues. Und die meisten Isländer, denen sie bisher begegnet war, hatten sich als lustige und positive Leute herausgestellt. Bestimmt war Magnus' Freund hier auch so ein Exemplar, das es sich kennenzulernen lohnte. Welcher normale Mensch würde auf die Idee kommen, mitten im Nichts ein Museum aus einer alten Scheune zu basteln – und hätte auch noch Erfolg damit?

Magnus schritt voran und öffnete die Museumstür. Im Vorraum stand ein kleiner Tisch mit einer Geldkassette als Kasse darauf. Davor, auf einer bunt karierten Decke, döste ein braunschwarzer Mischlingshund vor sich hin. Magnus kniete sich hinunter und streichelte erst einmal das knuffige Fellpaket auf dem Vorleger. Der ließ es sich gerne gefallen. Man merkte, dass Magnus hier öfter vorbeischaute. Auch Francesca näherte sich dem Hund, streckte ihm ihre Hand entgegen und ließ ihn erst mal schnüffeln. Dann streichelte sie durch sein Fell.

„Na, seid ihr wegen ihm oder mir gekommen?" Aus der Tür, die laut Ausschilderung zum Ausstellungsraum führte, war ein rotbärtiger, beinahe kahlköpfiger Enddreißiger in Karohemd und klobigen Arbeitsschuhen getreten. Snorre mit Haarausfall, schoss es Francesca durch den

Kopf. Magnus erhob sich und klopfte seinem Freund zur Begrüßung auf die Schultern. Dann knallte er die mitgebrachte Flasche Schnaps neben der Metallkasse auf den niedrigen Holztisch.

„Geht das als Eintrittsgeld durch, Gudjon?"

Beide Isländer verfielen in kehliges Lachen.

„Du hast Glück. Heute kommen noch jede Menge zahlende Gäste, also wollen wir für euch zwei ein Auge zudrücken." Er packte die Flasche Schnaps mit seiner Linken. Die rechte Hand streckte er grinsend Francesca entgegen. „Ich bin Gudjon."

„Francesca. Hey. Schön, dich kennenzulernen."

„Ich hoffe, du hast einen Rossmagen, genauso wie dein Begleiter hier", frotzelte Gudjon. „Aber kommt erst mal rein in die gute Stube, bevor die Italiener über uns herfallen. Heute soll noch ein ganzer Bus voll hier antraben."

„Pass auf, was du sagst", warnte Magnus. „Unsere Francesca hier hat italienische Wurzeln."

Jetzt schlug sich Gudjon in gespieltem Ärger aufs eigene Knie.

„Verdammt. Hätte ich das gewusst, hätte ich mir das Geld für die Übersetzerin sparen können. Aber jetzt ist es zu spät. Kommt rein."

Mit schweren Schritten stiefelte Gudjon voran in eine hohe Halle. Francesca atmete lieber mal wieder etwas flacher. Irgendwie erinnerte sie der modrige Geruch der Ausstellung an das Walmuseum, in dem Hekla und ihre Schwester mit dem Walfänger in Streit geraten waren. Aber wenigstens gab es in dieser Ausstellung

Fenster, der Raum lag hell erleuchtet vor ihr. Francesca blickte sich um. An den Wänden reihten sich gläserne Ausstellungskästen neben aufgehängte Gerätschaften aller Art. Rechts hinten stand ein altes Holzboot. Gudjon und Magnus schritten jedoch zielstrebig auf einen Tisch in der Mitte des Ausstellungsraums zu. Daneben flackerte ein Video über einen größeren Bildschirm. Hauptdarsteller im gezeigten Film, soviel konnte Francesca sofort sehen, war Gudjon höchstpersönlich, sowie ein älterer Mann mit rotgeäderten Backen und einem spärlichen Haarkranz.

„Mein Vater“, erklärte Gudjon, als er Francescas Blick folgte. „Von ihm habe ich alles gelernt. Wie man Grönlandhai essbar macht und wie man sich richtig frisiert, damit die Löwenmähne nicht so tief in die Augen hängt.“ Gudjons Lachen schallte tief durch den Raum. Magnus wieherte mit. Francesca erschrak fast, dann musste auch sie lachen. Die anderen Museumsbesucher, drei kleine Grüppchen rüstiger Senioren in gesteppten Daunenjacken, wahlweise dunkelblau oder schwarz, blickten unsicher herüber, trollten aber bald weiter von Ausstellungsstück zu Ausstellungsstück. Gudjon hingegen schraubte nun am Verschluss der Schnapsflasche und schenkte großzügig in drei bereitstehende Plastikbecher ein. Als das Video auf dem Bildschirm zum Anfang zurücksprang, ergriff er routiniert das Wort.

„Also, Francesca. Sieh her. So wird unsere kleine Köstlichkeit essbar gemacht.“

Der Film zeigte, wie ein Grönlandhai auf dem Einödhof angeliefert wurde. Gudjon und sein Vater traten ins Bild. Die beiden erinnerten an zwei Karnevalsjecken, die sich als Ganzkörperkondom verkleidet hatten. Beide trugen eine Gummimontur, die vom lichten Haar bis hinunter an den großen Zeh reichte. Nur ein Schlitz für die Augen hatte der Kostümbildner freigelassen. Die beiden zerlegten im Film den mehrere Meter langen Hai und verpackten ihn in Holzkisten, die dann in einem abgeschlossenen Container gelagert wurden.

„Unsere Vorfahren haben die Fleischteile noch vergraben. Drei Monate braucht es. Dann hat sich das Gift im Fleisch schon ein Stück weit abgebaut. Danach hängen wir den Hákarl zum Trocknen auf. Wenn du Schnupfen hast oder dir die Nase gut zuhältst, kannst du nachher den Trockenschuppen hinterm Haus ansehen. Da hängt er dann nochmal einige Zeit."

„Warum esst ihr eigentlich diesen Grönlandhai, wenn er giftig ist?", konnte sich Francesca die Frage nicht verkneifen.

„Schau dich um", Gudjon breitete seine Hände aus und drehte sich halb im Kreis zum Fenster hin. „Die Gewächshäuser mit den Tomaten drin haben wir Isländer erst vor kurzem aufgestellt. Davor gab es ziemlich wenig zu beißen. Also haben wir versucht, aus allem etwas zu machen."

„Ist das der Grund, warum ihr auf Waljagd gegangen seid?"

Magnus schüttelte den Kopf. „Ursprünglich haben die Leute nur Walfleisch gegessen, wenn die Tiere an den Strand gespült worden waren. Waljagden gab es erst später wegen des Öls. Da gab es nämlich auch das andere Problem, dass irgendwann alle Wälder abgeholzt waren.

Das Walöl diente den Isländern dazu, ihre Lampen zu befeuern."

Francesca nickte langsam.

„Ganz schön viele Probleme auf einmal. Langsam kann ich verstehen, wenn ihr in manchen Punkten recht eigen seid. Auch wenn ich finde, dass ihr heutzutage ruhig mehr Tomatenglashäuser aufstellen und weniger gefährdeten Fisch essen könntet."

Gudjon zuckte mit den Schultern.

„Jetzt red nicht, sondern probier endlich." Er schob Francesca eine Schüssel mit getrockneten Fischstücken zu, die jeweils auf Holzspießen steckten. Dazu stellte er noch den Schnaps in Plastik vor die Köchin und Magnus.

„Nicht dran riechen", empfahl Magnus. Dann packte er mutig ein Holzspießchen und stopfte sich vom verdorben müffelnden Haifleisch in den Mund. Sofort danach nahm er einen ordentlichen Schluck Brennivín und klopfte sich mit der flachen Hand auf die Brust. „Köstlich, wie immer", feixte er in Gudjons Richtung.

Francesca schnüffelte doch ein wenig. Ammoniakgestank zog ihr in die Nase und ihr Magen hob sich ein wenig. Gudjons und Magnus Blicke lagen auf ihr. Deshalb zögerte sie nicht länger. Fauliger Fisch in den Mund, Brennspiritus hinterher. Nun klopfte sich auch Francesca auf die Brust.

„Und das schmeckt euch?", fragte sie mit verzogenem Mund.

„Ach, woher", winkte Magnus ab. „Aber es ist Tradition."

Gudjon zuckte mit den Schultern.

„Solange die Touristen kommen, werde ich weitermachen.“ Er zwinkerte verstohlen. „Und diese sauren Tomaten, die sie in den Glashäusern züchten, kann ich auf den Tod nicht ausstehen. Dann schon lieber ein bisschen fauligen Fisch.“

Vom Eingangsbereich herüber breitete sich plötzlich Tumult aus. Viele Paar Schuhe drängten herein, fröhliche Stimmen palaverten kreuz und quer durcheinander.

„Klingt nach Italienern in Hochstimmung“, urteilte Francesca und erinnerte sich an den Bus der italienischen Nationalmannschaft, den sie am Morgen gesehen hatte.

„Na, dann geh ich mal schauen“, entschied Gudjon. Bevor er sich aufmachte, leerte er aber noch seinen Plastikbecher mit dem Schnaps. Schließlich winkte er Francesca zu, klatschte Magnus zum Abschied auf die Schulter und stiefelte mit behäbigen Schritten zurück in Richtung Eingang.

Francesca nippte am Hochprozentigen. Die ersten dunkelhaarigen Fußballerköpfe drängten herein in den Museumsraum und schauten erstaunt, wo sie denn da gelandet waren. Francesca kannte ihre Namen aus dem Fernsehen. Der ein oder andere war der Sohn eines Freundes, richtig bekannt war sie aber nur mit dem Nationaltrainer. Deshalb musterte sie die Neuankömmlinge, ob sie ihn entdecken würde. Und erschrak. Den Trainer hatte sie noch nicht gesehen. Wohl aber einen anderen gutaussehenden Kerl um die 50, der mit einer blutjungen Fotografin schäkerte. Francesca drehte sich blitzschnell weg.

„Gibt es hier einen Hinterausgang?“

Magnus schüttelte den Kopf.

„Ein Raum, eine Tür."

Francesca verstand. Sie schlang sich den mitgebrachten Schal erneut um Hals, Gesicht und Nase und drückte sich mit dem Rücken an den hereinströmenden Italienern vorbei und hinaus. Magnus beobachtete sie und schmunzelte.

„Schuldest du einem von denen noch Geld? Oder wolltest du deine Landsleute nur vor deinem schlechten Atem bewahren?", fragte er vergnügt, als er neben Francesca hinauf in Richtung Trockenhaus stapfte.

„Wohin gehen wir?", lenkte Francesca ab. Bevor sie es sah, roch sie es schon. „Igitt. Hast du noch mehr Schnaps im Auto?"

Magnus lachte. Vor den beiden lag ein hölzerner Unterstand. Darunter sah man große glänzende Haifischfladen auf Haken befestigt im Wind wehen. Optisch leuchtete das Fleisch saftig, als ob Lachs getrocknet würde. Riechen durfte man aber nicht daran. Wieder beißender Ammoniakgestank vom Feinsten. Francesca wollte gerade die Flucht ergreifen, als sie hinter sich eine bekannte Stimme säuseln hörte.

„Immer hier entlang, mein Sternchen. Ich zeige dir, wo du die besten Fotos bekommst."

Magnus blieb stehen, also musste sich auch Francesca umdrehen. Wieder sahen sie diesen rassigen Südländer mit den weichen Locken und unverschämt kristallblauen Augen, den Francesca vorhin nicht hatte treffen wollen. Er hatte seinen rechten Arm um das junge, rothaarige Mädchen mit Presseausweis und digitaler Fotokamera in der Hand geschlungen. Die Fotografin ihrerseits blickte ein wenig genervt zum Himmel.

„Francesca?“

Jetzt hatte sie der italienische Adonis doch noch erkannt. Verdammt! Francesca wurde es heiß. Sie schüttelte die Schultern und zwang sich zu einem Lächeln, das aber sowieso niemand sah, weil immer noch der dicke Schal ihren Mund verdeckte. Also zog sie das Monstrum bis zum Hals hinunter.

„Gianluca?“

Gianluca senkte seine Arme und ließ die Fotografin stehen. Ein paar Schritte später hatte er Francesca erreicht. Er umarmte sie und küsste ihre Wangen. Blitze durchzuckten den eigentlich klaren Himmel. Am Wetter lag es nicht. Die Fotografin hatte wohl abgedrückt. Francesca trat einen Schritt zurück, versuchte wieder Platz zwischen sich und den stürmischen Italiener zu bringen.

„Francesca, che cosa? Was machst du hier?“

„Ich arbeite. In Reykjavik gibt es gerade ein Foodfestival.“ Dann wandte sich Francesca ihrem Begleiter zu. „Magnus, darf ich dir Gianluca vorstellen? Mein Mann, ich meine, mein Ex-Mann.“ Claras Vater, hätte sie gerne erklärt, biss sich aber im letzten Moment noch auf die Zunge. Schließlich war sie sich da nicht so sicher.

Gianluca klatschte mit Magnus ab.

„Ein Eingeborener als Fremdenführer. Francesca, du weißt, wie man reist“, stellte Gianluca bewundernd fest.

„Nein, nein, Magnus ist…“. Gianluca ließ sie nicht ausreden.

„Magnus ist ein echter Wikinger. Ich kann es sehen“, scherzte der smarte Italiener. Dann änderte sich sein

Tonfall. Er begann zu flüstern. „Aber gut, dass ich dich treffe. Ich habe mir Sorgen gemacht. Hat man dein Telefonino geklaut?"

Francesca legte die Stirn in Falten. „Nein, wieso?"

„Du musst besser auf deine Sachen achtgeben", belehrte sie Gianluca ohne zugehört zu haben. „Jemand schickt komische Nachrichten in deinem Namen. Du hast dir wohl Bakterien eingefangen", sagte er ernst.

Magnus grinste.

„Viren meinst du", verbesserte Francesca. Ihr war grade gar nicht nach lachen. Sie überlegte, was sie Gianluca sagen konnte, während Magnus und das rothaarige Pressemädchen dabeistanden. „Lass uns später sprechen", entschied sie schließlich.

Wieder zog Gianluca ihren Körper an seinen heran. Erneut blitzte es. Francesca drängte ihn mit den Händen zurück. Dann ergriff sie die Flucht, den Hügel hinunter zum Parkplatz. Magnus folgte ihr und öffnete per Funk den Geländewagen.

„Ex-Mann?", fragte er mit hochgezogenen Augenbrauen und einem schelmischen Grinsen auf den Lippen.

Francesca schüttelte nur den Kopf.

Bald kam die Köchin wieder auf andere Gedanken. Magnus brauste weiter über die schlechten Schotterstraßen der Halbinsel, als würde er am Formel-1-Rennen durch Monaco teilnehmen. Das Überholen jedes Touristenmobils quittierte er mit freudigem Gelächter. Francesca lockerte den Griff um den Haltebügel über der Beifahrertür. Schließlich machte es Spaß, so unbeschwert von einer Matschpfütze zur nächsten zu düsen. Dass das Regenwasser in den Straßenlöchern nicht versickerte, lag daran, dass sich das Wetter im Fünf-Minuten-Takt änderte. Mal goss es wie aus Badewannen, dann wieder blitzte die Sonne durch den grauen Wolkenhimmel und ein prallbunter Regenbogen spannte sich über die grün-graue mystische Felsenlandschaft.

Den nächsten Stopp legte Magnus an einem schwarzsandigen Strandabschnitt ein, an dem noch Reste eines Schiffswracks vor sich hinrosteten, dessen Untergang bereits über 60 Jahre zurücklag. Der Sturm, der direkt an der Wasserlinie herrschte, zerrte an Francescas Haar. Sie atmete tief die salzige Luft, breitete die Arme aus und bot dem Wind die größtmögliche Angriffsfläche. Beinahe bliesen die Böen sie um, aber Francesca fühlte das pure Leben. Sie atmete noch einige Male, dann spurtete sie auf Magnus zu, der zwar ohne ausgebreitete Arme, aber mit geschlossenen Augen einige Meter von Francesca entfernt stand und die stürmische See ebenso zu genießen schien. Francesca schmiss sich auf den knuddeligen Kerl und drückte ihm einen dicken Schmatzer auf den Mund.

„Danke, dass du mich hergebracht hast“, flüsterte sie ihm ins Ohr.

Wieder eine Station weiter, parkte Magnus den Geländewagen auf einem relativ leeren Geröllfeld am Rande einer kleinen Siedlung am Meer und stieg mit Francesca einen kleinen Wanderweg hinunter. Hinter einer Biegung schmiegte sich eine unscheinbare Holzhütte an die Felsen.

„Lust auf Kaffee, bevor wir wandern?“

Francesca nickte begeistert.

„War das der Italiener, für den du mich hast sitzen lassen?", fragte Magnus plötzlich. Die beiden hatten sich gegen das Café in der Holzhütte und für einen Platz auf der Terrasse im Freien entschieden. Vor ihnen standen zwei leergeleckte Schüsseln, die einst köstliche Fischsuppe enthalten hatten. Francesca nippte gerade an einem Kaffee aus einer Oma-Blümchen-Tasse und verschluckte sich beinahe daran.

„Heute habe ich ihn für dich stehen lassen." Francesca sprach vorsichtig. Sie wollte auf keinen Fall die Gefühle dieses treu dreinblickenden Kerls ihr gegenüber ein weiteres Mal verletzen. Selbst wenn sie kein Paar werden konnten. Da waren ihre Kinder. Und natürlich Arne, ihr Kapitän, wie auch immer das weitergehen mochte. Und mit Gianluca gab es bisher auch keinen richtigen Schlussstrich. Francescas Drähte im Kopf glühten, wenn sie an ihren ganzen Beziehungsschlamassel dachte. Und dann wieder dieser Blick, und diese Tränen, dieses Tattoo, das auf Magnus Wange prangte. Schnell versteckte Francesca ihre Nase wieder im geblümten Kaffeebecher.

„Lass uns loswandern", schlug Magnus vor und machte Francesca das Leben wieder leicht.

Gut eine Dreiviertelstunde spazierten die beiden am böigen Meer entlang zum Nachbarort. Francesca liebte den weiten Blick hinaus aufs Wasser. Direkt unter ihnen schlugen die Wellen getrieben vom Wind gegen schwarze Felsklippen. Magnus schwieg. Francesca dachte nach.

Sollte sie das mit Clara endlich zur Sprache bringen? Noch ehe sie sich entschlossen hatte, gelangten sie zu einem trollartigen Steindenkmal. Jetzt kreuzten wieder mehrere Touristen ihren Weg. Zu spät, um frei zu sprechen.

Etwas weiter oben lag ein Parkplatz. Dort parkte ein blauer Bus. Francesca drehte sich der Magen um, doch Magnus freute sich.

„Meinst du, deine Fußballerfreunde nehmen uns mit zurück nach Hellnar zu unserem Auto?“ Ohne Francescas Antwort abzuwarten, spurtete er zu dem flaggenbespannten Gefährt und klopfte an die Vordertür. Francesca folgte ihm langsam. Natürlich saß Gianluca mit der süßen Rothaarigen in vorderster Front des Busses. Die Türe schwang auf.

„Hat euer Wagen einen Platten?“, fragte Gianluca freudestrahlend.

Francesca schüttelte die Lockenmähne.

„Wir stehen im nächsten Ort. Nehmt ihr uns mit?“

In Hellnar angekommen, drängte die rothaarige Fotografin, die lieber auf den Namen Stella als Sternchen hörte, als Erste aus dem Bus. Magnus, der auf der Treppe stehend mitgefahren war, sprang als nächster aus dem Gefährt. Dann folgte Gianluca. Francesca wollte hinterher, verfing sich aber mit dem Absatz eines Stiefels in der Rillentreppe des Busses und stolperte heraus, direkt in Gianlucas Arme. Wieder blitzte es. Francesca strampelte sich aus Gianlucas Umarmung frei.

„Danke fürs Mitnehmen und gutes Spiel morgen“, verabschiedete sie sich schnell.

„Es ist schon spät.“ Endlich sagte Magnus mal wieder etwas. Francesca nickte.

„Es wird dunkel.“

„Wir können aber noch nicht zurück.“ Magnus grinste wieder.

„Nein?“

„Der Hot-Pot, vergiss nicht.“

Francesca schlotterte bei dem Gedanken. Der Wind blies bitterkalt. Es dämmerte. Diese heißen Tümpel am Wegesrand mochten wohl warm sein, aber wenn man danach nass heraussteigen und sich im Freien umziehen musste – niemals!

„Ich mache es nur, wenn du mir hinterher eine beheizte Umkleidekabine zeigst.“

„Wunderbar.“ Magnus kurvte gutgelaunt in den Parkplatz eines einsam stehenden, aber einladend beleuchteten Hauses.

„Darf ich vorstellen: Hotel Búdir, in dem man uns heute freundlicherweise den Hot-Pot zur privaten Nutzung freigehalten hat. Du darfst selbst entscheiden, ob du deinen mitgebrachten Bikini brauchst oder nicht.“

Eine Viertelstunde später saß Francesca tatsächlich zusammen mit Magnus in einem großen runden Holzzuber, der bis zum Rand mit wohlig warmem Wasser gefüllt war. Auf dem Kopf trug sie, wie vom Chef-Wikinger empfohlen, ihre schneeweiße Mütze. Magnus hatte sich ein knallorangefarbenes Modell auf die rotblonden Haare gesetzt. Auf einem Beistelltisch beschlugen zwei gefüllte Champagnergläser ob der Kälte des rauen Küstenwindes. Ab und an streckte Magnus mutig seine nassen Hände in die kalte Luft und reichte Francesca ihr Glas mit dem prickelnden Getränk. Hinter ihnen lag das beleuchtete Hotel in gebührendem Abstand. Ihren Blick hatten beide Badende hinaus aufs nahe Meer gerichtet. Über ihnen funkelte der Sternenhimmel. Kitsch pur, aber von der feinsten Sorte. Francesca seufzte und drückte sich enger an ihren Begleiter, der sich wie sie selbst dann doch für Badekleidung entschieden hatte.

„Wow, ist das schön hier."

„Francesca, warum bist du wirklich gekommen?"

„Na, das Food-and-Fun-Festival. Dein Sohn sagte, du brauchst mich." Francesca hatte sich gedreht, um Magnus ins Gesicht sehen zu können. Der lächelte still. Francescas Magen begann zu krampfen. Jetzt oder nie.

„Vielleicht ist meine Tochter auch deine", hauchte sie mehr als sie sprach.

„Das wäre ja die Rosine am Ende des Hotdogs!"

„Wie bitte?"

Magnus grinste breit. „Na, Kinder sind doch was Tolles. Worüber regst du dich auf?"

Da musste Francesca selbst kurz nachdenken. „Clara und ihr Vater – ich meine Gianluca – ob er ihr leiblicher ist? Du weißt schon. Ich meine, die beiden werden sagen, ich hätte sie all die Jahre um die Wahrheit betrogen."

Magnus schlang seinen nassen Arm um Francescas Schultern und zog sie noch ein Stück näher an sich heran.

„Die gemeinsamen Jahre nimmt deinen beiden doch niemand."

Francesca schluckte.

„Aber wenn wirklich du der Vater bist, dann ist das

mit Aron schlagartig vorbei. Sie wird mich dafür hassen. Auf ewig."

„Warte erst mal ab. Wer weiß, ob Aron wirklich mein Sohn ist? Seine Mutter hat es zwar damals behauptet, aber ob das wahr ist?"

Francesca drehte sich wieder zu Magnus und schaute ihm ungläubig ins Gesicht.

„Du hast das nie prüfen lassen? Obwohl du Zweifel hast?"

Der breite Kerl zuckte nur kurz mit den Schultern.

„Ich mag den Jungen. Wir sind ein tolles Team. Scheiß auf die Gene. Und jetzt", Magnus zog wieder mutig eine nasse Hand aus dem Bottich und angelte in der eisigen Nachtluft nach ihren Champagnergläsern, „trinken wir erst mal darauf, dass du eine bildhübsche und schlaue Tochter großgezogen hast. Auf Clara."

Francesca nahm einen großen Schluck vom perfekt gekühlten Prickelgetränk. Dann stellte sie ihr Glas ab und zog Magnus dicht an sich. Der grinste wieder schelmisch. Schon berührten ihre Lippen seine. Aus einem harmlosen Kuss entwickelte sich ein feuriger. Francesca rutschte im warmen Bottich tiefer, spürte Magnus' warmen Körper über ihrem. Dass ihre Mütze nass wurde, interessierte sie nicht.

Deshalb haben die Isländer so viele Kinder, dachte sie noch. Dann stellte sie das Denken ein und befahl ihren Sinnen, einfach nur zu spüren, zu küssen, zu genießen.

Das Klingeln ihres Handys holte sie zurück in die Wirklichkeit. Francesca öffnete die Augen und blickte wieder in den funkelnden Sternenhimmel dieser kalten isländischen Nacht. Magnus schüttelte mit den Kopf, ein Zeichen, den Anruf zu ignorieren. Doch Francesca war zu neugierig. Schnell trocknete sie sich nur die rechte Hand am bereitliegenden Badetuch ab und angelte nach ihrem Telefon.

„Hallo?"

„Mamma?" Clara stoppte, schluchzte, versuchte dann, das Weinen zu unterdrücken und sprach schließlich mit stockender Stimme weiter. „Mamma, weißt du, wo Magnus ist? Ich kann ihn nicht erreichen." Francesca blickte zu Magnus. Der verstand sofort und schaltete innerhalb von Sekunden vom feurigen Liebhaber zum aufmerksamen Zuhörer um.

„Er ist hier. Warte. Ich schalte auf Lautsprecher."

Clara schnäuzte sich geräuschvoll, was in der stillen Bucht erschreckend laut nachhallte.

„Magnus?"

„Clara, was ist los?"

„Kannst du bitte kommen? Aron ist in Schwierigkeiten."

„Hattet ihr einen Unfall?", mutmaßte Magnus. Seine Stimme klang jetzt ebenfalls besorgt.

„Er ist… Sie haben ihn mitgenommen", stammelte Clara. Wieder schluchzte sie, fing sich dann noch einmal. „Dabei war er schon tot. Er hat doch nur…"

„Wer ist tot?", fragte Magnus, und seine Wörter überschlugen sich beinahe dabei. „Ist Aron tot?"

„Nein." In Claras Stimme lag Verzweiflung.

„Clara, wo bist du?", schaltete sich Francesca ein.

„An der Walfangstation."

„Bleib, wo du bist. Wir kommen."

Kapitel 29

Am Küchentisch des kleinen Reykjaviker Stadthauses saß Olaf über seinen Laptop gebeugt und starrte auf den blinkenden Cursor. Draußen dämmerte es schon wieder. Trotzdem stand vor ihm immer noch die Tasse Kaffee vom späten Frühstück. Sie hatte schon vor Stunden Gesellschaft bekommen von einem Glas und einer Flasche Wodka, dessen durchsichtige Flüssigkeit stetig zu verdunsten schien. Dafür sank Schluck um Schluck Olafs Körperhaltung in sich zusammen und die feinen roten Äderchen um seine Nasen- und Wangenpartie traten allmählich deutlich hervor. Gegessen hatte er heute noch nichts. Im Kühlschrank stand nur eine offene Packung Milch, deren Inhalt mehr herausbröckelte als floss. Und eine Dose Makrelen in Tomatensoße. Ihr Fischgestank hatte Olaf beim Öffnen fast wie ein schlechter Trip auf LSD getroffen. Wer ist klein und stinkt nach Fisch? Hallgrim Jónsson. Jetzt wäre er lieber verhungert, als etwas anzurühren, das ihn an das Arschloch erinnerte, das sich regelmäßig an seiner schönen Frau verging. Maria. Sie musste noch irgendwo im Haus sein. Ab und an hörte Olaf ihre zarten Schritte im Stockwerk über ihm. Auch sie musste hungern, weil sie anscheinend die Küche, in der er trank und vorgab zu arbeiten, nicht betreten wollte.

Olaf nahm noch einen Schluck. Der Geschmack stieß ihm sauer auf. Wodka schmeckte nicht, Wodka half einem zu vergessen. Und Olaf musste dringend verdrängen, was für ein elender Feigling er gestern gewesen war. Das ließ ihn Hekla deutlich spüren. Sie hatte sich immer noch nicht gemeldet. Deshalb stockte auch sein Artikel. Er wollte Fotos sehen, um den Zeitungsbericht darum herum zu bauen. Oder hatte auch Hekla gestern abgebrochen? Sonst hätte er doch längst von der Zerstörung der Walfangstation hören müssen.

Wenn er nicht die Flasche Wodka auf dem Tisch seit geraumer Zeit doppelt sehen würde, hätte sich Olaf nochmal auf den Weg gemacht und bei Tageslicht die Walfangbucht unter die Lupe genommen. Aber so wie es ihm ging, konnte er noch nicht mal mehr aufstehen, um sich aus dem Kaffeevollautomaten eine weitere Tasse Kaffee aufzubrühen.

Olaf griff nach seinem Handy, öffnete WhatsApp und begann, eine Nachricht an Hekla zu tippen. Es war nicht die erste des Tages, sondern vermutlich Nummer zehn oder 15. Olaf kniff ein Auge zu. Trotzdem steuerte er die Buchstaben auf dem kleinen Display oft falsch an. Verdammt, sollte er eine Sprachnachricht schicken?

Seine Gedanken wurden durch das Quietschen der Türklinke unterbrochen. Maria huschte herein. Sie trug ihr langes schwarzes Haar offen und hatte sich schick gemacht. Hohe schwarze Stiefel, eine hellblaue Strumpfhose und ein farbenfrohes Hängerkleid zierten ihren feingliedrigen Körper. Olaf mochte das Kleid. Er hatte es zusammen mit Maria bei einem harmonischen Samstagnachmittag-Bummel durch die Laugavegur erstanden, in Marias Lieblingsboutique Kron. Damals, als noch alles gut war zwischen den beiden. Als Maria noch davon träumte, nach London oder New York zu gehen. Als sie die Einkaufsbummel noch mit einem langen Abend im heimischen Bett krönten und ihre Bettlaken mit sündteurem Champagner befleckten.

„Ich mag dein Kleid", Olaf bemühte sich nicht zu lallen. „Pass auf, dass dir der kleine Wicht nicht die Knöpfe daran abreißt. Sonst kann ich für nichts mehr garantieren." Maria war mittlerweile an Olaf vorbeigeschlichen, hatte sich ein Glas aus dem Oberschrank genommen und am Hahn kaltes Gletscherwasser eingefüllt. Bevor sie trank, hielt sie kurz inne, sagte aber nichts. „Und wenn du ihn siehst, diesen Walfängerwicht, kannst du ihm schöne Grüße ausrichten und mein herzliches Beileid."

Jetzt schwang Maria doch ihren Kopf herum.

„Warum Beileid?"

„Na, ich bedaure sehr, dass gestern Nacht seine kleine feine Walfangstation zerstört wurde. Wie soll der gute Hallgrim jetzt noch einen hochkriegen? Er denkt doch dabei bestimmt immer daran, wie die Sprengsätze aus seinen Harpunen dem nächsten Wal das Gehirn wegfetzen. Das macht ihn geil, wette ich. Aber: aus und vorbei!"

„Du bist doch nur besoffen", stieß Maria angewidert hervor. Dabei kippte sie die Wasserreste aus ihrem Glas ins Spülbecken zurück.

Olaf erhob sich. Er schwankte auf Maria zu, die gegen die Küchenzeile gelehnt dastand.

„Ja, ich bin besoffen. Aber ich bin auch scharf auf dich."

Er näherte sich Maria, umklammerte ihre Taille, drückte seinen Unterleib gegen ihren. Maria packte ihn an der Schulter, versuchte ihn wegzustoßen. Das machte Olaf nur wilder. Nun presste er seine Lippen auf ihren Körper. Erst am Hals. Maria strampelte wie ein Wildpferd beim Rodeo. Olaf gefiel es. Er presste sich noch mehr an sie, genoss ihre Gegenwehr, prustete, wenn sich ihr schwarzes Haar über seinen Mund und die Nase legte. Maria schrie nicht. Das ließ ihn hoffen. Dass sie es auch wollte. Er drückte seine Frau in Richtung des kalten, braunen Fliesenbodens und beugte sich breitbeinig über sie, zog ihr das bunte Kleid über die Brust. Olaf machte sich bereit, nestelte an seiner Hose und beugte sich dann über Maria, die mittlerweile zu strampeln aufgehört hatte. Mit einem tiefen Seufzer erfüllte sich sein lang gehegter Traum. Maria hob leicht ihren Oberkörper an. Olaf war sich jetzt sicher. Sie wollte es auch. Er erwartete ihren Kuss, kam ihr entgegen. Vielleicht würde sie ihm ins Ohr flüstern, dass sie doch mit wollte. Weg von dieser Eisinsel. Weg von dem faltigen Alten, auch wenn er vor Geld stank. Scheiß auf die Traditionen, sie hatte sich nur getäuscht. Modernes Leben war doch das, was sie wollte. Genauso wie Olaf. Und dass sie wieder shoppen gehen würden. Aber diesmal in einer Metropole, nicht diesem Kaff Reykjavik, wo jeder jeden kannte. Seine Mitte bebte. Er senkte sein Gesicht. Marias geöffneter Mund kam näher. Sie begann an seiner Unterlippe zu saugen. Olaf genoss es. Seine Zunge suchte sich ganz von alleine den Weg. Kurz berührte er Marias Zungenspitze. Dann zog sie wieder zurück. Olaf tastete sich noch weiter vor. Plötzlich biss Maria zu.

Heißer Schmerz durchzuckte Olafs Körper. Warmes Blut rann ihm über sein Kinn. Tränen traten aus seinen Augen. Für einen Moment vergaß er zu atmen. Dann zuckte er, rang nach Sauerstoff – und begann zu schreien. Einen markerschütternden Schrei.

Maria nutzte den Moment und schob sich unter dem Körper des Dänen heraus, zog ihre Kleidung zurück an die richtigen Stellen und spuckte sein metallisch schmeckendes Blut auf den Küchenboden. Dann stand sie auf, spülte sich am Waschbecken den Mund mit Wasser und stiefelte zur Küchentür hinaus.

„Tu das nie wieder, Bastard", ätzte sie ihm noch entgegen. Dann strich sich Maria die schwarzen Haarsträhnen hinter die Ohren und verließ das kleine Stadthaus.

Kapitel 30

Eine knappe Woche war vergangen, seit Magnus auf der Bühne im Veranstaltungsraum der Harpa gesessen und den Pressevertretern Rede und Antwort gestanden hatte. Er erinnerte sich an Olafs provokante Fragen. Wie hatte er sich geärgert. Im Nachhinein betrachtet waren das nur kleine Gemeinheiten gewesen. Wie gerne hätte er jetzt von solchen Problemchen berichtet.

Der Zuschauerraum heute ähnelte einem prallgefüllten Fischernetz. Sämtliche Stühle schienen besetzt. In den Gängen am Rande des Raums standen Kameraleute und ihre Kabelträger. Fotografen bauten Stative auf. Sogar im Mittelgang zwischen den Reihen hatten sich Journalisten im Schneidersitz niedergelassen und klimperten hektisch auf ihren mitgebrachten Laptops.

Magnus nahm einen Schluck Wasser. Seine Hand zitterte so, dass er ein paar Tropfen verschüttete. Schnell stellte er das Glas wieder ab und hoffte, dass nicht ein besonders findiger Paparazzo ein Foto davon gemacht hatte. Suchend fuhr sein Blick zu seiner Tischnachbarin. Maria starrte stumpf auf die gelbe Tischdecke und das darauf platzierte Mikrophon vor ihrer Nase. Eine dicke Schicht Make-up auf ihrem Gesicht reichte nicht aus, um die Spuren ihrer Trauer zu verdecken.

Bens Stuhl auf dem Rednerpodest blieb heute leer. Dafür war Harriet Harper zu Magnus aufgerückt. Sie hüllte sich einmal mehr in einen dieser sündteuren Pelze, obwohl der Raum angenehm temperiert war, und kaute emotionslos auf ihrem Kaugummi.

Nun wagte Magnus erneut einen Blick in den vollen Raum. Einige Fotografen nutzten den Moment, schossen Bilder. Es blitzte und Magnus musste die Augen zusammenkneifen. Da erhaschte sein Blick endlich ein bekanntes Gesicht. Francesca saß unten in der ersten Reihe, ganz rechts außen. Sie schaute herauf, bot ihm einen sicheren Hafen im ansonsten unruhigen Haifischbecken, dem die Zuhörerränge ähnelten. Er bedankte sich dafür mit einem schmalen Lächeln. Dann räusperte er sich. Maria schaltete die vor den drei stehenden Mikrofone an. Der geschäftige Lärmpegel im Raum verstummte. Magnus musste nun sprechen.

„Meine Damen und Herren von der Presse, ich heiße Sie willkommen zu dieser außerordentlichen Stellungnahme. Wie Sie wissen, läuft unser diesjähriges Food-and-Fun-Festival seit drei Tagen, und alles hat danach ausgesehen, als ob es sich wieder zu einem vollen Erfolg entwickelt. Leider gibt es jedoch einen traurigen Anlass für unsere heutige Presseerklärung." Er schluckte. Wieder zuckten Lichtblitze. „Einer unserer Mitjuroren, Hallgrim Jónsson, ist gestern unerwartet aus dem Leben geschieden. Deshalb haben wir nach reiflicher Überlegung beschlossen, die Festivalwoche vorzeitig zu beenden. Ich hoffe auf das Verständnis unserer Gäste, Gastköche und aller, die zum Gelingen dieser eigentlich fröhlichen Veranstaltung beigetragen haben. Ich möchte mich bei allen bedanken, die dabei waren und wünsche Ihnen alles Gute und noch ein paar unvergessliche Tage im schönen Island. Danke und auf Wiedersehen."

Sofort nachdem Magnus geendet hatte, setzte Gemurmel ein. In der vordersten Reihe sprang ein blonder Reporter ganz in Bluejeans gehüllt auf und rief Magnus entgegen:

„Stimmt es, dass Hallgrim Jónsson ermordet wurde?"

Nun erhob sich auch ein seriös wirkender Reporter mit dunklen Haaren und grauem Jackett in Reihe drei.

„Hat man Mr. Jónsson tatsächlich in seiner Walfangstation aufgefunden? Aufgeschlitzt mit so einem", er blickte auf seinen Notizzettel, bevor er weitersprach, „einem Flensmesser? Also so einer Sense, mit der sie eigentlich die Walfleischlappen von den Tierkadavern säbeln?"

Magnus duckte sich, als eine weitere Reporterin hochsprang und ihm zurief: „Gab es nicht auch noch andere Opfer? Man munkelt, dass wieder Walfangaktivisten auf der Insel sein sollen. Wurden wieder Boote versenkt?"

Magnus' Mund glich der Sahara, staubtrocken. Was sollte er bloß tun? Oder gar antworten?

Neben ihm schrammten Stuhlbeine über das erhöhte Parkett. Maria schluchzte und hatte sich von ihrem Sitzplatz erhoben. Magnus wollte sie noch zum Bleiben bewegen. Doch es hielt sie nichts mehr auf der Bühne. Sie drehte sich weg und eilte zum Hinterausgang. Im Laufen bebten ihre Schultern. Magnus stockte der Atem.

Jetzt räusperte sich Harriet. Magnus begann zu schwitzen. Nicht auch noch die unkontrollierbare Krokodilfrau. Fieberhaft suchte er nach dem Knopf, um Harriet den Saft vom Mikrofon abzudrehen, da begann diese schon, mit einem strahlenden Lächeln den Reportern Frage und Antwort zu stehen.

„Well, meine Freunde von der Presse, Sie verstehen sicher, dass die Polizei uns angewiesen hat, zu dem Mord an unserem guten Freund Hallgrim nichts zu sagen. Auch zu dem anderen Mordopfer und dem tatverdächtigen jungen Mann sollen wir uns nicht äußern."

Jetzt schrie wieder Jeansjacke in Richtung Rednerpult:

„Der Täter soll also ein junger Mann sein. Ist er ein Aktivist? Ist er von der Insel? Und handelt es sich beim zweiten Mordopfer um eine männliche oder weibliche Leiche?"

Magnus schlug die Hände vors Gesicht. Dann endlich fand er den Powerknopf für die Mikrofone und stellte sie ab.

„Sind Sie verrückt geworden, Harriet? Kommen Sie jetzt", zischte er in Richtung der Pelzlady. Dann zog er sie am Arm hinter sich her hinaus durch die Hintertür, die auch Maria benutzt hatte. Blitzlichtgewitter begleitete den skurrilen Abgang der beiden und dokumentierte, wie Magnus Harriet hinauszerrte. Francesca schluckte. Und ärgerte sich. Dann stand auch sie auf und verschwand durch einen anderen Ausgang.

Kapitel 31

Trotz des wieder einsetzenden Schneeregens war Francesca das kurze Stück von der Harpa zum Stadtzentrum zu Fuß gelaufen. Die eisige Luft hatte ihren Gedanken gut getan. Nur die lustigen bunten Holzhäuser, an denen sie vorbeiwanderte, wollten so gar nicht zu ihrer aktuellen Stimmung passen.

Jetzt stand sie vor dem großen Schaufenster von Magnus' Restaurant Parsley und bestaunte die ausgestellten Einweckgläser mit allerlei Fermentiertem, als von drinnen die Eingangstür aufgeschoben wurde. Magnus streckte den Kopf heraus.

„Bist du alleine? Wo sind Clara und Benita?" Francesca schob die nassen Schultern nach oben. „Komm erst mal rein." Mit diesen Worten zog Magnus sie sanft an der Schulter von der Straße hinein ins warme Restaurant. Francesca blickte sich staunend um. Dunkle unverputzte Wände, das schlichte Mobiliar aus Holz und eine offene Minishowküche in der Ecke – hier drin schrie alles nach feinster Nordic Cuisine. Wegen der Vorfälle des vergangenen Tages blieb das Restaurant heute offiziell geschlossen. Nur eine jüngere Servicemitarbeiterin mit streng nach hinten zum Dutt gekämmten blonden Haaren und einem dunkelblauen Hosenanzug befand sich mit im Gastraum. Doch sie stand weit entfernt in einer Ecke am Reservierungscomputer und nickte Francesca nur kurz zu.

Magnus half Francesca aus ihrem nassen Mantel.

„Möchtest du einen Kaffee?"

Francesca nickte dankbar und folgte Magnus zum Bartresen. Sie setzte sich auf einen Hocker vor der Theke, während Magnus dahinter verschwand und den glänzenden Vollautomaten zum Aufwärmen brachte. Dann wandte er sich wieder an Francesca.

„Wie geht es Benita? Kommt sie klar?"

Francesca seufzte. „Die Arme heult sich seit heute Morgen die Augen aus. Gut, dass wir sie nachts nicht mehr geweckt haben. Ich hätte nicht gedacht, dass es sie so aus der Bahn wirft."

„Wie lange kannte sie diesen Götz denn?" Magnus schnappte sich nun einen Siebträger und stopfte gemahlenes Kaffeepulver hinein, drückte es mit einem Stempel aus Edelmetall fest.

„Wir haben Hekla und Götz erst auf der Fähre hierher kennengelernt. Aber Benita ist da ganz feurige Spanierin. Sie verliebt sich sofort, mit Haut und Haar." Jetzt dämpfte Francesca ihre Stimme etwas. „Ehrlich gesagt, auf mich wirkte er so... unecht. Und viel zu schick. Oder kannst du dir George Clooney als Beschützer der Wale vorstellen?"

Magnus zog nur die Augenbrauen hoch. Neben ihm dampfte es gewaltig. Die Kaffeemaschine röchelte. Der erste Espresso rann geräuschvoll aus dem wuchtigen Gerät in die mickrige Tasse.

„Bei einem Umweltaktivisten erwarte ich mehr Herzblut für die Sache. Und abgetragene Klamotten, nicht diese stylischen Touristensteppjacken", fügte Francesca kleinlaut an. „So wie bei Hekla. Da habe ich bei jedem Satz gespürt, dass es ihr wichtig ist." Jetzt schaute Francesca zu Magnus herüber, der gerade den Kaffeesatz aus dem Siebträger klopfte. „Hast du von Hekla gehört? Wie geht es ihr?“

Magnus kniff die Lippen zusammen, dann antwortete er.

„Sie liegt immer noch im Koma. Ich war heute früh schon im Krankenhaus. Sie lassen mich nicht zu ihr, weil ich kein Verwandter bin.“

„Wir sollten ihre Schwester Freyja benachrichtigen.“

Magnus füllte wieder Pulver in den Siebträger. „Ich habe mit ihr telefoniert. Sie wusste schon von der Polizei, dass Hekla angeschossen wurde. Sie kommt so schnell sie kann.“

Francescas zögerte, dann traute sie sich doch zu fragen: „Und, wie geht es dir? Haben sie dich mit Aron sprechen lassen?“

Magnus drehte sich wieder um und schüttelte den Kopf.

„Er ist noch auf der Polizeistation, wird angeblich dort vernommen.“

Francesca seufzte.

„So ein Irrsinn.“ Nach einer kurzen Pause traute sie sich noch zu fragen: „Glaubt Freyja auch, dass dein Junge etwas mit den Schüssen auf Hekla zu tun hat?“

Magnus startete wieder die lärmende Kaffeemaschine.

„Nein. Nachdem das Ganze an der Walfangstation passiert ist, denkt Freyja, dass Hallgrim Jónsson verantwortlich ist. Für alles.“

Francesca stützte ihren Ellenbogen auf dem Tresen ab und legte ihren Kopf in die Hände.

„Aber sich selbst kann er schon mal nicht umgebracht

haben. Wie soll das alles zusammengehen? Aron hat Hekla schließlich oben auf der Klippe im Freien gefunden."

„Ich weiß es nicht." Magnus seufzte und zog den zweiten Kaffee unter der Maschine hervor, setzte die Tasse auf einen Unterteller und schob das Getränk unter Francescas aufgestützte Arme.

Hinter den beiden räusperte sich jemand. Francesca drehte sich um. Die zarte Serviceblondine hatte ihren Platz am Computer verlassen und stand nun ebenfalls vor der Bar.

„Magnus, ich habe jetzt alle Reservierungen für heute Abend abgesagt. Wie geht es morgen weiter?"

„Danke dir, Lea. Wegen morgen, ich denke, da machen wir wieder normal weiter."

„Also kein Walfleischmenü mehr?"

Magnus nickte. „Hiroshi kommt heute noch vorbei, um seine Messer abzuholen. Er reist ab, nachdem die Festivalwoche vorzeitig beendet wurde."

„Soll ich dann die Reservierungen für morgen noch kontaktieren und über die Änderung Bescheid geben?"

„Danke, aber nein. Geh nach Hause, Lea. Mach dir einen gemütlichen Abend. Ihr alle arbeitet immer so hart. Da kann ein freier Nachmittag außer der Reihe nicht schaden."

Die blonde Mitarbeiterin lächelte schüchtern und drehte sich zum Gehen. Dann fiel ihr noch etwas ein.

„Tut mir leid, Magnus. Aber wenn es morgen wie üblich weitergeht, dann fehlen uns noch Kuchen. Soll ich welche bestellen, damit du nicht…."

„Quatsch", unterbrach sie Magnus. „Ich habe heute

Nachmittag nichts anderes geplant." Er wandte sich an Francesca. „Hast du Lust und begleitest mich in die Küche? Du trinkst Kaffee und ich backe Kuchen."

Francesca schaute erstaunt.

„Du bist hier die Tortenfee?" Ein Lächeln huschte über ihre Lippen.

Magnus konnte sich selbst ein Grinsen nicht verkneifen. Er spannte den Bizeps an und witzelte:

„Ich weiß, du dachtest, dieser Traumkörper ist dazu gemacht, ganze Lämmer zu schlachten." Er entspannte seine Arme wieder, klopfte sich treuherzig auf die Brust. „Dabei schlägt in dieser Brust doch ein Schokoladenherz. Komm mit, dann zeige ich dir ein paar traditionelle isländische Backrezepte."

Francesca rutschte vom Hocker und packte ihre Espressotasse.

„Spitze! Endlich darf ich mal wieder in die Küche. Aber wehe, wenn du diesen Stinkefisch in deinen Kuchenteig rührst."

Lea und Magnus lachten. Dann verabschiedete sich die hübsche Mitarbeiterin und Magnus und Francesca verschwanden hinter einer automatischen Schiebetür im Küchenbereich.

Kapitel 32

„Kann ich bitte einen Kaffee bekommen?“

Aron kauerte auf einem unbequemen Holzstuhl mit dem Rücken zur Tür. Als die geöffnet wurde, drehte er sich nicht mehr um. Wer sollte es auch anderes sein als der Inspektor? Der ließ ihn schon die ganze Nacht hindurch hier sitzen und dabei stellte er immer wieder die gleichen Fragen. Doch Aron konnte darauf nicht antworten, selbst wenn er gewollt hätte.

Vor einiger Zeit, er wusste nicht mehr, ob es eine halbe, eine ganze Stunde oder auch nur zehn Minuten gewesen waren, hatte der Mann den kargen grauen Raum verlassen, in dem die Neonröhren auf den Tisch in der Mitte herunterbrannten, obwohl das Tageslicht von draußen schon lange genug Helligkeit abwarf.

„Hallo Aron.“

Jetzt drehte sich der junge Isländer doch zur Tür und schaute erstaunt. Im Türrahmen stand Edda. Ihr braunes Haar fiel glatt über ihre Schultern. Sie trug eines dieser lilafarbenen Hängekleider über einer dunklen Bluejeans, und unzählige Ketten aus Holz und Perlen baumelten um ihren Hals. Ob sie ihren Schmuck immer noch selber bastelte, so wie früher?

„Hallo Edda. Schöne Ketten“, antwortete Aron matt. Er fühlte sich wie nach einem durchzechten Wochenende und merkte jetzt, dass er nicht mehr richtig kontrollieren konnte, was da aus seinem Mund schlüpfte.

Edda schmunzelte. Dann öffnete sie noch einmal die

Tür zum Vernehmungszimmer und wandte sich zum Flur, wo sie bei einer vorbeigehenden Person zwei Becher Kaffee in Auftrag gab. Schließlich schloss sie die Tür wieder, kam um den Tisch herum und setzte sich dem müden Aron gegenüber.

Sie lächelte aufmunternd. Aron beobachtete derweil die vielen feinen Fältchen, die sich bei genauerer Betrachtung auf Eddas hellem Gesicht abzeichneten. Wie alt sie wohl sein mochte? In seine Gedanken hinein stellte Edda ihm die erste Frage.

„Aron, bitte erzähl mir nochmal, wie und warum du gestern zur Walfangstation gefahren bist."

Aron stöhnte.

„Edda, bitte", flehte er. „Das habe ich schon alles deinem Chef erklärt. Immer und immer wieder. Ich kann nicht mehr."

„Schau", Edda legte ihm eine Hand auf die seine, „gib mir eine Chance zu verstehen, warum du da warst und was du gemacht hast. Ich bin bereit, dir zu glauben. Aber dazu muss ich deine komplette Geschichte hören. Nicht immer nur Fetzen davon."

Aron schaute auf.

„Heißt das, dass du schon die ganze Zeit von irgendwo mitgehört hast?" Er wurde zornig. „Macht ihr euch einen Spaß daraus und übertragt meine Vernehmung ins Großraumbüro des Reviers, oder was?"

Edda lächelte gütig.

„Beruhige dich. So etwas tun wir natürlich nicht. Es wurde eine Task-Force gebildet. Schließlich kommt es bei uns so gut wie nie vor, dass wir in einem Tötungsdelikt ermitteln müssen. Und gestern hatten wir nicht nur einen Fall, sondern zwei Tote und eine Schwerverletzte, wie du weißt."

Aron nickte langsam. Die Tür ging auf, und eine Assistentin brachte zwei Becher gefüllt mit dampfendem Kaffee herein. Aron nahm einen Schluck. Das Zeug schmeckte nicht mal schlecht. Vielleicht meinte es wenigstens Edda gut mit ihm?

„Also gut. Ich erzähle dir, was ich weiß. Aber das ist nicht viel. Kann ich dann endlich schlafen?"

Edda nickte und startete ein Aufzeichnungsgerät. Nachdem sie einige einleitende Floskeln gesprochen hatte, nickte sie Aron zu. Der begann zu erzählen:

„Vorgestern Nacht habe ich beim Abendessen von meinem Vater erfahren, dass Hekla wieder im Land ist. Und dass sie auf Krawall aus sein soll. Die Walfleischrestaurantpläne von Magnus und den anderen hat sie wohl als Kampfansage verstanden. Ich dachte, ich kontaktiere sie, halte sie davon ab, Dummheiten zu machen."

„Hast du sie erreicht? Was hat sie gesagt?", fragte Edda.

„Sie war stur. Wie immer. Und sie war unterwegs zur Walfangstation."

„Was hast du dann getan?"

„Nichts. Ich bin ins Bett gegangen. Meine neue Freundin Clara ist mit mir zu Besuch auf der Insel. Soll ich sie wegen einer überdrehten Aktivistin einfach so alleine zurücklassen?"

Edda nickte.

„Was ist am folgenden Tag, also gestern, passiert? Schließlich warst du ja dann doch vor Ort an der

Walfangbucht."

„Ich konnte nicht gut schlafen. Am Morgen habe ich Clara von meinem Telefonat erzählt." Aron kratzte sich am Kopf. „Die war zuerst nicht sonderlich begeistert, dass ich nachts noch mit meiner, also mit Hekla, telefoniert habe."

„Hekla war deine Ex-Freundin, nicht wahr?", ergänzte hier Edda fürs Protokoll.

Aron nickte genervt.

„Das weißt du genau", knurrte er angefressen. „Ich wette, das ist auch der Grund, warum sie jetzt dich zu mir geschickt haben."

„Aron", versuchte Edda zu beruhigen. „Ich beschuldige dich nicht. Ich will nur verstehen, wie alles passiert ist. Und dafür scheint es mir wichtig, dass Hekla deine Ex-Freundin ist. Sonst hättest du dich nicht um sie gesorgt. Stimmt's?"

„Okay", knurrte Aron. Nach einem großen Schluck Kaffee sprach er weiter. „Clara war zuerst ein bisschen eifersüchtig, denke ich. Doch dann hat sie mich dazu gebracht, nochmal bei Hekla anzurufen. Schließlich wollten wir nicht, dass Hekla irgendetwas Dämliches tut, das meinem Vater schaden könnte."

„Und ihr selbst?"

„Und ihr selbst", gab Aron langsam zu. „Ich habe es mehrmals probiert. Niemand hat abgenommen."

„Bist du dann losgefahren?" Edda fingerte an ihren Ketten herum.

„Nein. Später haben wir im Hotel Claras Ziehtante getroffen. Sie heißt Benita." Aron zögerte.

„Und was hat diese Benita gesagt oder getan?"

„Sie hatte etwas mit diesem Götz am Laufen, der zusammen mit Hekla aus Deutschland angereist war. Auch so ein Meeresschützer. Benita hatte ihm am Vorabend ihr Auto geliehen und er war immer noch nicht zurück."

Edda nickte.

„Verstehe, diese Benita sorgte sich also um den zweiten Aktivisten und du konntest Hekla nicht erreichen."

„Genau. Irgendwann am Nachmittag haben wir dann beschlossen, dass ich mal bei der Walfangstation vorbeifahre und nach Benitas Auto suche."

„Und den beiden, Hekla und Götz?"

„Richtig", bestätigte Aron.

„Warum hast du die beiden Frauen nicht mitgenommen?", wollte Edda wissen.

Aron überlegte.

„Diese Benita war mir ein bisschen anstrengend. So viele Gefühlsausbrüche vertrage ich nicht. Du weißt selbst, wie es ist mit uns Isländern. Wärst du an meiner Stelle nicht auch alleine gefahren?"

Edda fand, dass das ein guter Punkt war. Sie kommentierte es aber nicht. Stattdessen fragte sie:

„Und es kam dir vermutlich entgegen, dass alte und neue Freundin nicht aufeinander treffen würden."

„Vielleicht auch das", antwortete Aron.

„Gut. Und wie ging es weiter?"

„Ich bin an der Walfangstation angekommen, als es schon zu dämmern begonnen hat. Auf dem Kiesparkplatz stand ein protziger Mercedes-Geländewagen und diese braune Kiste, die Benita gehört. Deutsches Kennzeichen, ein wirklich hässliches Auto, so, wie sie es mir beschrieben hatte."

„Hast du den beiden Frauen im Hotel Bescheid gegeben?"

Aron schüttelte den Kopf.

„Nein. Ich wollte erst mal nach dem Rechten sehen. Das Tor zur Walfangstation stand offen."

„Also bist du rein?"

„Ja."

„Warst du zuerst in der Lagerhalle?"

Aron nickte, verzog das Gesicht bei dem Gedanken.

„Es stank fürchterlich da drin. Ich habe einen Rucksack auf dem Boden gefunden, Heklas Rucksack."

„Hast du die Tasche und den Inhalt angefasst?", unterbrach ihn Edda in seiner Erzählung.

„Ja, klar. Es stand schließlich kein Namensschild drauf oder so. Aber als ich gesehen habe, was drin war…."

„Man könnte glauben, dass es dein Rucksack war."

Aron legte seine Stirn in Falten und warf Edda einen wütenden Blick zu.

„Warum sollte ich Hallgrims Walfang sabotieren, wo er doch gemeinsam mit meinem Vater die Restaurants eröffnen will? Ich bin kein Idiot."

Edda nahm einen Schluck aus ihrem Kaffeebecher und wischte anschließend mit ihrem Daumen den so entstandenen Lippenstiftabdruck vom Tassenrand. Dann schaute sie Aron direkt in die Augen.

„Vielleicht bist du immer noch verliebt? Hekla ist eine starke Persönlichkeit. Ich könnte es verstehen."

Aron spreizte die Arme gegen die Tischkante, schob

seinen Stuhl unwirsch zurück und sprang auf. Sofort öffnete sich die Tür vom Vernehmungszimmer. Ein gutgebauter Isländer in Uniform drängte herein. Doch Edda hob ihre Hand, um den Mann zu stoppen.

„Danke. Ich komme alleine zurecht." Sie schickte den Beamten wieder vor die Tür. Der schloss widerwillig die Zimmertür.

Aron trippelte von einem Fuß auf den anderen.

„Setz dich bitte", forderte Edda ruhig. Aron ließ sich tatsächlich wieder auf den unbequemen Stuhl sinken. „Würdest du bitte weitererzählen?"

Aron kratzte sich an der Nase, musterte dabei Edda.

„Tut mir leid. Ich wollte dich nicht angreifen. Es ist nur…. Ich kann nicht mehr, verstehst du?"

Edda nickte.

„Wir haben es gleich. Ich will nur noch Folgendes wissen: Hast du die Leichen von Hallgrim und diesem Götz gesehen? Und wie hast du Hekla gefunden?"

Aron schluckte.

„Nachdem ich den Rucksack gesehen hatte, war mir klar, dass Hekla irgendwo sein muss. Ihr Handy war noch da drin, allerdings war der Akku leer. Dann bin ich weiter und habe im Büro vom Lagerraum all das Blut gesehen."

„Das war Hallgrim, oder?"

Aron nickte, schluckte den Ekel hinunter.

„Ich habe da nichts angefasst. Ich bin sofort weiter. Als ich in der Halle nichts mehr gefunden habe, bin ich rausgelaufen." Aron atmete tief, dann sprach er weiter. „Am Hügel, der die Klippe hoch führt, sah ich Spuren im Schneematsch. Ich bin hoch und dann habe ich Hekla gesehen.“ Tränen schossen in die Augen des großgewachsenen Kerls. Er zwinkerte sie weg, so gut es ging. „Sie sah aus, als wäre sie tot. Ich wollte ihr die Augen schließen, da habe ich gespürt, dass sie noch warm war. Da war ein ganz feiner Pulsschlag. Ich habe dann den Rettungsdienst verständigt und versucht, mich um sie zu kümmern. Wie geht es ihr jetzt?“

Bei der letzten Frage schaute Aron wieder direkt in Eddas Augen. Die zog ihre Mundwinkel leicht nach oben.

„Sie ist am Leben. Aber sie liegt im Koma.“

Plötzlich löste sich die Anspannung in Arons Körper. Er begann zu zucken, brach unvermittelt in ein nicht mehr zu stoppendes Schluchzen aus. Edda stand auf, kam um den Tisch herum und legte dem jungen Mann die Hände auf den Rücken.

„Alles wird gut“, flüsterte sie und musste dabei an ihren eigenen Sohn denken, mit dem Aron in Jugendjahren befreundet gewesen war. „Wir nehmen jetzt noch deine Fingerabdrücke. Danach kann dich dein Vater abholen. Bleib allerdings in der Stadt, hörst du?“

Aron nickte erneut und schluchzte immer noch in seinen Ärmel. Edda klopfte ihm nochmal aufmunternd auf den Rücken. Dann verließ sie den kargen Vernehmungsraum.

Kapitel 33

Als sich die Schiebetür wieder schloss, stand Francesca neben Magnus in seiner übersichtlichen Edelstahlküche, in der die Gerichte für Islands vielleicht hochwertigstes Restaurant zubereitet wurden. Milchige Glasbausteine an einer Küchenwand sorgten dafür, dass die sechs Arbeitsplätze, die Francesca auf die Schnelle zählte, in angenehmes Licht getaucht wurden. Gerade arbeitete keiner der Köche, also strahlten die polierten Oberflächen der Italienerin einladend entgegnen. Sie nippte von ihrem Espresso, den sie immer noch in Händen hielt. Dann krempelte sie demonstrativ die Pulloverärmel nach oben.

„Was kann ich tun?"

Magnus grinste und schritt zu einer großen Edelstahlarbeitsplatte in der Mitte der Küche. Dort klopfte er auf die Oberfläche.

„Hier, setz dich und leiste mir Gesellschaft."

Francesca verzog den Mund, hüpfte dann aber doch auf den äußersten Rand der Arbeitsplatte und legte die Beine übereinander.

„Na gut. Selbst schuld. Ich hätte dir sicher noch etwas beibringen können."

„Sieh zu und lerne vom Meister", neckte Magnus sie. Er schritt zum Handwaschbecken in der Ecke der Küche, säuberte sich die Finger. Dann sammelte er in einem Vorratsraum die Zutaten, die er benötigte, und kehrte mit einer Kiste voll Mehl, Zucker, Kakao, Rhabarber und vielem mehr zurück. Nachdem er das rotstängelige

Gemüse gewaschen hatte, machte er sich daran, die Fäden des Rhabarbers zu ziehen und die Stiele in daumenbreite Würfel zu zerteilen.

„Was sind denn typisch isländische Kuchen?“

„Wir haben den Skúffukaka. Das ist ein schokoladiger Kaffeekuchen, in den wir gerne Stücke von süßsalzigem Lakritz einbacken. Und das hier“, Magnus deutete auf den Rhabarber, „wird ein isländischer Hochzeitskuchen. Mit Haferflocken im Mürbeteig und einer ausgezeichneten Rhabarbermarmelade.“

„Oh“, Francesca machte große Augen. „Bei uns gibt's zur Hochzeit für gewöhnlich mehrere Stockwerke aus Biskuit und Tonnen von Sahne. Und oben drauf sitzt ein Froschehepaar aus Marzipan, oder so was ähnliches.“

Magnus lachte und schüttelte dabei den Kopf.

„Ich habe das wohl falsch übersetzt. Der Kuchen ist so ähnlich wie eine gute Ehe, deshalb nennt man ihn auch Kuchen für eine gute Ehe.“

„Hmm?“ Francesca verstand immer noch nicht, dachte aber an sauren Rhabarber und machte sich so einen eigenen Reim darauf. „Warst du schon mal verheiratet, Magnus?“, fragte sie und hielt kurz die Luft an.

Magnus schaute auf und lächelte.

„Soll das ein Antrag sein?“

„Ähm“, stammelte Francesca nur, da erlöste sie Magnus' tiefes Lachen.

„Ich hätte ja gesagt, aber wenn du dir noch nicht sicher bist, schlafen wir einfach nochmal drüber.“ Mit seiner freien Hand tätschelte er Francesca das Knie. Dann schickte er einen luftigen Handkuss hinterher, ehe er sich wieder dem Stängelgemüse zuwandte.

Francesca schluckte. Dann beugte sie sich vorsichtig hinunter. Sanft berührten ihre Lippen die des arbeitenden Wikingers. Sie stellte die Tasse ab, rutschte auf der Arbeitsplatte näher zu Magnus und kickte dabei das Schneidbrett samt Rhabarber beiseite. Magnus Lippen fühlten sich zart an, wie schon gestern, bei ihrem extrem heißen Bad unter dem beeindruckenden Nachthimmel am Fjord. Magnus legte sein Messer beiseite. Seine frei gewordenen Finger umfassten Francescas Taille und suchten sich schließlich einen Weg hinauf, unter dem dicken Pullover an ihrer nackten Haut entlang. Francesca umklammerte Magnus' Körpermitte mit ihren langen Beinen, während die Küsse der beiden immer hitziger wurden.

Gerade als Magnus versuchte, Francescas Pulli über ihre Schultern zu ziehen, öffnete sich die Schiebetüre, die hinaus in den leer geglaubten Speiseraum des Restaurants führte. Sofort zerrte Francesca ihre Oberbekleidung zurück an Ort und Stelle. Die beiden Küssenden trennten sich abrupt wie schwer verliebte Teenager, die gerade durch neugierige Eltern gestört wurden. Beide, Francesca und Magnus, glätteten sich instinktiv die verstrubbelten Haare, während sie in Richtung Tür glotzten.

Herein trat ein schmächtiger junger Japaner in schwarzer Kochjacke. Um seine Stirn geknotet trug er ein schwarzes Tuch, auf dem rote japanische Schriftzeichen prangten. Der Koch verneigte sich tief und hob dabei seine gefalteten Finger vor die hinabsausende Stirn. Francesca und Magnus taten es ihm gleich. Francesca hoffte, dass der dünne Kerl das beginnende Liebesspiel der beiden nicht mitbekommen hatte. Doch als der Japaner seinen Rücken wieder gerade bog, erkannte sie an den geröteten Wangen, dass sie sehr wohl ertappt worden waren. Francesca atmete tief durch. Sie war keine 16 mehr, also ‚so what'?

Magnus übernahm inzwischen die Kommunikation.

„Hiroshi! Schön, dich zu sehen!"

„Danke, Magnus-San. Ich freue mich auch, Sie zu sehen und entschuldige mich für das unangekündigte Eintreten." Wieder verneigte sich der rot angelaufene Koch aus Japan. „Ich wollte nur meine Messer abholen und nicht lange stören."

Magnus ging ein paar Schritte auf den jungen Kerl zu. Das sah lustig aus. Magnus – ein Berg von einem Isländer – und daneben der sogar für einen Asiaten eher schmächtig gebaute Hiroshi.

„Ich möchte mich bei dir entschuldigen, dass die Kochwoche vorzeitig endet." Nun machte Magnus einen Diener vor Hiroshi. „Du kannst mir glauben, wir haben uns die Entscheidung nicht leicht gemacht." Er zögerte. „Aber so viel Blutvergießen an einem Abend. Und normalerweise gibt es hier in Island überhaupt keine solche Gewalt. Dessen sei versichert."

„Hai", jetzt nickte der Japaner wieder; viel tiefer, als ein Westeuropäer es je getan hätte. „Ich verstehe das, Magnus-San."

„Tut mir leid. War wohl eine verlorene Woche für dich, Hiroshi, was?"

Der Japaner schüttelte seinen Kopf.

„Nein, nein, Magnus-San. Ganz im Gegenteil. Für meine Familie war es eine sehr gute Woche. So wie auch für ihre neuen Walrestaurants."

„Wie meinst du das?"

„Nun, mein Vater ist sehr zufrieden mit den Geschäften, die er mit Ben-San und der Frau aus Amerika gemacht hat."

Magnus stutzte.

„Welche Geschäfte denn?"

Hiroshi machte große Augen. Dann lächelte er.

„Sie machen Witze mit mir, Magnus-San. Ich verstehe."

„Nein", Magnus schüttelte den Kopf. „Ich habe Ben seit zwei Tagen nicht mehr gesehen. Sag, von welchen Geschäften sprechen wir?"

Jetzt lächelte Hiroshi breit.

„Ben-San und die Misses aus Amerika haben einen guten Deal mit meinem Vater geschlossen. Sie werden bestes Walfleisch von der Fangflotte meines Vaters importieren. Das spart Kosten und lastet die Schiffe meines Vaters aus."

Magnus schluckte.

„Hat Hallgrim, also Bens Vater, dem zugestimmt? Kann ich mir beim Teufel nicht vorstellen."

„Hai, hai." Hiroshi verbeugte sich wieder auf Bauchnabelhöhe. Magnus sagte gar nichts mehr. „Gut, dann werde ich meine Messer einpacken, wenn Sie erlauben, Magnus-San?" Mit diesen Worten umrundete der Japaner den starren Magnus und verzog sich an seinen Posten, auf dem er an den vergangenen Tagen sein berüchtigtes Walfleischmenü gezaubert hatte.

Francesca trat an Magnus heran.

„Denkst du, was ich denke?", fragte sie leise.

Magnus stierte immer noch vor sich hin. Dann nickte er langsam mit dem Kopf.

„Diesen Deal hätte es mit einem lebendigen Hallgrim nie und nimmer gegeben."

„Genau."

„Das heißt, Hallgrims Tod kommt sowohl Ben als auch Harriet ziemlich gelegen", ergänzte Magnus seine Gedanken.

„Wo waren die beiden gestern Nacht?"

Magnus zuckte mit den Schultern.

„Keine Ahnung. Aber wir sollten sie das fragen. So bald wie möglich."

„Weißt du, wo Harriet und Ben jetzt sind?"

„Ja." Magnus drehte seine Handfläche und kontrollierte so das Ziffernblatt auf seiner Armbanduhr. „Wenn wir uns beeilen, schaffen wir es noch zum Inlandsflughafen. Von dort wollen die zwei in einer halben Stunde mit dem Heli zum Gletschersee Jökulsárlón, die Restaurantbaustelle dort unter die Lupe nehmen."

„Na, dann los." Francesca schnappte sich Magnus' Hand und lief mit ihm durch die automatisch öffnende Schiebetür und zum Restaurantausgang hinaus.

Kapitel 34

Noch etwas außer Atem entstiegen Francesca und Magnus Minuten später dem Taxi, das sie zum Inlandsflughafen gebracht hatte. Obwohl es für Isländer unüblich war, bedankte sich Magnus beim Fahrer mit einem Trinkgeld. Magnus kannte den Vollbärtigen sogar, musste wohl ein Cousin einer seiner Verflossenen sein. Irgendwie kannte hier wohl jeder jeden. Mister Rauschebart grinste immer noch über beide Ohren. Die Fahrt nach Art seines Lieblingsfilms Fast&Furious hatte ihm verdammt viel Freude bereitet. Francesca dagegen kämpfte kurz mit ihrer Reiseübelkeit. Doch ihnen blieb keine Zeit. Sie mussten wieder los, um rechtzeitig auf das Flugfeld zu gelangen. Tatsächlich stand der überdimensionale Helikopter Hallgrims noch auf dem asphaltierten Gelände. Francesca und Magnus zwangen sich, die letzten Meter gemessenen Schrittes zurückzulegen, um Puls und Atmung wieder unter Kontrolle zu bekommen.

Als sie den Helikopter umrundeten, waren Ben und Harriet gerade im Begriff einzusteigen.

„Hallo Kollegen“, erschreckte Magnus die beiden. Ben fuhr herum. Sein bleiches Gesicht blendete beinahe. Harriet dagegen drehte sich ruhig um und kaute gelassen weiter auf ihrem Kaugummi. „Jetzt habe ich es mir doch anders überlegt“, flunkerte Magnus. „Ich würde gerne Francesca den Gletschersee zeigen. Habt ihr noch Platz für uns beide?“

„Das ist eine Geschäftsreise, kein Trip für italienische

Pauschaltouristen", blaffte Ben zurück. Dann biss er sich auf die Lippen.

„Well, Honey." Harriet legte Ben zur Beruhigung eine Hand auf die Schulter. „Es ist genug Platz für uns alle. Keep calm and relax."

„Du hast recht", antwortete er kleinlaut. Und dann zu Francesca gewandt: „Entschuldigung. Ich.... Die Sache mit meinem Vater ist wohl noch zu frisch. Ich wollte nicht unhöflich sein."

Francesca nickte nur. Dann kletterte sie in den Helikopter und schnallte sich auf ihrem angestammten Platz an. Magnus folgte ihr. Schließlich schloss der Hubschrauberpilot die Türen, der Rotor wurde gestartet. Alle Mitreisenden zogen sich die Kopfhörer über die Ohren. Der Flug in den Südosten des Landes startete geräuschvoll.

Niemand sagte etwas. Francesca beschloss, den Flug trotz der unangenehmen Gesellschaft zu nutzen. Also drückte sie ihre Nase regelrecht an die Scheiben und sog ihr ganz persönliches Island-von-oben-Erlebnis tief in sich auf. Sie sah schneebedeckte Gletscher, schwarze Strände, tiefe Schluchten und unzählige Wasserfälle. Am liebsten hätte sie jetzt Magnus' Hand gedrückt. Aber da waren ja noch Ben und Harriet.

Schließlich schwebte der Helikopter über einen hellblauen See, der von oben wie eine Tasse voll Schlumpftee aussah und in dem leuchtend reine, eisblaue Würfel zu schwimmen schienen. Der Hubschrauber verlangsamte seinen Flug und setzte schließlich neben dem immer größer werdenden Gletschersee zur Landung an. Nun sahen die darin treibenden Eisbrocken nicht mehr wie Kühlsteine im Cocktailglas aus, sondern beeindruckten Francesca mit ihren gigantischen Ausmaßen.

„Das sind Brocken, die erst vor kurzem vom Gletscher da hinten gekalbt sind“, erklärte Magnus über Kopfhörer.

„Wahnsinn, dieses Blau!“ Francesca konnte ihre Begeisterung gar nicht zügeln.

Magnus lächelte und nickte.

„Tausende Jahre altes Eis der reinsten Sorte. Und die Eisberge, die besonders hellblau leuchten, haben sich erst vor kurzem gedreht. Deshalb strahlen sie so klar.“

„Was passiert mit den ganzen Eisbrocken?“

Ben antwortete.

„Sie sterben. Ich meine, sie schmelzen und fließen dann ab ins Meer.“

„Tausende Jahre altes Eis“, stellte Francesca bedauernd fest.

„Honey, nichts ist für die Ewigkeit“, mischte sich Harriet ein. „Aber habt ihr schon mal gecheckt, ob sich dieses Eis nicht vermarkten lässt? Ich meine, welcher reiche Mann möchte seinen Feierabenddrink nicht mit dem klarsten aller Wasser kühlen?“ Dann zog sie ihren Pelzmantel zurecht und machte sich auf, als Erste den Helikopter zu verlassen. Francesca verdrehte die Augen und auch Magnus stöhnte.

Ben, der begeistert genickt hatte, folgte Harriet mit einem Stapel Papier in den Händen. Beide marschierten auf eine Baustelle zu, die schon jetzt das unvergleichliche Panorama von Gletscher und See störte. Dabei tuschelten Kahlkopf und Pelzträgerin wohl über die Vermarktung von Gletschereis. Francesca hingegen konnte ihren Blick nicht mehr von der Restaurantbaustelle losreißen. Einfach fürchterlich. Aus ihrer Sicht wirkte der sechseckige Glaskomplex wie eine zu groß geratene Après-Ski-Bar am Hang einer x-beliebigen Alpenabfahrt. Schade für diese magische Eislandschaft. Sie schickte einen strafenden Blick in Magnus' Richtung. Der zuckte mit den Schultern, während er sich die orangefarbene Mütze über das Haupthaar stülpte.

„Ich weiß. Und du hast recht. Mittlerweile schäme ich mich dafür, bei so einer Bausünde dabei gewesen zu sein."

„Gewesen?", fragte Francesca, und Magnus grummelte zustimmend. „Das freut mich. Aber sag jetzt noch nichts. Erst einmal müssen wir die Zwei zum Reden bringen."

Ben und Harriet waren indes vorgelaufen. Ben entfaltete Baupläne und rannte geschäftig von einer Stahlsäule zur nächsten. Harriet stöckelte hinterher, suchte dann aber das direkte Gespräch mit dem Bauleiter. Daraufhin schmollte Ben in einer Ecke und verfolgte wie ein Schuljunge Harriets Gespräch mit dem Spezialisten. Francesca nutzte einstweilen die Gelegenheit und betrachtete von einem Hang aus den ungetrübten Blick auf den See. Einige Zeit später kamen Ben und Harriet dazu. Ben stürmte sofort in Richtung Helikopter, doch Magnus fing ihn noch rechtzeitig ein.

„Was denkst du? Sollten wir nicht mit den Ladys eine Fahrt auf dem Jökulsárlón machen, wenn wir schon hier sind?"

Ben schüttelte den Kopf. Er konnte das beleidigte Kind

in seinem Gesicht schlecht verbergen. Harriets Miene hingegen hellte sich auf.

„Great idea, Honey. Angelina Jolie und James Bond waren hier. Also macht Platz für Harriet Harper."

Francesca schmunzelte. Sie war sich nicht sicher, ob Harriet James Bond für eine real existierende Person hielt. Egal, wie auch immer. Harriet kaute jeden Fauxpas mit kräftigen Kieferbewegungen hinweg.

„Los, Ben. Chartere uns eine Privatfahrt, hörst du?", forderte Harriet. Angewidert blickte sie auf die proppenvollen Amphibienfahrzeuge für Touristen, die in gebührendem Abstand zueinander ins eisige Wasser rollten und dort eine größere Schiffsrunde drehten.

Ben knurrte. Dann zog er los und sprach mit dem Betreiber vor Ort. Der schaute etwas zerknautscht drein, spazierte schließlich widerwillig zum Amphibienfahrzeug, das sich gerade an Land befand und beorderte die schon eingestiegenen Touristen heraus. Danach gab er Ben ein Zeichen, woraufhin Harriet, Magnus und Francesca herankamen und zu ihrer Privatfahrt einstiegen. Schon startete der schwimmende Truck. Als sie ins Wasser hineingerollt waren, bemerkte Francesca ein Schlauchboot, das ihrem Gefährt in einigem Abstand folgte. Magnus folgte Francescas Blick.

„Der ist zu unserer Sicherheit da. In diesem Wasser würdest du keine zwei Minuten überleben, wenn dich keiner rechtzeitig herauszieht."

Francesca spitzte die Lippen.

„Wohl zu kalt, oder?"

„Das ist nicht Kühlschrank, sondern Gefriertruhe",

versicherte Magnus.

Langsam tuckerte ihr Boot am ersten Eisberg vorbei. Schneidende Kälte durchzog die Atemluft. Magnus und Harriet hatten auf den seitlichen Bänken Platz genommen. Die vom Schiffsführer angebotenen Schwimmwesten hatten alle vier Mitfahrer abgelehnt – so saß und stand es sich eindeutig bequemer. Außerdem hätte Harriet nie im Leben solch ein hässliches Gummiding über ihren kostbaren Chinchilla gezogen. Dessen war sich Francesca sicher. It's all about style, baby!

Die Köchin stand etwas weiter vorne an der Reling neben Ben. Seine hochgezogenen Schultern verrieten, dass der junge Kerl die Fahrt nicht gerade genoss.

„Ben, das mit Ihrem Vater tut mir leid." Ben antwortete nicht, dankte ihr nur mit einem Augenaufschlag. Dann blickte er wieder weg auf die Weiten des Gletschersees hinaus. „Wie haben Sie davon erfahren?"

„Die Polizei."

„Magnus' Sohn hat ihn wohl gefunden. Wussten Sie das?"

„Gefunden? Da habe ich anderes gehört." Er zögerte kurz, erschrak, weil er vielleicht zu laut gesprochen hatte. Dann leiser: „Ich mache Magnus aber keine Vorwürfe. Sein Sohn ist in meinem Alter. Und außerdem wurde er wohl von seiner Ex-Freundin mit hineinzogen."

„Kennen Sie Hekla?", fragte Francesca weiter. Nur nicht das Gespräch abreißen lassen, ging ihr durch den Kopf.

„Die tote Aktivistin?"

„Oh, nein. Da hat man Sie falsch informiert. Hekla liegt im Koma.“ Francesca schaute in Bens verwirrte Augen. „Aber wenn Hekla es schaffen sollte und nochmal wach wird, kann sie uns vielleicht sagen, wer auf sie geschossen hat. Und möglicherweise kennt sie auch den Mörder Ihres Vaters.“

Ben kaute jetzt auf seinen Fingern.

„Wer könnte denn ein Motiv haben, Ihren Vater zu töten?“

„Na, die Walfanggegner natürlich.“

„Aber schon komisch, weil Götz tot in der Bucht angetrieben wurde und Hekla angeschossen dalag.“

Ben drehte sich weg.

„Ist nicht mein Problem. Ich möchte nicht mehr darüber reden.“

Francesca nickte.

„Tut mir leid. Ich dachte, sie wollten vielleicht jemandem Ihr Herz ausschütten.“

Ben schnaufte, schüttelte den Kopf. Dann starrte er wieder auf den See.

„Werden Sie mit dem Walfang weitermachen? Ich meine, Sie brauchen ja das Fleisch für die Restaurants“, bohrte Francesca weiter.

Ben drehte sich einfach um und ließ Francesca stehen. Nach kurzem Zögern setzte er sich an Harriets Seite. Francesca atmete tief durch. Dann folgte sie Ben und setzte sich direkt neben ihn. An seinen geröteten Wangen erkannte sie deutlich, wie lästig sie dem Kahlkopf war. Aber aufgeben kam nicht in Frage. Statt sich wieder eine Abfuhr vom Walfängersohn zu holen, richtete sie ihre

Worte an die texanische Krokodilfleischverkäuferin.

„Echt atemberaubend hier. Oder, Harriet? Wie gefällt Ihnen diese Gletscherseekulisse?"

Harriet lächelte verschmitzt.

„Darling, wir in good old America bauen solche Filmsets extra auf, und hier ist alles pure nature. Unbelievable, dass vor mir noch keiner auf die Idee gekommen ist, diese beautiful surroundings fürs Business zu nutzen." Sie gab einen zufriedenen Grunzlaut von sich.

Magnus reckte den Hals.

„Nun, ein Freund von mir macht diese Amphibienbootstouren für Touristen. Ganz so geschäftsuntüchtig wie du tust, sind wir Isländer nicht. Aber wir verunstalten dabei nichts. Wenn die Boote weg sind, sieht die Natur wieder unberührt aus."

Jetzt schaltete sich Ben ein.

„Deshalb bin ich besonders stolz darauf, dass unser Restaurantkonzept mit dem sechseckigen Glasbau so harmonisch in die Landschaft passt. Und die geplanten Parkplätze davor erst." Er räusperte sich. „Wir färben die Asphaltfläche eisblau ein. Eine Wahnsinnsidee, oder?"

Harriet klopfte Ben begeistert auf den Oberschenkel.

„Well done, Honey."

Francesca und Magnus dagegen zogen jeder für sich die Stirn in Falten.

„Warum plant ihr hier am Gletschersee ein Walfleischrestaurant? Wale kommen doch nur im Meer vor. Hier wäre wohl eher eine Eisdiele angebracht."

Ben presste seine Lippen aufeinander.

„Sind wir hier auf einer Pressekonferenz?" Er fokussierte

Magnus. „Oder warum stellt mir deine Begleiterin andauernd nervige Fragen?“ Obwohl Francesca direkt neben Ben saß, sah er sie nicht mehr direkt an, sondern glotzte in Magnus’ Richtung.

„Entschuldigung, da war ich wohl zu neugierig. Aber in mir schlummert auch ein Unternehmergen. Ich frage gerne nach, damit ich weiß, wie in anderen Ländern die Geschäfte gemacht werden.“

Jetzt grinste Harriet.

„I do like that, liebe Francesca. Fragen Sie ruhig. Von mir können Sie lernen.“

„Danke! Also, warum hier ein Walfleischrestaurant? Der Transport des Fleisches von der Walfangbucht hierher und nach Husavik – ist das nicht teuer?“

Harriet kaute und grinste.

„Wir sind überall dort, wo die Touristen sicher anhalten, liebe Francesca. Wir covern die Ringstraße komplett. Überlegen manche Urlauber vielleicht noch an der ersten Location, ob das traditionelle Walfleisch etwas für sie ist, so sind sie beim zweiten Mal schon überzeugt. Deshalb sehen unsere Läden auch alle gleich aus.“

„Wow“, spielte Francesca die Begeisterte. „Aber der Frischfleischtransport ist sicher teuer, oder?“

Harriet lachte mitleidig.

„Francesca, wo denken Sie hin? Im Vergleich zu den früheren Kosten für die Walfangflotte, die Boote, die Fischer – da reden wir beim Transport nur von Peanuts. Aber jetzt sparen wir ordentlich, dank unserer schlitzäugigen Geschäftspartner.“ Sie lachte und verbeugte sich mehrmals tief. „Hai, hai“, äffte sie den alten Japaner von neulich Abend nach.

Ben lachte nicht. Auf seinen Wangen, der Stirn und dem Kinn bildeten sich plötzlich rote Flecken.

„Was für neue Geschäftspartner?“, fragte Magnus. „Davon weiß ich noch nichts.“

Harriet haute dem neben ihr sitzenden Magnus so gar nicht ladylike kräftig auf die Schulter.

„Hör zu! You will love it, Honey. Ben und ich haben Kontakt zu japanischen Walfängern aufgenommen. Wir beziehen unser komplettes Fleisch für die Restaurants jetzt für – halt dich fest – nicht mal mehr die Hälfte der Kosten.“

Magnus schaute zu Ben.

„Das hätte deinem Vater sicher nicht gefallen, oder?“

Wieder antwortete Harriet:

„Wie das Leben so spielt, war aber Hallgrim schon tot, als Ben ihn in der Walfangstation treffen wollte. Diese stupid Bastards nennen sich Meeresschützer. Sie haben ihn ganz umsonst skalpiert“, zischte die Texanerin.

„Sie waren an der Walfangstation, Ben?“, fragte nun Francesca und versuchte, das aufgeregte Zittern in ihrer Stimme unter Kontrolle zu bringen.

„Nein. Ich war mit Harriet zusammen. Die ganze Nacht.“ Ben sprang jetzt wieder von seinem Sitzplatz auf.

„Hallgrim hätte nie im Leben zugestimmt, dass die Japaner den Wal töten und er sein Steckenpferd an den Nagel hängt“, platzte es jetzt aus Magnus heraus.

„Why not? Es ist nur Business“, erklärte Harriet.

Ben wechselte die Bootsseite. Francesca sprang auf und ging ihm nach. Weil das Fahrzeug so klein war, konnte er ihr nicht davonlaufen. Auch die anderen beiden blieben in Hörweite.

„Ben, waren Sie in der Nacht in der Walfangstation? Haben Sie gesehen, wer auf Hekla geschossen hat? Denn eins ist sicher: Die Polizei hat nur von zwei Toten berichtet, Ihrem Vater Hallgrim und Götz. Von Hekla weiß keiner, der nicht dort war. Und auch nicht, wie Ihr Vater gestorben ist." Ben machte noch ein paar Schritte zur Seite. Francesca folgte ihm unbarmherzig. „Sie waren da, Ben, nicht wahr? Und Sie wissen mehr, als Sie uns sagen wollen. Aber wenn Hekla wach wird, kann sie uns alles erzählen. Also machen Sie Ihrem Gewissen Luft", drängte Francesca.

Da drehte Ben seinen Kopf. Erst dachte Francesca, dass der kahlköpfige Kerl von einem Heulkrampf geschüttelt wurde. Dann änderte sich sein Blick. Ein trüber Schleier legte sich über Bens Augen. Sein Gesicht verzerrte sich. Jetzt schnellte Ben auf Francesca zu und zog die Köchin mit seinem starken rechten Arm in den Schwitzkasten. Francesca röchelte. Mit ihren Händen ruderte sie wild um sich, versuchte sich aus der sauerstoffraubenden Umklammerung zu befreien. Außerdem trat sie mit ihrem rechten Fuß nach hinten, wollte ihren Peiniger am Schienbein oder egal wo treffen. Francesca sah Magnus, der erst schaute und nicht recht verstand und in dessen Körper schließlich doch Bewegung kam. Alles wirkte wie in Zeitlupe. Francesca rang um Atem, scheiterte. Ben zog nur noch fester zu.

Als Francesca erneut zuzutreten versuchte, nutzte Ben den Moment, in dem sie nur noch auf einem

Bein balancierte, trat seinerseits gegen ihr Standbein. Francesca verlor die Kontrolle über ihren Körper. Ben stürzte rücklings über die niedrige Reling ins eiskalte Wasser, umschlang dabei weiter Francescas Hals und zog die Köchin mit sich. Wieder beobachtete Francesca den rückwärtigen Sturz wie in Zeitlupe. Magnus war auf wenige Zentimeter herangekommen, streckte ihr noch die Hände entgegen. Francesca spürte für den Bruchteil von Sekunden seine warmen Fingerspitzen. Doch seine rettende Hand flutschte aus ihrem Griff. Die Köchin stürzte hinab. Dann war da nur noch ein harter Aufprall. Millionen von Nadelstichen umfingen ihren Körper. Sie spürte die Kälte, den Frost. Die Hand um ihren Hals war plötzlich weg. Der eisige Schock hinderte Francesca trotzdem daran, noch einmal Luft zu holen. Ah! Alles brannte vor Kälte. Ihre Glieder gehorchten ihr nicht mehr. Die schwere Kleidung, die sie am Leib trug, sog sich voll Wasser, wog nun Tonnen und zerrte Francesca hinab in die Tiefen des eisblauen Friedhofs.

Magnus stand am Bootsrand und spürte Francescas Fingerkuppen nach, die er vor einem Wimpernschlag noch berührt hatte. Er wollte gerade von Bord springen, wie von Sinnen, als ihn der Bootsführer am Gürtel packte und an Bord hielt. Zwar wehrte sich Magnus dagegen, doch vor allem beobachtete er jetzt das Schlauchboot, das ihnen in einigem Abstand gefolgt war. Dessen Fahrer im schwarzen Neopren und mit Schwimmweste um den Brustkorb ließ den Außenbordmotor aufheulen und peste zur Unglücksstelle heran. Aus dem Inneren seines

Bootes zog er eine lange Metallstange. Bei Francesca angekommen, drosselte der Retter die Motorleistung und stocherte in Richtung der sinkenden Frau. Neben ihr paddelte immer noch Ben. Der versetzte mit seinen strampelnden Füßen Francesca, die bewegungslos und mit weit aufgerissenen Augen unterzugehen drohte, einen letzten Schlag, packte den Metallstab und ließ sich vom Neoprenanzugträger über die aufgepumpten Seiten des Schlauchboots ins Innere zerren. Als dieser danach erneut den Metallstab in Richtung Francesca hob, dankte ihm Ben für die Rettung mit einem Fußtritt. Der Schlauchbootfahrer ruderte mit den Armen in der Luft, verlor letztlich das Gleichgewicht und stürzte kopfüber in die eisigen Fluten unweit von dem Ort, an dem Francesca immer tiefer sank.

Ben richtete sich auf, trat an den Außenbordmotor, ließ ihn aufheulen. Er drehte das Schlauchboot in einem großen Kreis. Dann jaulte der Motor noch weiter auf und Ben jagte wellenschlagend über den eiskalten See hinüber zum rettenden Ufer.

Nun hob der Fahrer des Amphibienbootes seine Rettungsstange hinaus ins Wasser, um dem Schlauchbootfahrer und der immer weiter abtreibenden Francesca einen letzten Rettungshalm zu reichen.

Währenddessen entfernte sich Bens Boot immer weiter. Das Gefährt jagte wild zwischen den Eisbrocken des Gletschersees hindurch. Plötzlich überstimmte ein lautes Knacken die heulenden Schlauchbootmotoren. Ben riss seinen Kopf herum und zuckte zusammen. Der Eisberg direkt zu seiner Linken riss krachend entzwei. Daraufhin schwappte einer der beiden Eiskolosse hin und her, stieß gegen seinen Zwillingsbruder und schwankte bedrohlich. Schließlich drehte sich der neu entstandene Eisbrocken. Er fiel zur Rechten und begrub dabei das Schlauchboot mit dem flüchtenden Waljägersohn unter sich.

Das Wasser des Sees schwankte noch lange hin und her, Geräusche gab es aber keine mehr. Das Schlauchboot tauchte mit der Unterseite nach oben wieder auf, leer. Von seinem letzten Kapitän fehlte jede Spur. Dafür erstrahlte der Eisberg, der sich gerade gedreht hatte, in reinstem, unschuldigem Himmelblau. Alle Zuseher, egal ob auf Booten oder die wartenden Touristen am Sammelplatz für die Amphibientouren, hielten den Atem an. Soeben hatte der Eisberg wohl eine Menschenseele geraubt. Doch keiner trauerte.

Kapitel 35

Piep, piep, piep, piep.

Francesca blinzelte mit den Augenlidern. Oh je, war das grässlich hell hier.

Piep, piep, piep, piep.

Und dieser Lärm. Wie ein Gabelstapler, der rückwärtsfuhr. Wo war sie? Im Großmarkt?

Piep, piep, piep, piep.

Diese Müdigkeit. Aber da. Etwas Warmes berührte ihre Hand. Francesca kämpfte jetzt richtiggehend gegen die schweren Augenlider, bis sie eines hochbekam. Da saß jemand neben ihr. Aber alles blieb verschwommen. Und was zum Teufel juckte an ihrer Nase? Sie zog die Nasenflügel kraus. Etwas störte gewaltig. Francesca war nicht Herrin über ihre Arme, konnte sich nicht im Gesicht kratzen. Erschöpft schloss sie das eine Augenlid wieder.

„Francesca? Kannst du mich hören?" Eine ruhige, tiefe Stimme klang in ihr Ohr.

Erneut kämpfte sie gegen die schweren Lider, öffnete schließlich beide einen Spaltbreit. Francesca wollte sprechen, doch ihre Zunge fühlte sich dick geschwollen, beinahe lahm an.

„Wo bin ich?", nuschelte sie entkräftet.

Die Person neben ihr kam jetzt nahe heran. Francesca erkannte rotblonde Haarsträhnen und ein freundliches Gesicht. Magnus.

„Francesca!" Die Köchin spürte, wie ihre Hand gedrückt wurde. Immer wieder. Waren das Küsse?

„Meine Nase juckt“, drückte sie hervor.

Magnus lachte erleichtert.

„Soll ich dich kratzen? Ich will nur nicht die Schläuche in Unordnung bringen, Kleines. Warte, ich rufe eine Schwester.“

Francesca verstand nicht. Welche Schläuche? Dann blinzelte sie nach vorne auf ihre Nasenspitze. Da steckte irgendein Plastik. Was sollte das? Außerdem war sie schon wieder dermaßen kraftlos. Also schloss sie nochmal die Augen. Nur kurz…

Piep, piep, piep, piep.

Francesca horchte auf. Was war das?

Piep, piep, piep, piep.

Sie öffnete die Augen. Nun war es dunkel. Wo war sie? Von rechts drang leises Schnarchen an ihr Ohr. Sie drehte den Kopf, sah in der Dunkelheit die Umrisse eines großen Wikingers auf einem zu klein geratenen Holzstuhl. Sie sah an sich herab. Weißes, sauberes Bettzeug. Langsam hob sie ihre Arme. Kanülen auf beiden Seiten ihrer Handrücken. Und das Piepen? Wohl ein Monitor hinter ihr. Francesca hasste den Sound. Es war das Geräusch von Krankheit und Sorgen. Wieder juckte ihre Nase. Sie kratzte daran, spürte einen Gummischlauch, der in ihre beiden Nasenflügel hineinragte. Sie zog daran. Gleich darauf piepte ein Warnton. Augenblicke später öffnete sich die Krankenzimmertür. Eine Schwester trat ein, Neonlicht flackerte auf. Francesca schloss reflexartig die Augen. Die Krankenschwester bemerkte nicht, dass die Patientin wach war. Sie ordnete den Schlauch für die

Luftzufuhr und verließ danach das Zimmer. Magnus war aufgewacht, aber im Begriff, sich wieder in seine ungemütliche Schlafhaltung zurückzukauern. Nachdem die Schwester draußen war, versuchte Francesca zu sprechen. Diesmal gelang es ihr besser.

„Magnus, warum liege ich hier?“ Magnus erschrak.

„Francesca, du bist wach?“

„Man kann sich ja nicht ewig ausruhen. Warum bin ich hier?“

„Erinnerst du dich nicht? Der Gletschersee.“ Francesca schaute fragend. „Du hast Ben in eine Zwickmühle gebracht. Da hat er dich mit ins Wasser gezogen.“ Magnus atmete schwer. „Wir konnten dich in letzter Sekunde aus dem Eiswasser ziehen.“

„Und Ben?“

„Hat es nicht geschafft.“ Beide schwiegen für einen Moment.

Dann klingelte ein Telefon auf dem Nachttisch. Magnus schaute darauf.

„Das ist deines. ‚Cosimo‘ steht da. Soll ich rangehen?“

Francesca nickte.

„Halt es mir ans Ohr. Das ist mein Sohn.“

„Dein Sohn?“ Magnus staunte. Dann tippte er aber auf den grünen Hörer auf dem Display und presste das Telefon an Francescas Ohr.

„Ciao, Carino. Mach dir keine Sorgen, mir geht es schon wieder gut. Ich schaue, dass ich so schnell wie möglich aus dem Krankenhaus rauskomme.“

„Mum? Wovon redest du? Ich verstehe kein Wort.“

„Äh, warum rufst du eigentlich an, Cosimo?“

„Na, ich surf gerade so durch ein paar italienische Online-Seiten. Wollte sehen, ob es demnächst interessante Konzerte gibt. Und weißt du, was ich da sehe?"

„Was denn?"

„Na dich und Gianluca. Untertitel: Das Geheimnis ihrer großen Liebe. Gianluca Carlotti und seine Francesca auf zweiten Flitterwochen im heißkalten Island."

„Was?" Francesca fuhr nach oben und riss sich dabei fast die Infusionsnadeln aus den Händen.

„Und die Fotos", bohrte Cosimo weiter. „Eine verliebte Umarmung, als du aus dem Bus aussteigst und noch mehr so Knutschbilder. Sag bloß, du bist jetzt wieder mit meinem Erzeuger zusammen?" Cosimo schnaubte ins Telefon.

Im Hintergrund begann es wild zu piepen. Diesmal verabschiedete sich wohl Francescas Pulsfrequenz von jeglichem Normalwert.

„Junge, leit mir das mal weiter. Das ist ja wohl die Höhe." Francesca saß nun aufrecht im Bett. Und gedachte, dasselbe baldmöglichst zu verlassen. Was sollten nur die Leute denken? Und Magnus? Und Arne? Oh je, da war sowieso schon einer zu viel!

Jetzt stürmte die Krankenschwester wieder herein.

„Um Himmels Willen, legen Sie sich hin, Frau Carlotti. Und weg mit dem Telefon!"

„Weg mit den Schläuchen trifft es wohl eher. Es tut mir leid, aber ich möchte entlassen werden."

Jetzt stemmte die Krankenschwester ihre Hände in die Hüften.

„Auf gar keinen Fall."

„Oh, doch. Auf eigene Verantwortung, von mir aus", konterte Francesca.

„Frau Carlotti, wir müssen Sie über Nacht hierbehalten. Ihre Lunge könnte zusammenfallen nach diesem unfreiwilligen Tauchgang."

Francesca antwortete jetzt sanfter.

„Das ist lieb, dass Sie sich Sorgen machen. Aber ich kann hier nicht länger herumliegen und zusehen, wie mein Privatleben auf Nimmer-Wiedersehen abtaucht, verstehen Sie?"

Nachdem die Krankenschwester Francesca die Infusionsnadeln entfernt und die restlichen Sensoren sowie den Atemschlauch abgenommen hatte, huschte Francesca ins Bad und zog sich die mittlerweile getrockneten Kleidungsstücke wieder an. Draußen versuchte Magnus, wach zu werden.

„Ist das hier das Krankenhaus, in dem Hekla liegt?", fragte ihn Francesca, nachdem sie wieder aus dem Badezimmer getreten war. Magnus wischte sich über die verklebten Augen.

„Ja, warum?"

„Können wir bei ihr vorbeischauen?"

Magnus nickte. „Ist schon spät. Aber wir können es versuchen."

Die Intensivstation lag im 6. Stock des Reykjaviker Krankenhauses. Magnus steuerte automatisch das Treppenhaus statt des Aufzugs an. Da fühlte Francesca erst, wie entkräftet ihr Körper war. Sie erinnerte sich nur noch daran, heute im eisigen Wasser des Gletschersees gelandet zu sein. Danach klaffte eine große Lücke. Doch jetzt war keine Zeit nachzugrübeln. Das hob sie sich besser für später auf. Nur noch kurz bei Hekla nach dem Rechten sehen. Dann musste sie Benedetta, eine mit ihr befreundete Journalistin der wichtigsten italienischen Klatschzeitung, kontaktieren. Die sollte den ganzen Mist mit Gianluca klarstellen. Und ihm am besten gleich eine Affäre mit dieser rothaarigen Stella andichten, wenn es überhaupt gelogen war. Aber so funktionierte das mit dem Tratsch. Eine neue Sensation ließ die letzte vergessen.

Magnus hatte mittlerweile seine Schritte verlangsamt.

„Solltest du dich nicht lieber gleich im Hotel ausruhen, Francesca? Oder ich rede nochmal mit den Ärzten, ob du nicht doch noch über Nacht hier…?“

„Auf keinen Fall“, ätzte Francesca. Dann fuhr sie sanfter fort: „Ist lieb von dir. Aber ich steh nicht so auf Krankenhäuser.“ Sie lächelte. „Runter nehmen wir den Lift, einverstanden?“

Magnus schmunzelte und hakte sich bei Francesca unter.

„In Ordnung. Einer Wikingerbraut darf man nicht widersprechen.“

Francesca schluckte. War sie das wirklich? Eine Wikingerbraut? Stur, ja. Aber passte sie hierher? Für länger? Oder sollte sie zurück nach Deutschland, das normale Leben weiterleben, sofern man bei ihrer Bekanntheit und dem Fernsehjob überhaupt von ‚normal‘ sprechen konnte? Und da war noch Option 3, falls sich Kapitän

Arne doch noch für sie interessierte.

Francesca warf einen Seitenblick auf Magnus. Der lächelte zurück und zog sie weiter die letzten Treppenstufen hinauf. Schließlich kamen sie vor ein geschlossenes Portal. Über der Milchglastür prangte der Schriftzug für Intensivstation. Rechts vom Eingang leuchtete eine Schaltfläche mit einem Klingelzeichen darauf. Magnus drückte, und als eine Frauenstimme sich meldete, übernahm er das Antworten in Landessprache. Francesca hatte nur „Hekla Niklasdottir" verstanden. Ein Summer erklang und die eine Flügeltür öffnete sich automatisch in Richtung von Magnus und Francesca, so dass die beiden eilig einen Schritt nach hinten traten. Dabei stieß Francesca fast mit einem Arzt in grünem Kittel, Haube und Mundschutz zusammen, der an ihnen vorbei ins Innere der Intensivstation eilte. Die beiden wollten ihm schon folgen, da trat ihnen eine resolute Krankenschwester mit streng nach hinten zum Dutt geknoteten Haaren entgegen. Francesca huschte trotzdem noch durch die Tür. Magnus folgte ihr und begann im graublauen Flur eine Diskussion mit der zuständigen Dame. Francesca seufzte und blickte sich um. Krankenhäuser machten sie immer traurig, erinnerten sie an die letzten Stunden ihrer Mutter und die Hilflosigkeit, die sie als Teenager empfunden hatte, als ihr bewusst wurde, dass die Ärzte ihre geliebte Mamma nicht mehr würden retten können. Die Köchin fühlte, wie sich ihre Augen mit Tränen füllten und blickte schnell zur Seite. Komisch, da stand immer noch dieser Arzt in Vollmontur, starrte auf ein Klemmbrett, das er in Händen hielt und konnte sich anscheinend nicht entschließen, wohin.

Magnus redete währenddessen weiter. Der Name „Freyja" fiel nun im Gespräch. Schließlich verschwand die Krankenschwester in einem Zimmer, das Zweite von rechts.

„Freyja ist da. Die Krankenschwester fragt sie, ob sie kurz mit uns reden will. Zu Hekla dürfen wir nicht rein."

„Lass mich raten, wir sind keine Verwandten?"

„Exakt."

Jetzt öffnete sich die Türe zu Heklas Zimmer wieder. Die Krankenschwester trat heraus, gefolgt von einer zusammengesunkenen Freyja, die Francesca in diesem trostlosen Flur noch wesentlich faltiger vorkam als auf dem Walbeobachtungsboot vor wenigen Tagen.

„Hey!", grüßte Freyja matt. „Francesca, Magnus, schön, dass ihr vorbeischaut."

„Wie geht es deiner Schwester?", fragte Francesca vorsichtig.

„Die Ärzte sagen, alles ist möglich. Sie kann es schaffen. An das andere mag ich nicht denken."

„Recht so. Bleib positiv", bestärkte sie Magnus.

Francesca legte Freyja die Hand auf die Schulter, strich ihr über den Rücken.

„Du musst jetzt stark sein, ihr gut zureden. Dann wird sie wieder wach, bestimmt."

Freyja nickte schwach – und erschrak. Plötzlich polterte ein Alarm los. Gleich zwei Schwestern eilten aus dem Schwesternzimmer den Gang hinunter bis zum letzten Überwachungsraum.

Dort stand die Türe offen. Francesca sah den Arzt in

grün. Der verließ komischerweise das besagte Zimmer und betrat den danebengelegenen Raum. Die Schwestern hatten ihn in der Eile wohl nicht bemerkt. Die eine rief gerade über ihr schnurloses Telefon einen Arzt zu Hilfe, die andere stürmte sofort hinein zum Patienten.

„Können wir etwas für dich tun?", fragte Magnus Freyja, doch die reagierte nicht. „Komm", er schob Freyja ein Stück den Krankenhausflur hinunter, „dann trink wenigstens einen schnellen Kaffee mit uns."

Zögerlich schlenderte Francesca mit den beiden. Am Ende des Flurs drehte sie sich noch einmal um. Da! Der komische Arzt schlüpfte gerade ins zweite Zimmer von rechts. Was hatte der bei Hekla zu suchen, wo doch immer mehr Personal ins Zimmer mit dem Alarm stürzte?

„Wartet mal, da ist gerade dieser vollvermummte Arzt zu Hekla rein. Freyja, würdest du mal nachsehen, was der treibt?"

Freyja machte große Augen, nickte dann aber.

Auch Magnus sah besorgt drein.

„Wir bleiben vor der Tür. Falls du uns brauchst, ruf uns."

Freyja drückte sachte die Klinke und verschwand im Inneren. Kurze Zeit passierte nichts. Francesca hielt es kaum aus.

„Sollen wir nicht lieber reinschauen?", flehte sie Magnus an.

„Was denkst du?" Magnus hatte kaum ausgesprochen, da krachte im Zimmer ein Möbelstück oder dergleichen zu Boden. Francesca zögerte nicht mehr. Sie stürmte einfach in den Raum. Drinnen lag eine totenblasse Hekla umringt von vielen Überwachungsmonitoren und verklebt mit unzähligen Schläuchen und Drähten. Über ihr gebeugt stand der Arzt im grünen Kittel. In der Ecke kauerte Freyja. Etwas benommen hielt sie sich den Kopf und starrte auf den neben ihr am Boden liegenden Besucherstuhl, mit dem sie offensichtlich gerade niedergestreckt worden war.

Magnus stürmte auf den falschen Arzt zu und rang ihn zu Boden. Doch zu seinem Erstaunen wehrte sich der Mann gar nicht. Magnus setzte sich trotzdem auf die Gestalt und fixierte mit seinen starken Armen dessen schmale Handgelenke auf dem Krankenhauslinoleum. Francesca rannte zuerst an Heklas Krankenbett, doch kein Alarm schrillte. Soweit sie als Laie es beurteilen konnte, waren keine Schläuche oder Drähte lose. Trotzdem betätigte Francesca den Notknopf, der über Heklas Bett baumelte. Dann stürzte sie zu Freyja, kniete sich neben sie und half ihr zurück auf die Beine. Blut rann von Freyjas Stirn. Der Metallfuß des Stuhls hatte eine klaffende Wunde gerissen.

Eine Krankenschwester stürmte herein.

„Was, um Himmels Willen, geht hier vor sich?“, stieß sie aus.

„Schnell! Rufen Sie die Polizei!“, Francesca nickte in Richtung Fußboden, wo Magnus den verkleideten Arzt weiter niederdrückte. „Und dann brauchen wir einen echten Arzt für diese Platzwunde hier.“

Als die Schwester wieder nach draußen gelaufen war, kam Francesca näher und zog den Mundschutz und das grüne Haarnetz vom Kopf des Eindringlings. Darunter kamen ein bleiches Gesicht sowie ein kahler Schädel zum Vorschein. Und viele Tränen. Ben Hallgrimson wurde von einem Weinkrampf durchgeschüttelt.

„Ich wollte ihr nichts tun. Ehrlich“, presste er hervor. „Sie ist doch meine Schwester.“

Kapitel 36

„Hallo Ben!“

Ben zuckte, drehte sich um und machte dann große Augen.

„Edda? Warum schicken sie dich?“

Edda kam langsam in den grauen Vernehmungsraum. In der Hand hielt sie eine Packung Lakritz. Mit jedem ihrer Schritte klimperten die selbstgemachten Ketten, die sie um ihren Hals trug. Schließlich setzte sie sich Ben gegenüber und streckte ihm die geöffnete Packung Süßigkeiten entgegen.

„Möchtest du?“

Ben blickte ihr matt entgegen. Dann verzog er die Lippen zu einem kurzen Lächeln und bediente sich am schwarzen Konfekt.

„Die hattest du früher auch immer“, seufzte der Walfängersohn. Er war vom Shirt bis zu den Sneakers weiß gekleidet, so, wie er sich als falscher Doktor vor einigen Stunden ins Krankenhaus geschlichen hatte. Nun saß er hier auf dem Polizeirevier und kaute Süßigkeiten aus Süßholz.

„Ben.“ Eddas Stimme hatte sich verändert, klang jetzt bestimmter, ließ keine Widerrede zu. „Erzähl mir von der Nacht, als dein Vater in der Walfangstation gestorben ist.“

Ben streckte automatisch den Rücken gerade. Seine Augen richtete er weiterhin auf die Lakritzpackung, die auf dem kleinen Besprechungstisch lag, der Eddas Stuhl von seinem trennte.

„Ich…. Also ich wollte da gar nicht hinfahren. Aber Harriet hat darauf bestanden."

„Harriet Harper?"

„Du kennst sie?", jetzt blickte Ben doch zu Edda.

Die schüttelte den Kopf.

„Nicht persönlich. Ich habe ihr Bild in der Zeitung gesehen. Da gab es diesen Artikel über die geplanten Walfleischrestaurants."

„Genau. Das ist sie. Sie hatte sich überlegt, dass wir das Walfleisch aus Japan importieren können und so Geld sparen. Ich sollte meinen Vater unbedingt sofort davon überzeugen."

Edda schnaufte.

„Hallgrim sollte Walfleisch aus Japan kaufen? Ist er darauf eingegangen?"

Ben schüttelte den Kopf und deutete auf die Lakritzpackung.

„Kann ich noch eins?" Ihm fiel auf, dass er klang wie damals, als er vielleicht im Alter von zehn Jahren Eddas Sohn besuchte und sie ihnen als Mutter Süßigkeiten ins Kinderzimmer brachte.

„Nimm dir", entschied Edda. Dann fasste sie sich an die langen Ketten und zwirbelte daran. „Was hat dein Vater zu dir gesagt? Wart ihr in seinem Büro?"

„Er hat mich beleidigt. Wie immer", fügte er leise an. „Dann hat er mir gesagt, dass Hekla meine Schwester ist – und, dass sie den besseren Sohn abgegeben hätte."

„Warst du alleine, als du mit ihm gesprochen hast?"

Ben nickte.

„Harriet wollte im Wagen warten."

Edda räusperte sich.

„Ben, dein Vater ist in dieser Nacht in seinem Büro gestorben."

Bens Augen füllten sich mit Tränen. Edda kramte ein Papiertaschentuch hervor und reichte es dem Kahlkopf. Der presste das Tuch vor die Augen und ließ den Kopf hängen.

„Weißt du, wie er gestorben ist, Ben?"

Ben nickte wieder. Ohne Edda anzusehen, murmelte er in das Papiertaschentuch.

„Es war seine Waffe. Ich sollte den Deutschen töten, wenn ich meinen Job zurückwollte. Oder Hekla, wenn ich mein Erbe wollte." Bens Stimme brach ab. Er weinte nun hemmungslos, sein Körper wurde durchgeschüttelt.

Edda stand auf und verließ den Raum. Wenige Augenblicke später kam sie zurück und stellte eine volle Packung Taschentücher auf den Vernehmungstisch. Dann setzte sie sich wieder und wartete, bis Ben ruhiger atmete und sein Gesicht abgetrocknet hatte.

„Wofür hast du dich entschieden? Hast du die Waffe angenommen?"

„Er hat gesagt, dass dieser Deutsche Hekla töten will. Ich musste ihr helfen."

„Das heißt, du hast die Waffe genommen?"

Ben nickte wieder.

„Und dann bist du gegangen?"

Nun schüttelte Ben den Kopf.

„Ich.... Also, er hat nochmal etwas gesagt. Über meine Mutter."

„Was war das? Was hat Hallgrim über deine Mutter

gesagt?“

Ben schluckte, presste wieder ein Tuch vor die Augen. Doch diesmal schossen keine Tränen mehr hervor. Er fühlte sich leer. Ausgeweint. Edda ließ nicht locker. „Was hat Hallgrim über deine Mutter gesagt, Ben?“

„Dass er ihr damals auch die Waffe gegeben hat. Und sie dabei gefragt hat, ob sie wenigstens so viel Mumm hätte, ihrem erbärmlichen Leben ein Ende zu setzen.“

„Heißt das, dein Vater war dabei, als deine Mutter sich umgebracht hat?“ Edda atmete schwer. Sie hatte Bens Mutter gekannt, ihr Kranksein, ihre Verzweiflung.

„Er hat sie getötet“, hauchte Ben. „Und ich habe auf ihn geschossen.“

„Und dann?“, bohrte Edda nach.

„Dann bin ich raus aus der Halle. Ich wollte Hekla schützen.“

„Du bist also den Hügel hinauf?“, fragte Edda und knetete dabei gedankenverloren eine ihrer Ketten.

„Ja“, bestätigte Ben. „Da stand dieser Götz. Er hatte eine Waffe. Hekla redete auf ihn ein und streckte dabei die Hände in die Höhe. Ich bin näher gerobbt, hab ihn von hinten umgeworfen.“

„Was ist dann passiert?“

„Es war dunkel. Wir haben uns auf dem Boden gewälzt. Ein Schuss ist gefallen.“

„Wer wurde getroffen?“, wollte Edda wissen

„Hekla sank zu Boden. Sie war nähergekommen, wollte mir helfen. Ich habe diesem Deutschen dann einen ordentlichen Kinnhaken verpasst. Er rollte weg, war wohl benommen. Er ist die Klippe hinuntergestürzt.“

„Du wolltest ihn also nicht hinunterwerfen?"

Ben schüttelte den Kopf. „Ich bin sofort runter. Er war auf eine Felsspitze gestürzt. Überall nur sein Blut. Ich konnte ihm nicht mehr helfen."

„Bist du dann wieder zu Hekla?", fragte Edda.

Ben schüttelte den Kopf, zog die Schultern nach oben.

„Plötzlich war Harriet da. Sie hat mich weggezogen. Sie sagte, Hekla wäre tot."

„Du hättest einen Notruf absetzen können."

Ben fuhr sich über die kahle Stirn. Er schwitzte plötzlich.

„Harriet hat es mir verboten. Sie sagte, sie könnten rausfinden, von wem der Anruf stammt. Sie sagte, wir müssten schnellstens verschwinden." Ben atmete hektisch. „Diese Schlange. Sie sagte, sie denke nur an mich. Und es sei besser für mich."

„Und du hast gemacht, was sie gesagt hat?", fragte Edda noch, obwohl ihr die Antwort schon klar war.

„Ja. Aber ich glaube, sie hat nur an das Erbe gedacht. Und an sich. Was besser für sie ist."

„Warst du danach nochmal im Büro deines Vaters?"

Ben schüttelte den Kopf.

„Und außer diesem Götz, Hekla und dir war nur noch Harriet Harper vor Ort?"

„Ja, warum?"

„Hast du Aron gesehen?"

„Magnus' Sohn? Nein. Was hätte der da gewollt?"

„Einen Moment bitte." Edda stand auf und verließ erneut den Vernehmungsraum. Im Büro nebenan saßen die Kollegen und verfolgten ihre Befragung auf einem

Bildschirm. Edda wandte sich an ihren Chef.

„Wir sollten eine dringende Fahndung nach Harriet Harper herausgeben. Wegen Mordes an Hallgrim Jónsson. Was denkst du?“

„Was sagt der Obduktionsbericht?“, fragte ihr Chef sachlich.

„Hallgrim wurde zwar angeschossen“, berichtete Edda mit einem Blick in die Akten, „gestorben ist er aber durch die Schnitte, die ihm das Flensmesser zugefügt hat. Da gab es Stiche ins Herz und in die Lunge.“

„Glaubst du nicht, dass der Junge zurückgegangen ist und seinem Vater endgültig den Garaus gemacht hat?“

Edda schaute zweifelnd.

„Ich tippe auf diese Harper. Wir sollten auf alle Fälle mit ihr sprechen und ihre Ausreise erst einmal verhindern.“

Jetzt nickte Eddas Chef.

„Gut, ich kümmere mich um die Fahndung. Geh du zurück und finde heraus, was Ben bei Hekla im Krankenzimmer wollte.“ Edda wandte sich zum Gehen, da räusperte sich der Chef noch einmal. „Und denk daran, er ist der Verdächtige. Nimm ihn härter ran, sonst muss ich dich ablösen.“

Edda nickte langsam. Schließlich schluckte sie alle Kommentare hinunter, die ihr gerade in den Sinn kamen.

„Geht klar, Chef.“

Edda öffnete wieder die Tür zum grauen Vernehmungszimmer. Das Licht der Neonröhre blendete sie beim Eintreten. Ben drehte sich um und verfolgte aufmerksam, wie Edda herumkam und sich auf den unbequemen Holzstuhl ihm gegenüber niederließ. Dabei kaute er auf etwas. Edda blickte in die Lakritztüte und stellte fest, dass Ben sie beinahe geleert hatte.

„Kaffee?"

Ben verneinte und Edda unterließ es tunlichst, ihm auch noch heißen Kakao anzubieten. Sie zwang sich, den Mann in Ben zu sehen, der ihr gegenübersaß, nicht nur das traurige Kind, das nach wie vor um seine tote Mutter weinte, auch wenn die schon vor Jahrzehnten gestorben war.

„Ben Hallgrimson, warum bist du heute Nacht in das Krankenzimmer von Hekla eingedrungen? Der Verdacht liegt nahe, dass du ihr etwas antun wolltest."

„Nein", kreischte Ben empört. Dann etwas leiser: „Ich wollte sie sehen. Sehen, wie es ihr geht. Ein letztes Mal." Er fasste in die Lakritztüte, zog etwas davon heraus und schob es in den Mund. „Nach meinem Sturz in den Jökulsárlón dachten alle, ich sei tot." Er blickte zur Tischplatte und lächelte unsicher. „Hat sich tatsächlich doch gelohnt, dass mich der alte Bastard jeden Sonntagmorgen zum Eisschwimmen gezwungen hat." Ben schaute auf und blickte nun wieder Edda in die Augen. „Ich wollte mich absetzen, woanders neu anfangen. Und davor wollte ich Abschied nehmen."

„Woher kennst du Hekla?", fragte Edda so nüchtern es ihr möglich war.

„Das weißt du doch. Wir waren alle in einer Klasse."

„Und glaubst du, dass sie wirklich die Tochter deines Vaters ist?"

Ben stutzte.

„Warum sollte das gelogen sein?"

„Gut, wenn sie aber deine Schwester ist, dann heißt das auch, dass sich dein Erbe beträchtlich verringert. Halbe, halbe, sozusagen." Edda schaute Ben jetzt tief in die Augen. „Ben, vor Gericht wird man vermuten, dass du erst deinen Vater getötet hast und dann die Miterbin aus dem Weg räumen wolltest. Wie willst du dich dagegen verteidigen?"

Ben zog seine Mundwinkel nach unten. Wie ein schmollendes Kind, kam es Edda in den Sinn. Dann ließ er sich in die Lehne seines Stuhles sinken.

„Es kann sein, dass die Leute das glauben", presste er müde hervor. „Aber du kennst mich, Edda. Seit sich Mutter erschossen hat, bin ich ganz alleine." Er wischte sich über die Augen. „Hekla und ich haben zumindest eine Gemeinsamkeit."

„Und die wäre?"

„Wir haben ihn beide gehasst."

„Von wem sprichst du?"

„Von dem Ekel, das sich anmaßte, unser Vater zu sein. Ein falscher Vater, wenn du mich fragst."

Edda schluckte und zupfte wieder an ihren Ketten.

„Gut, ich glaube, wir haben es für heute." Sie stand auf und schob den ungemütlichen Stuhl zurück unter den Vernehmungstisch. „Die Kollegen bringen dich dann in die Haftanstalt."

„Edda?", Ben richtete seinen Rücken wieder gerade auf.

„Ja?"

„Wie geht es Hekla?“

Edda blieb stehen und legte eine Hand auf Bens Schulter.

„Sie schläft. Aber es kann nicht schaden, wenn du für sie betest.“

Ben nickte stumm. Dann vergrub er sein Gesicht in den Händen.

Kapitel 37

„Aron, schön, dich wieder zu sehen." Francesca stand auf der überdachten Haupttribüne des Reykjaviker Fußballstadions, in dem heute Abend die isländische Nationalmannschaft gegen das Team von Italien spielen würde, und umarmte Magnus' Sohn. Danach herzte sie Clara, die es diesmal einfach so zuließ. Magnus ging da nüchterner vor und klopfte dem etwas größer geratenen Aron freundschaftlich auf die Schulter. Clara nahm aber auch er in den Arm.

Im verhältnismäßig kleinen Stadion für 15.000 Menschen skandierten die blau-rot gekleideten Anhänger Islands ein freudiges Huh! nach dem anderen und klatschten sich trotz des kalten Nieselregens schon mal in Stimmung für das große Spiel gegen die starken Italiener.

„Junge, alles klar bei dir?", fragte Magnus seinen Sohn.

Aron nickte kurz.

„Passt schon. Auf alle Fälle tut die frische Luft gut. Eingesperrt sein ist nichts für Leute wie uns, das kannst du mir glauben."

„Nur etwas wärmer könnte eure gute frische Luft schon sein." Benita kam von hinten und stülpte sich demonstrativ eine dicke Wollmütze über den Kopf. Dann umarmte sie die beiden jungen Leute.

„Wie geht es dir?", fragte Clara vorsichtig.

Francesca wollte antworten, als sie bemerkte, dass nicht ihr Gesundheitszustand, sondern Benitas Befinden gemeint war.

Die machte zwar traurige Augen, rang sich aber auch ein kleines Lächeln ab.

„Weißt du, das Leben ist wie Eiscreme. Du musst es genießen, bevor es zu spät ist."

Alle nickten und schwiegen vor sich hin. Also fragte Francesca:

„Wow, ganz schön tiefgründig. Von wem stammt der Spruch? Nietzsche? Konfuzius?"

Benita zuckte mit den Schultern.

„Von Daniela Katzenbergers Mutter. Aber wahr ist er alle mal."

Francesca verkniff sich ein Lächeln. Sie herzte ihre kleingeratene Freundin.

„Schön, dass du mitgekommen bist."

„Wie geht es jetzt weiter mit euch beiden?", wollte Magnus von Clara und Aron wissen.

Francesca stieß die Frage sauer auf. DNA-technisch hatten sie und Benita ja noch immer nichts geklärt.

„Ich bleib jetzt erst mal", erklärte Clara freudig. „Das halbjährige Praktikum bei der Zeitung hab ich in der Tasche. Und Aron muss schließlich auch erst mal hier bleiben."

„Warum das?", fragte Benita.

„Die Polizei ist noch nicht hundertprozentig von meiner Unschuld überzeugt", erklärte Aron. „Bens Aussage scheint mich zwar entlastet zu haben, aber richtig glauben werden sie mir erst, wenn Hekla eine Aussage machen kann."

„Na, dann beten wir mal alle für Hekla, dass es ihr

bald besser geht“, sagte Magnus und alle anderen nickten stumm.

„Möchtet ihr noch was trinken, bevor es losgeht? Clara und ich besorgen uns was“, bot Aron an. Und nachdem Magnus, Francesca und Benita Kaffee geordert hatten, verließ das junge Paar die Zuschauerränge in Richtung Getränkekiosk.

„Hier.“ Magnus drehte sich um. Er wollte sicher gehen, dass die beiden wirklich gegangen waren. Dann reichte er Francesca ein Schreiben. Dabei schmunzelte er schelmisch. „Ich habe bemerkt, dass du dir wegen Clara und Aron immer noch Sorgen machst. Brauchst du aber nicht.“

Francesca nahm den Umschlag.

„Was ist das?“, fragte sie.

„Ich habe Aron und mich testen lassen. Ich bin gar nicht sein leiblicher Vater.“

„Oh je, das tut mir leid“, stammelte Francesca. Doch Magnus sah nicht wirklich betrübt aus. „Ich fühl mich total schlecht, Magnus. Wären wir hier nicht einfach so reingeplatzt, hättest du das nie zu erfahren brauchen.“

„Mach dir darüber keine Gedanken. Ich habe es mir eh schon gedacht. Und für mich ist das unwichtig.“ Er seufzte. „Ich liebe den großen Kerl, egal ob er mein Ableger ist oder nicht. Die ganzen Jahre, die wir zusammen verbracht haben, die sind es doch, was zählt.“

Francesca schluckte, dann nickte sie.

„Danke, Magnus.“ Sie drückte ihrem Wikinger einen zärtlichen Kuss auf den weichen Mund.

„Wirst du es ihm sagen?“, fragte Benita.
Magnus schüttelte den Kopf.
„Das ist nicht nötig, oder?“
„Recht hast du“, stimmten ihm beide Frauen zu.

Clara und Aron kamen mit Kaffeebechern für alle zurück. Daraufhin nahmen alle fünf ihre Plätze ein. Francesca mummelte sich in eine mitgebrachte Decke, von der sie Benita die Hälfte abtrat. Nochmals drängten sich Stadionbesucher an ihnen vorbei, um auf ihre weiter innen liegenden Sitzplätze zu gelangen.

Francesca stand auf, um Platz zum Durchgehen zu machen. Da stolperte ein Mann beinahe über ihre Füße. Sie musterte ihn, als er sich entschuldigte. Dabei stand er nur Zentimeter von ihrem Gesicht entfernt. Beide erschraken.

„Francesca, Amore, gut, dass ich dich treffe.“ Es war Gianluca.

„Du? Hier?“

„Naturalmente, wenn die Squadra Azzurra spielt, bin ich immer vor Ort, Amore. Aber, senta. Hör zu, ich habe ein Problem. Hast du die italienischen Zeitungen gelesen?“

Hinter Gianluca drängten andere Stadionbesucher zum Weitergehen. Das Spiel sollte in wenigen Minuten angepfiffen werden. Ein Mann im maßgeschneiderten grauen Wollmantel tippte Francescas Ex ungeduldig von hinten auf die Schulter und wollte ihn so antreiben.

„Eh, che cosa? Geht vorbei oder wartet, aber lasst mich in Ruhe. Ich habe etwas Wichtiges mit meiner Frau zu besprechen. Seht ihr das nicht?“

„Deine Frau, dass ich nicht lache“, mischte sich da Benita ein.

Gianluca schaute genervt herüber.

„Benita, was machst du hier?“ Ehe Benita antworten konnte, unterbrach er sie schon wieder. „Ist auch egal. Kümmere dich in Zukunft lieber anständig um Francescas Sachen. Ihr Telefonino hat immer noch diese Krankheit, capisci?“

„Dein Telefon ist krank?“, fragte Benita Francesca. Die schlug nur die Augen nieder und betete, dass dieser Albtraum schnell vorbeigehen möge.

Mittlerweile eskalierte das Temperament der Italiener in der Warteschlange hinter Gianluca. Der schicke Wollmantelträger stieß einen Fluch aus und drückte Gianluca unsanft in den nicht vorhandenen Zwischenraum zwischen Benitas und Francescas Sitzen. Dabei stießen Francesca und Gianluca beinahe mit den Köpfen zusammen. Plötzlich blitzte es wieder. Francesca riss ihren Kopf herum und sah gerade noch, wie eine schmale Rothaarige im Getümmel der Besucher Richtung Ausgang verschwand.

„Gianluca, pfeif bloß diese Stella zurück. Ich will kein gemeinsames Bild mehr von uns beiden in der Presse sehen. Schon gar nicht mit Untertitel ‚Liebesurlaub‘ oder so. Wir sind kein Paar. Und das wird auch so bleiben.“

Gianluca schaute bedröppelt.

„Amore, Stella ist nur sauer. Deine Freundin Benedetta hat in ihrer Gazetta ein paar Fotos veröffentlicht, die sehr intim sind.“

„Was meinst du mit intim?", fragte Francesca, und versuchte dabei nicht zu schmunzeln.

„Hast du es noch nicht gesehen?", schaltete sich jetzt Clara ein und schnaubte. „Eine barbusige Rothaarige, die sich irgendwo auf einer Strandliege über Papa räkelt. Einfach ekelhaft, wenn ihr mich fragt. Das war eine Falle, oder Papa?", redete sich Clara in Rage. „War das Benedetta, Mammas Freundin?"

Gianluca wandte seinen Kopf herum und schaute seine Tochter aus traurigen Augen an.

„Sì, so war es. Und stellt euch vor, jetzt habe ich auch noch Ärger mit deiner Nonna."

Francesca seufzte.

„Ich habe erst recht Ärger, aber das interessiert euch beide nicht. Oder was glaubst du, was Arne von mir denkt, wenn er liest, dass ich mit dir im Liebesurlaub bin?"

„Wer ist denn Arne?", fragte Magnus. Seine Lippen zeigten ausnahmsweise kein Lächeln, nicht die Spur davon.

Francesca zuckte zusammen.

„Das ist eine Sache, die ich dir später erklären möchte, Magnus." Dann blickte sie zornig zurück zu Gianluca. „Du merkst es selbst, oder? Immer, wenn ich auf dich treffe, hinterlässt du verbrannte Erde. Und ich bin mir ziemlich sicher, dass du etwas mit dieser Stella hattest und die Fotos nicht gefaked sind."

„Ist das wahr, Papa?", mischte sich Clara nochmal ein.

„Kann sein, dass Stella das glaubt. Du weißt, die Frauen hängen an mir wie die reifen Zitronen an der

Amalfiküste. Jede will sich mit mir schmücken."

Francesca fauchte: „Geh jetzt endlich, ich kann es nicht mehr hören."

„Du hast doch noch gar nichts gehört", motzte Gianluca zurück. „Nonna Theresa hat mich nämlich angerufen."

Benita und Francesca lachten auf.

„Hat dir deine Mamma Theresa einen Einlauf verpasst?", freute sich Francesca. „Musst du beichten gehen, wenn du sie das nächste Mal besuchst?"

Gianluca blickte zerknirscht auf den grauen Stadionboden.

„Mach dich nicht lustig. Mamma Theresa ist alt und krank. Sie soll keinen Schock bekommen. Sagen die Ärzte."

„Die Nonna ist doch superfit", meinte Clara.

„Bene, aber man weiß nie, was passieren würde, wenn sie sich aufregt."

„Das heißt, sie denkt immer noch, dass ich mit dir zusammen in Rom wohne? Nach zehn Jahren?" Das war so grotesk, dass Francesca kurz ihren Ärger vergaß und lachte.

Gianluca nickte fast unmerklich.

„Sie hat mit Padre Antonio gesprochen", sagte er leise.

„Der Antonio, der uns verheiratet hat?"

„Sì. Und sie plant wieder einen Gottesdienst."

„Na dann geh doch hin, aber langweile mich nicht damit."

„Sie plant einen Dankgottesdienst. Für uns beide. Wenn wir bald 25 Jahre verheiratet..."

Weiter kam Gianluca nicht. Francesca vergaß, zu atmen.

„Ich glaube, ich spinne. Du willst Nonna Theresa verarschen und ich soll mitspielen und mit dir Silberhochzeit feiern?"

Gianluca nickte begeistert.

„Und die Kinder sollen auch dabei sein. Danke, Francesca." Er packte Francescas Hände und küsste sie stürmisch. „Du bist die Beste. Aber jetzt muss ich weiter." Er hielt sich Daumen und kleinen Finger der rechten Hand symbolisch ans Ohr. „Wir telefonieren, eh?" Dann stapfte er so schnell wie möglich weiter, damit Francesca nichts mehr sagen konnte.

„Ich, ärgh!" Francesca machte eine Geste und würgte dabei den luftleeren Raum vor ihr, da wo Sekunden zuvor noch Gianluca gestanden hatte. „Gebt mir jetzt keine Waffe", presste sie hervor.

In der Zwischenzeit waren die beiden Nationalteams aufs eisige Fußballfeld getreten. Die Landeshymnen erklangen, die Jungs übten sich in Shake-Hands, dann setzten sich die Fans und das Spiel begann.

Francesca spitzelte ab und zu in Magnus Richtung, doch der schaute nicht zu ihr herüber. Er gab vor, aufmerksam dem Spiel zu folgen. Doch Francesca war klar, dass ihre Andeutungen zu Arne ihm zugesetzt hatten. Ein dicker Kloß saß in ihrem Hals fest und wollte sich nicht hinunterschlucken lassen.

In der Halbzeit verdrückte sich Magnus sofort nach dem Schiedsrichterpfiff zum Kaffeeholen und kam erst auf seinen Platz zurück, als die zweite Halbzeit begonnen hatte.

Im Spiel jagte eine spannende Szene die nächste, auch wenn es beiden Teams bis kurz vor Schluss nicht gelingen wollte, den Ball im gegnerischen Tor unterzubringen. Fünf Minuten vor dem Ende der Spielzeit klingelte schließlich Francescas Handy. Sie zog es aus ihrer Manteltasche hervor und stockte.

„Arne ruft an", verkündete das Display.

Kurz zögerte sie, dann stand sie auf und drückte sich vorbei an Magnus, Clara und Aron und stakste die Treppe hinauf, bis sie den obersten Rang der Tribüne erreicht hatte. Von dort verschwand sie wieder hinunter in den Eingangsbereich, wo es gerade menschenleer war. Sie drückte auf Wahlwiederholung und atmete tief durch.

„Arne? Du hast angerufen."

„Francesca." Arnes warme Stimme ließ den Kloß in ihrem Hals noch mehr anschwellen. Sie räusperte sich, um überhaupt sprechen zu können.

„Also.... Wenn du Bilder von Gianluca und mir gesehen hast, das war alles nicht so."

„Francesca?"

„Arne, ich schwöre dir, da gibt es so eine kleine Rothaarige, die es auf Gianluca abgesehen hat und vermutlich nicht erhört wurde. Die wollte ihm eins auswischen. Das kann er dir sogar bestätigen."

„Francesca?"

„Und die Sache mit Clara, die hat sich jetzt anders geklärt. Also ich muss da gar nichts mehr klären. Verstehst du?"

„Francesca?"

„Ja, Arne."

„Wann kommst du wieder nach Hause?"

„Ich.... Also.... Es gibt da noch ein paar Sachen."

„Ich bin morgen zurück in Hamburg. Wirst du da sein?"

Francesca dachte fieberhaft nach. Aber nur für Sekunden.

„Ich werde da sein."

„Bis dann."

Es tutete. Arne hatte aufgelegt.

Drinnen im Stadion tobte plötzlich Applaus. Ein Tor war gefallen. Francesca kramte in ihrer Handtasche und zog Kosmetikspiegel und ihren schwarzen Kajalstift hervor. In aller Ruhe zeichnete sie sich zwei schwarze Tränen unter ihr linkes Auge.

Dann ging sie zurück zu Magnus. Um die beiden herum tobten die Zuschauer. Island hatte ein spätes 1:0 erzielt. Direkt danach hatte der Schiedsrichter das Spiel abgepfiffen. Alle lagen sich freudig in den Armen. Magnus sah Francesca, ihre Kriegsbemalung unterm Auge. Er hatte nicht mit den anderen gefeiert. Jetzt erhob er sich von seinem Platz, kam auf Francesca zu und umarmte sie lange. Worte waren nicht mehr nötig. Francesca schossen die Tränen in die Augen. Sie drückte sich noch enger an Magnus und schnüffelte. Wieder roch er nach Kaffee und würzig wie das Meer. Francesca versuchte alles abzuspeichern, seinen Geruch, die weichen Lippen, das strubbelige Haar, durch das sie ihre Finger gleiten ließ.

„Mach's gut." Er küsste sie ein letztes Mal zärtlich auf den Mund. Dann drehte sich Magnus weg, schritt die Stadiontreppen hinauf und verschwand langsam aus Francescas Blickfeld, ohne sich noch einmal umzudrehen.

Das Stadion feierte den Sieg der unterlegen geglaubten Isländer frenetisch. Die Spieler auf dem Rasen standen in einer Reihe, klatschten rhythmisch über ihren Köpfen zusammen und skandierten Huh!, was von den Zuschauern lautstark mitgebrüllt wurde. So tobte das Leben rings um Francesca, die nicht mehr auf ihren Platz zurückgegangen war, sondern sich auf die Treppen gesetzt hatte. Tränen liefen ihr über die Wangen, während alle anderen jubelten.

Irgendwann verschwanden die Profispieler aus dem eisigen Regen in die Kabine und die Zuschauer drängten zum Ausgang. Francesca hatte sich erhoben, um nicht zertrampelt zu werden.

Clara, Aron und Benita kamen jetzt auf sie zu. Schnell wischte sie sich mit dem Handrücken über das Gesicht.

„Wo ist Magnus?“, fragte Clara. Dann betrachtete sie ihre Mutter genauer. „Hattet ihr Streit?“

Francesca schüttelte den Kopf. Dann wischte sie nochmals über ihr Gesicht und presste ein Lächeln hervor.

Sie wandte sich an Aron.

„Dein Dad ist was Besonderes. Und wenn mein Leben nicht so kompliziert wäre, würde ich länger bleiben und dann vielleicht nie mehr wieder weggehen. Aber es gibt da noch einen anderen Mann, mit dem ich etwas zu klären habe. Deshalb fliege ich morgen früh nach Hause.“

„Morgen früh?“, fragte Benita mit kratziger Stimme.

Francesca nickte.

„Tut mir Leid, Süße. Ich kann dein Auto nicht nach Hause bringen. Ich will mich schon morgen mit Arne in Hamburg treffen.“ Sie klopfte Benita auf die Schulter. „Aber du schaffst das. Und danach bist du eine perfekte Autofahrerin, versprochen.“

Kapitel 38

Früh am nächsten Morgen stand eine verschlafen wirkende Benita neben Francesca, Clara und Aron vor dem Abflugschalter am Flughafen in Keflavik.

„Wie geht es jetzt weiter mit euch beiden?", fragte Francesca das eng zusammenstehende Paar.

„Übermorgen ist mein erster Tag in der Zeitungsredaktion", verkündete Clara stolz.

„Dann wird dir aber ganz schön langweilig sein", wandte sich Francesca an Aron.

Der schüttelte den Kopf.

„Überhaupt nicht. Ich muss mich doch um das Parsley kümmern."

Francesca seufzte.

„Stimmt, dein Dad hat jetzt bestimmt mehr mit den Walfleischrestaurants zu tun, wo Ben im Knast sitzt."

Aron machte große Augen.

„Du weißt es gar nicht, oder?"

„Was denn?"

„Magnus hat gestern Nacht ein paar Klamotten eingepackt und ist losgetigert. Sabbatical oder so was, hat er gemeint. Und die Walfleischrestaurants sind Geschichte. Magnus will das nicht mehr."

Francesca schluckte.

„Das ist toll, dass sie die Restaurants jetzt nicht mehr bauen. Aber wo ist Magnus denn hin?"

„Zu mir meinte er, er meldet sich. Vielleicht wird es wieder Griechenland. Nachschauen, wie es euren Eseln geht“, schmunzelte Aron.

„Toll, da können wir ihn mal besuchen, wenn uns hier zu kalt wird“, meinte Clara.

Francesca sagte nichts mehr. Stattdessen begann sie damit, alle zum Abschied zu umarmen. Bis auf Benita. Die saß mittlerweile schlaftrunken auf ihrem Koffer. Die Beruhigungstabletten hatten sie fest im Griff und Francesca machte sich schon ein bisschen Sorgen, wie sie ihre Freundin unbeschadet in und in wenigen Stunden wieder aus dem Flugzeug bekommen sollte.

Plötzlich wurde es laut am Abfluggate. Da, wo Francesca und Benita gleich durch die Passkontrolle treten wollten, kam ihnen eine schimpfende Pelzträgerin mit krokodillederumrandeter Sonnenbrille und pinkem Kopftuch entgegen. Die Dame ging nicht freiwillig. Sie wurde von zwei Polizeibeamten geleitet. Ein weiterer Beamter folgte dahinter und Francesca sah, dass dieser sogar ab und an das schimpfende Fellknäuel anschieben musste.

„Well, ich bin Bürgerin der Vereinigten Staaten von Amerika und ich lasse mich nicht so behandeln. Got it? Ich verlange meine Ausreise. Sofort!“

Hinter den Beamten trat eine ältere Frau mit braunem Haar und regenbogenbuntem Plastikschmuck um den Hals hervor und schickte einen nüchternen Blick in Richtung Krokodillledersonnenbrille.

„Harriet Harper, Sie werden des Mordes an Hallgrim Jónsson verdächtigt. Machen Sie jetzt kein Theater und folgen Sie uns aufs Revier, sonst müssen meine Kollegen Ihnen Handschellen anlegen.“

Harriet prustete verächtlich. Sie schob sich die getönte Brille ins Haar und zog eine Augenbraue nach oben.

„Well, das können Sie vergessen, Lady." Sie setzte sich unvermittelt und trotz Pelz auf den schmutzigen Fußboden des Flughafengebäudes und verschränkte die Arme vor der Brust. „Ich verlange einen Anwalt. Oder ihr schickt mir gleich den Botschafter, meinen guten Freund. Und dann", sie lächelte siegessicher, „müsst ihr mich sowieso ausreisen lassen." Sie grinste nach oben in das Gesicht der Polizistin. „Übrigens, Schmuck aus dem Kaugummiautomaten sieht schon bei Vierjährigen lächerlich aus."

Edda seufzte. Dann ging sie in die Hocke und lächelte ganz entspannt zurück.

„Wenigstens musste für meinen Plastikschmuck kein Lebewesen sterben. Aber das nur am Rande. Ich soll Ihnen unbedingt noch schöne Grüße von Officer Schmitz aus Fort Lauderdale ausrichten." Harriet öffnete den Mund und bekam ihn einfach nicht mehr geschlossen. „Er meinte, er würde nach Ihrer Rückkehr gerne nochmal den Todesfall um Ihren Ehemann neu aufrollen. Er fand es damals schon komisch, dass der Alligatorenkäfig, in dem Ihr Mann starb, von außen verschlossen war." Harriet schluckte, doch Edda schob noch etwas nach. „Sagen Sie, Todesstrafe in Florida – gibt's die noch?" Harriet schwieg. „Und? Sind Sie immer noch so scharf auf den nächsten Flieger?"

Kapitel 39

Francesca saß in der Fensternische eines Dortmunder Landhotels, trank ihre zweite Tasse Cappuccino des Morgens und genoss die feinen Sonnenstrahlen, die durch die Scheiben hereindrängten und ihr auf der Nase kitzelten. Draußen blühten die ersten Schneeglöckchen im Blumenbeet und kündigten den Frühling an. Zwei Wochen waren seit Francescas Rückkehr aus Island vergangen. Der Alltag hatte sie wieder in Beschlag genommen. Nur noch schnell die Mails auf ihrem Handy checken. In einer halben Stunde musste sie zu Verhandlungen über ein Catering im Stadion-VIP-Bereich aufbrechen.

Francesca scrollte über Werbemails, sah eine Nachricht von Benita, blieb aber bei einer Email aus Island hängen. Clara hatte ihr geschrieben. Francesca öffnete gespannt die Nachricht ihrer Tochter:

Hallo Mamma,

Cosimo hat mir erzählt, dass du schon wieder unterwegs bist, also schreibe ich dir schnell ein paar Zeilen.

Mir geht's super. Das Wetter ist zwar schrecklich, aber spätestens im Mai soll es hier aufwärts gehen (vermutlich wird es dann nicht viel wärmer, aber alle schwärmen von den langen hellen Nächten – ich lass mich einfach mal überraschen ☺).

Letztes Wochenende ist Aron mit mir das goldene Dreieck abgefahren. Wir haben dem Butterfass-Geysir beim Spucken zugesehen, ein mächtiger Wasserfall stand mit auf dem Programm und zu guter Letzt bin ich über die Spalte gesprungen, wo sich die europäische und die amerikanische Kontinentalplatte treffen. Das musst du dir unbedingt auch anschauen. Vielleicht kommst du ja im Sommer nochmal mit Cosimo vorbei? Ich vermiss meinen kleinen Bruder ganz doll!

Mit Aron habe ich mich mittlerweile auch ausgesprochen. Wegen dieser Hekla, meine ich. Das passt jetzt. Sie ist zum Glück wieder aufgewacht und hat bei der Polizei ausgesagt und Aron damit entlastet. Ich verstehe sowieso nicht, wie jemand glauben konnte, dass Aron in die Sache an der Walfangstation verwickelt war.

Ich habe dann auch Hekla im Krankenhaus besucht, wie du es mir geraten hast. Und du hattest recht, ich mag sie irgendwie. Und sie tut mir schrecklich leid. Wie blöd muss es sein, wenn man auf einmal erfährt, dass der, den man Jahrzehnte für seinen Vater hält, es gar nicht ist? Und man dafür einen Vater vorgesetzt bekommt, der einem zutiefst zuwider ist? Hekla ist nämlich Hallgrims leibliche Tochter. Sie geht ziemlich taff damit um, will mit ihrem Erbe ein bisschen die Welt retten oder so. Aber tief drin tut es ihr bestimmt mächtig weh.

Im Job läuft es auch ganz gut bei mir. Ich mach jetzt doch kein Praktikum, sondern arbeite voll. In der Redaktion ist glücklicherweise eine Stelle frei geworden. Ein Däne namens Olaf ist von heute auf morgen einfach verschwunden. Hekla kennt ihn, will aber nicht damit rausrücken, wohin er abgehauen ist. Ist mir eigentlich auch egal.

Hekla hat mich bei meinem Besuch gebeten, einen

Artikel von diesem Olaf an dich weiterzuleiten, weil du doch jetzt auch so eine Art Teilzeit-Meeresretterin bist. Außerdem lässt sie dich schön grüßen. Also im Anhang der Zeitungsartikel von diesem Olaf für dich (ich tippe ja darauf, dass er sich nach Deutschland verkrümelt hat, schließlich ist der Text in einer deutschen Zeitung erschienen!).

Grüß ganz lieb Benita von mir und knuddel Cosimo in meinem Namen ordentlich durch. Mach's gut und hoffentlich bis ganz bald,

Deine Clara

P.S.: Von Papa habe ich eine komische WhatsApp mit einer Einladung zu Eurer Silberhochzeitsparty in Milano Marittima im Herbst bekommen. Meint er das ernst?

Francesca sah von ihrem Handydisplay auf und schnaufte schwer. Dieser Gianluca!

Dann klickte sie auf den Email-Anhang und fragte sich, was Heklas Journalistenfreund Olaf wohl in seinem Artikel schreiben würde.

Das große Wal(jäger)sterben

Im Jahr 1986 gab es den letzten großen Sabotageakt von Meeresschützern, bei dem zwei der letzten vier Walfangboote Islands versenkt wurden. Vor wenigen Tagen kamen bei einem neuerlichen Vorfall zwei Menschen ums Leben, eine Person wurde schwer verletzt. Ist Islands

Walfang damit nun endgültig ausgeblutet?

Von Olaf Poulsen.

Vor wenigen Tagen erschütterte eine Serie von Gewalttaten die friedliche Inselnation Island. Den Hintergrund für die zwei begangenen Morde und den Mordversuch bildet ein Konflikt zwischen Waljägern und Meeresschutzaktivisten.

Den eigentlich durch die Internationale Walfangkommission (IWC) im Jahre 1986 weltweit verbotenen Walfang umgeht die isländische Regierung seit 2003 im Namen der Forschung und unter Berufung auf jährliche von ihr selbst auferlegte Walfangquoten. Gefangen werden Zwergwale sowie die besonders bedrohte Art der Finnwale, die zweitgrößten Säugetiere der Welt.

Doch warum wird zu Zeiten, in denen ganz Westeuropa im Nahrungsmittelüberfluss lebt, immer noch Jagd auf bedrohte Tierarten gemacht?

Der nun ums Leben gekommene Waljäger Hallgrim Jónsson begründete dies in einem früheren Interview damit, dass der Walfang eine alte Tradition sei, die seiner Familie über Generationen zur Nahrungsbeschaffung diente und die er sich nicht von irgendwelchen Ausländern verbieten lassen wolle.

Doch ist der Konsum von Walfleisch tatsächlich essentiell für die Bewahrung der isländischen Tradition? Laut aktuellen Umfragen konsumieren nur noch 19 Prozent aller Isländer regelmäßig das von Jónsson als unverzichtbare Nahrungsquelle bezeichnete Walfleisch.

Trotzdem werden Jahr für Jahr mehrere Hundert unter Artenschutz stehende Tiere mit Harpunen in einem oft über mehrere Stunden andauernden Todeskampf erlegt. Wer konsumiert all das erbeutete Fleisch, wenn es nicht, wie von Jónsson behauptet, zu den Grundnahrungsmitteln der Isländer zählt?

Seit Jahren besteht ein Überangebot des wenig beliebten Nahrungsmittels. Großteile des isländischen Walfleisches werden deshalb zu Dumpingpreisen nach Japan verkauft, wo unter anderem hochpreisiges Hundefutter aus dem Fleisch der bedrohten Säugetiere produziert wird.

Hauptsächlich jedoch wird das Walfleisch an isländische Touristen verfüttert, denen einschlägige Restaurantbesitzer vorgaukeln, einmal im Leben diese traditionelle isländische Spezialität kosten zu müssen. Dabei ist festzuhalten, dass in Island ursprünglich nur Walfleisch von gestrandeten Tieren verzehrt wurde und dies nur aus besagter Nahrungsmittelknappheit. Den aktiven Walfang auf See betrieben die Isländer erst später und hatten es dabei weniger auf das Fleisch der Tiere als auf das Walöl abgesehen, ein dringend benötigtes Brennmittel, nachdem alle isländischen Wälder abgeholzt waren.

Urteilen Sie selbst: Ob in Zeiten ausreichender Energie- und Nahrungsversorgung auf der Insel Island immer noch Walfang betrieben werden muss?

Jónsson schien davon überzeugt und befeuerte den Unmut von Meeresschutzaktivisten darüber in diesem Jahr zusätzlich, indem er den Bau einer Kette von Walfleischrestaurants für Touristen entlang der Ringstraße ankündigte. Offenbar rief dieses Vorhaben eine Truppe

Aktivisten auf den Plan, die, ähnlich einer Aktion aus dem Jahr 1986, die Sabotage der Walfangstation Jónssons zum Ziel hatten. Vergangene Woche kam es dann mutmaßlich zum Showdown zwischen Waljägern und Walschützern, was in einem menschlichen Blutbad endete. Ob dieser tragische Zwischenfall zukünftiges Blutvergießen auf menschlicher und tierischer Seite stoppen wird, bleibt abzuwarten. Doch für den Moment ist es wohl am klügsten, sich – auch im Urlaub auf Island – von Walfleisch jeglicher Art fernzuhalten.

Epilog

Island, November 1986.

In der kalten Walfischverwertungshalle standen sich Hallgrim und Nick wie zum Duell gegenüber. Der kleine, wendige Hallgrim zielte mit seiner geladenen Eisbärenbüchse auf den großgewachsenen Aktivisten Nick, der sich ein Flensmesser gepackt hatte und sich damit zu verteidigen gedachte.

„Denkst du, du hast damit eine Chance?“ Hallgrim zeigte mit seinem Gewehrlauf auf das übergroße Filetiermesser in Nicks Hand und lachte angespannt.

„Machen wir ein Geschäft?“ Auch Nicks Stimme zitterte. „Du lässt mich gehen und ich biete dir dafür eine Information, die dich vor großem Schaden bewahrt.“

„Was kannst du mir schon erzählen, was ich noch nicht weiß?“ Trotzdem überlegte Hallgrim jetzt. Wie sollte es weitergehen in dieser verfahrenen Situation? Natürlich konnte er Nick nicht laufen lassen. Aber was mit ihm anfangen?

Plötzlich quietschte die blecherne Eingangstür und fiel wieder ins Schloss. Träge Schritte schlurften in Richtung der beiden Kampfhähne.

„Hallgrim, wo bist du?“, krächzte die schneidende Stimme einer Frau durch die Stille der Lagerhalle. Schwer atmend schleppte sie sich näher. „Da sind zwei Kerle heraufgekommen und mit ihrem Wagen weggefahren. Geht es dir gut?“

Nick beobachtete, wie sich Hallgrims Gesicht zu einer zornigen Maske verschob.

„Schweig, Weib." Hallgrim drehte sich ärgerlich um. Das schwitzende Gesicht einer kleinen fetten Frau mit massigem Babybauch kam in Nicks Sichtfeld. Sie hielt sich den Bauch, als müsste sie das Kind darin vor dem Herausrutschen zurückhalten.

„Was ist hier los?", fragte sie ängstlich, als sie die beiden bewaffneten Männer sich gegenüberstehen sah.

„Bleib im Wagen, habe ich gesa…. Aaaaah!"

Hallgrim jaulte vor Schmerz. Mit einem Poltern fiel das geladene Jagdgewehr zu Boden. Ein Schuss löste sich, prallte gegen das kleine Guckloch, das als Fenster für das Waljägerbüro diente. Glas zerbarst – die fette Frau schrie jetzt auch.

Nick sah zu Hallgrim, sah, was er mit dem Flensmesser angerichtet hatte. Hallgrims rechte Hand hatte er beinahe zerteilt. Nick sah Blut nach unten tropfen. Und er sah Hallgrim, der sich vor Schmerz am Boden wälzte und die dicke Schwangere, die sich den Unterleib hielt und fast noch mehr schrie. Nick besann sich, ließ das blutige Flensmesser fallen, stolperte an dem Verletzten und seiner fettleibigen Frau vorbei. Seine Schritte beschleunigten sich. Er atmete auf, hatte es geschafft. Nur noch wenige Meter, dann wäre er draußen und frei. Er würde sie sofort aus dem Krankenhaus holen und mit ihr und dem Kind die Maschine nach Luxemburg nehmen. Es war egal. Alles war jetzt egal. Sie würden es schaffen. Bestimmt!

Ein Knacken störte die Stille in der riesigen, leeren und dunklen Walverarbeitungshalle. Dann löste sich ein

Schuss. Nick konnte ihn hören. Er taumelte, stechender glühender Schmerz. Nick fiel zu Boden, auf sein Gesicht, ohne dass seine Hände den Sturz abfangen konnten. Denn ehe Nick auf dem eiskalten Betonasphalt zu liegen kam, war er schon tot. Zähes Blut quoll ihm aus seinem Schädel und bildete schnell eine dunkelrote Pfütze um seinen Kopf herum.

Es schepperte. Sie ließ das Gewehr fallen. Dann hielt sie sich wieder den Unterleib.

„Ist er tot, Hallgrim?", fragte sie mit ihrer kratzigen Stimme.

Hallgrim wälzte sich immer noch vor Schmerz am Boden. Er atmete hektisch. Dann zog er sich den Schal vom Hals, verknotete das Stück Stoff um das, was von seiner Hand noch da war und setzte sich schließlich auf, biss auf die Lippen, um nicht zu wimmern.

„Hallgrim, ist er tot?"

„Natürlich ist er tot, du dumme Kuh."

„Ich, ich…. Das wollte ich nicht." Die Fette sackte zu Boden. „Aaah!" Sie prustete jetzt, presste sich noch stärker gegen den Schritt. „Hallgrim, der Junge. Er kommt. Bring mich weg von hier. Schnell."

Hallgrim stöhnte. Die Alarmglocken und -lichter, die er zerschossen hatte, kamen ihm in den Sinn. In wenigen Minuten würde eine kleine Einsatztruppe seiner Leute hier am Verarbeitungsgelände aufschlagen. Er konnte nicht riskieren, dass sie den Leichnam fanden. Draußen am Landungssteg lag das Schlauchboot mit dem Außenborder. Er musste den Kerl nur irgendwie bis dahin schaffen. Folie. Damit würde er den leblosen Brocken ziehen müssen. Er blickte zu seiner verwundeten Hand, musste jetzt schon beinahe vor Schmerz spucken. Aber es half nichts. Die dumme Kuh! Er hätte ihn nicht getötet. Jetzt war es zu spät. Er musste den Leichnam aufs Boot bringen. Dann ein paar Minuten Fahrt hinaus aufs offene Meer. Und er würde das Gewehr mitversenken müssen. Er seufzte, ließ die Schultern hängen. Großvaters Gewehr! Aber es half nichts. An die Arbeit.

Isländische Kuchenrezepte

Der Appetit auf Fisch ist Francesca trotz des traumhaft saftigen Kabeljaus aus Island gehörig vergangen. Dieses Gerede der Aktivisten, hach! Und Hákarl, den stinkenden Grönlandhai, muss man wirklich nur einmal im Leben probiert haben. Gern zurück denkt Francesca allerdings an Magnus' traditionell isländische Kuchen, die auch dem mitteleuropäischen Gaumen vorzüglich schmecken.

Skúffukaka: Kaffee-Schokokuchen (mit Lakritz oder Walnüssen)

Für eine 28er-Springform:
300 g Dinkelmehl
250 g Zucker
50 g Kakaopulver
1 TL Natron
1 TL Backpulver
1 TL Salz
1 TL Zimt
240 ml Buttermilch
120 g geschmolzene Butter
80 ml Kaffee
2 Eier

Für mutige Isländer: **50 g Lakritz, klein geschnitten**
(oder)
Für Lakritz-Hasser und Schwangere: **120 g Walnüsse**

Den Backofen auf 160°C Umluft vorheizen und eine Springform mit Butter einfetten.

In einer großen Schüssel alle trockenen Zutaten vermischen. Dann nacheinander Buttermilch, den aufgebrühten Kaffee sowie die Eier verrühren. Zuletzt die geschmolzene Butter unterrühren. Jetzt entscheidet sich, wer ein echtes Nordlicht (Lakritz in den Teig) oder doch mehr der Alpenregion zuzuordnen ist (Walnüsse sind yummy!).

Teig in die Springform füllen und ca. 35-40 Minuten backen.

Zutaten Glasur:
200 g Puderzucker
3 EL Kakao
45 g geschmolzene Butter
3 EL heißer Kaffee
Kokosraspel zur Dekoration

Puderzucker und Kakao in einer Schüssel vermischen. Geschmolzene Butter und Kaffee zufügen und verrühren bis eine cremige Glasur entsteht. Auf dem noch warmen Kuchen verteilen und mit Kokosraspeln verzieren.

Hjónabandssaela – Islands Kuchen für eine glückliche Ehe: Rhabarber-Haferflocken-Tarte

Für eine 30er-Tarteform:
600 g Rhabarber, in 2 cm große Stücke geschnitten
60 g Rohrohrzucker
1 TL Vanilleextrakt
4 EL Ahornsirup

In einem Topf Rhabarberstücke und Zucker für ca. 10 Minuten bei mittlerer Hitze kochen. Dann Hitze zurückdrehen, Vanilleextrakt und Ahornsirup zufügen und für weitere 10 Minuten simmern lassen. Gegen das Spritzen hilft es, den Topf mit einem Deckel zu verschließen. Anschließend Rhabarbermarmelade abkühlen lassen.

200 g Haferflocken
300 g Dinkelmehl
1 TL Backpulver
140 g Rohrohrzucker
1 TL Kardamom (ersatzweise Zimt)
1 TL Ingwer
200 g weiche Butter
1 Ei

Alle Zutaten mit Hilfe eines Handrührgerätes (Knethaken) zu einem Teig verarbeiten. Mit 2/3 des Teiges den Boden und Rand der gebutterten Tarteform auskleiden. Die abgekühlte Rhabarbermarmelade einfüllen. Den restlichen Teig in Form von Streuseln über dem Rhabarber verteilen. Dann den Kuchen bei 170°C Umluft für ca. 35-40 Minuten im Ofen backen.

Und wo ist jetzt in dieser Tarte das Geheimnis einer glücklichen isländischen Ehe versteckt, fragen Sie sich bestimmt?
Zum Einen wird der Kuchen immer besser, je älter er wird, so wie es in einer guten Ehe mit den Jahren immer besser werden sollte (es sei denn man ehelicht Gianluca).
Zum Anderen ist die Herstellung des Kuchens einfach und entspannt, so wie der Eheealltag optimalerweise laufen sollte: Unkomplizierte Zutaten, die in jedem isländischen Haushalt vorhanden sind, kombiniert mit einer simplen Zubereitungsart – Easy-going also! Schön wär's, wenn es immer so einfach wäre, wie dieser Kuchen köstlich ist. Also guten Appetit (die isländische Entsprechung hierfür führt zu Knoten in der Zunge, deshalb lassen wir es lieber!).

Voll aufs Maul
Die ungesunde Lesereise des bedauernswerten Literaten Paul Schmerz
Autor: Florian Göttler

ISBN: 978-3981859072
URL: www.3h-verlag.de

Gestrandet in der Zwischenwelt
Autor: David Novel

ISBN: 978-3981859065
URL: www.3h-verlag.de

Code Oscar
Florida | Karibik | Über Bord
Autor: Andrea Giesel

ISBN: 978-3981987867
URL: www.3h-verlag.de

Pasta Roma
Bio-Gewürzmischung
Knoblauch · Tomaten · Petersilie